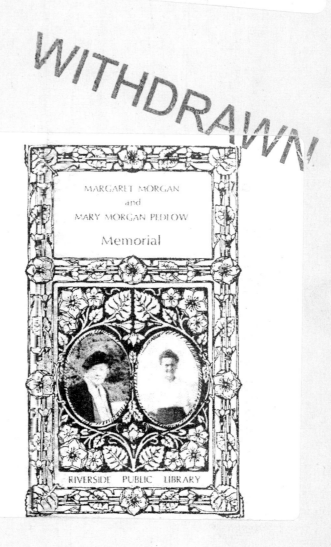

Sicarios

Alfaguara es un sello editorial del Grupo Santillana

www.alfaguara.com

Argentina
Av. Leandro N. Alem, 720
C 1001 AAP Buenos Aires
Tel. (54 114) 119 50 00
Fax (54 114) 912 74 40

Bolivia
Avda. Arce, 2333
La Paz
Tel. (591 2) 44 11 22
Fax (591 2) 44 22 08

Chile
Dr. Aníbal Ariztía, 1444
Providencia
Santiago de Chile
Tel. (56 2) 384 30 00
Fax (56 2) 384 30 60

Colombia
Calle 80, 10-23
Bogotá
Tel. (57 1) 635 12 00
Fax (57 1) 236 93 82

Costa Rica
La Uruca
Del Edificio de Aviación Civil 200 m al Oeste
San José de Costa Rica
Tel. (506) 220 42 42 y 220 47 70
Fax (506) 220 13 20

Ecuador
Avda. Eloy Alfaro, 33-3470 y Avda. 6 de
Diciembre
Quito
Tel. (593 2) 244 66 56 y 244 21 54
Fax (593 2) 244 87 91

El Salvador
Siemens, 51
Zona Industrial Santa Elena
Antiguo Cuscatlan - La Libertad
Tel. (503) 2 505 89 y 2 289 89 20
Fax (503) 2 278 60 66

España
Torrelaguna, 60
28043 Madrid
Tel. (34 91) 744 90 60
Fax (34 91) 744 92 24

Estados Unidos
2105 N.W. 86th Avenue
Doral, F.L. 33122
Tel. (1 305) 591 95 22 y 591 22 32
Fax (1 305) 591 91 45

Guatemala
7ª Avda. 11-11
Zona 9
Guatemala C.A.
Tel. (502) 24 29 43 00
Fax (502) 24 29 43 43

Honduras
Colonia Tepeyac Contigua a Banco Cuscatlan
Boulevard Juan Pablo, frente al Templo
Adventista 7º Día, Casa 1626
Tegucigalpa
Tel. (504) 239 98 84

México
Avda. Universidad, 767
Colonia del Valle
03100 México D.F.
Tel. (52 5) 554 20 75 30
Fax (52 5) 556 01 10 67

Panamá
Avda. Juan Pablo II, nº15. Apartado Postal
863199, zona 7. Urbanización Industrial
La Locería - Ciudad de Panamá
Tel. (507) 260 09 45

Paraguay
Avda. Venezuela, 276,
entre Mariscal López y España
Asunción
Tel./fax (595 21) 213 294 y 214 983

Perú
Avda. Primavera 2160
Surco
Lima 33
Tel. (51 1) 313 4000
Fax. (51 1) 313 4001

Puerto Rico
Avda. Roosevelt, 1506
Guaynabo 00968
Puerto Rico
Tel. (1 787) 781 98 00
Fax (1 787) 782 61 49

República Dominicana
Juan Sánchez Ramírez, 9
Gazcue
Santo Domingo R.D.
Tel. (1809) 682 13 82 y 221 08 70
Fax (1809) 689 10 22

Uruguay
Constitución, 1889
11800 Montevideo
Tel. (598 2) 402 73 42 y 402 72 71
Fax (598 2) 401 51 86

Venezuela
Avda. Rómulo Gallegos
Edificio Zulia, 1º - Sector Monte Cristo
Boleita Norte
Caracas
Tel. (58 212) 235 30 33
Fax (58 212) 239 10 51

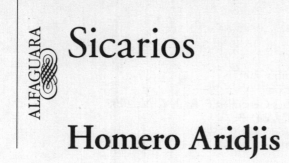

Sicarios

Homero Aridjis

ALFAGUARA

D. R. © Homero Aridjis, 2007
D. R. © De esta edición:
Santillana Ediciones Generales, S. A. de C. V., 2007
Av. Universidad 767, Col. del Valle
México, 03100, D.F. Teléfono 5420 7530
www.alfaguara.com.mx

Primera edición: julio de 2007

D.R. © Cubierta: Everardo Monteagudo

ISBN: 970-770-995-2
      978-970-770-995-9

Impreso en México

A Betty, Chloe y Eva Sofía,
mis compañeras en el tiempo
de las amenazas.

Mendoza soñó que era un guarura,
y al despertar no supo si era un
hombre que había soñado que era un
guarura o un guarura que había
soñado ser un hombre.
Miguel Medina, *Sueño a la mexicana*

Guarura, guardaespaldas al servicio
de políticos, empresarios, criminales,
señoras y juniors. Palabra compuesta
de guau, ladrido, y agrura, sabor
agrio.

1. El *accidente* considerado como un crimen perfecto

Los dedos huesudos de la muerte urdían su trama siniestra en los trópicos del Altiplano cuando Carlos Solórzano, candidato de la oposición a la Presidencia de la República, sufrió un accidente en el kilómetro 24 de la carretera México-Toluca el pasado 13 de agosto. Según testigos presenciales, Solórzano no tenía ninguna posibilidad de sobrevivir al *accidente*, pues el camión de carga que embistió de frente a su camioneta blanca parecía un rinoceronte inexorable de las selvas viales.

El candidato a la Presidencia de la República, que había pasado en poco tiempo de la fecundidad de la imaginación a una enorme capacidad procreadora, había heredado a doña Martha Trejo diez hijos, el mayor de veinte años, el menor de veinte meses. A las fuerzas vivas de su partido heredó los bienes, obligaciones y derechos de su persona, y sus retratos de campaña, los cuales poco después fueron retirados de postes, paredes y árboles para poner en su lugar los rostros del candidato sustituto. Asimismo, su nombre fue quitado de los spots televisivos que durante seis meses habían ametrallado al prójimo por todas las vertientes del ruido.

Sus promesas de campaña siguieron intactas: perseguir la corrupción, el crimen organizado y el abuso de sindicatos y monopolios, y para abatir la pobreza extrema acabar con la riqueza obscena de los multimillonarios. Todo eso a sabiendas de que nadie de ese partido, y de otros partidos, era capaz de cambiarse a sí mismo y de limitar sus propios excesos. Lo patético de esos rollos electorales era que a base de repetirlos *ad infinitud* ante el escepticismo general, el candidato había acabado por creérselos.

Casi no es necesario decir que en el *accidente* Solórzano quedó convertido en un *omelette á la mexicaine*, o sea, en un hombre huevo revuelto servido sobre el plato público del asfalto. Y aunque algunos críticos de costumbres interesados en las urdimbres negras de la muerte de huesudos dedos llegaron a opinar que el occiso parecía una obra cubista (por eso de los pelos ensangrentados y las ropas enredadas en metales, plásticos y vidrios fuera de sitio), nadie se preocupó por saber quién era el autor intelectual del *accidente* cometido por el conductor del camión de carga que a toda velocidad venía pisándole los talones a la camioneta blanca, y una vez, rebasándola, se había dado vuelta para embestirla de frente. El viejo perro negro de Solórzano, que venía en el asiento de atrás, también perdió la vida.

La muerte *accidental* del candidato de la oposición poco sorprendió a los oficialistas defensores de derechos humanos, que de hecho dieron la impresión de estarla esperando y de que ninguno de ellos pensaba que un hombre así llegaría con la cabeza sobre los hombros a las elecciones del 2 de julio. No sólo eso, adversarios en el propio partido del candidato ya habían soltado rumores sobre su posible reemplazo. El misterio era que nadie podía decir con certeza cuándo, cómo y dónde ocurriría el *accidente*.

Un comentarista político se apresuró a declarar que su muerte cambiaba poco el rumbo del país, pues desde el principio él era un perdedor entusiasta frente al candidato plano del partido oficial. No obstante el jefe de redacción de *El Tiempo*, poniendo en mis manos datos y fotos, me pidió investigar las circunstancias del *accidente*.

Las dudas saltaban a la vista como sapos. Si la noche del *accidente* Solórzano regresaba sobrio de una boda, ¿cómo era posible que en estado de ebriedad hubiese perdido el control de la camioneta blanca? Si supuestamente conducía el vehículo otra persona, la cual en las primeras versiones apareció y en las actas levantadas por el Ministerio Público desapareció, ¿qué había pasado con ella? ¿La otra persona era su chofer o su amante? ¿Hombre o mujer? Y el helicóptero sin matrícula y sin razón social que distrajo al chofer e interceptó el curso del vehículo, mencionado en las primeras declaraciones de unos campesinos que presenciaron el accidente desde una milpa de maíz, ¿qué se había hecho? ¿A quién pertenecía y qué andaba haciendo allí? Y si el camión de carga lo chocó desde el carril contrario, ¿cómo fue posible que lo hiciera también de costado y por atrás? Una cosa más: ¿qué estaba haciendo ese helicóptero en la carretera? ¿A quién pertenecía? ¿Qué se hizo luego?

A mí me preocupaba que esos *accidentes* se diesen los fines de semana y en los periodos vacacionales. Y que las víctimas se quedaran en eso: en víctimas de *accidente*. Lo sospechoso es que la policía descartara casi de inmediato las investigaciones y la curiosidad de los medios cesara una vez que los peritos y los forenses de oficio daban sus informes.

Lo inquietante era que no sólo los señores licenciados del crimen organizado mejoraban cada día el método de eliminar tanto a generales y a lugarte-

nientes de las bandas rivales como a los periodistas in-
cómodos mediante *accidentes* de tráfico, sino que esta
forma de matar se estaba convirtiendo en un proce-
dimiento de cometer crímenes perfectos, y hasta los
vendedores de vísceras de Ciudad Moctezuma lo uti-
lizaban. Quizás por eso mismo el jefe de redacción de
mi periódico me pidió distinguir entre lo deliberado
y lo fortuito en esos *accidentes*. Separar la mano de los
servicios de inteligencia del gobierno de la de los capos del crimen organizado en su ejecución no era solamente un enigma digno de Zenón, sino también un
trabajo digno de Miguel Medina.

En primer lugar, cuando las autoridades atri-
buían el *accidente* a la imprudencia o al estado de salud
del conductor, a las malas condiciones del tiempo, a
la falta de visibilidad o a los baches de la carretera, los
responsables de maquinarlo quedaban libres de sospecha. Lo peor de todo era que cuando el Ministerio
Público acudía al escenario del desastre, nadie sabía
quién había previamente cambiado de posición los
cuerpos, manoseado las pruebas, sustraído los objetos
y limpiado la sangre. De esta manera, la mano negra
de la injusticia, en estos casos expedita, daba carpe-
tazo final a la investigación y declaraba que la muerte
de tal o cual persona se debía a un *accidente*.

"Mire, Miguel, estas imágenes", Matilde, mi asistente de pelo teñido y corta de vista, me puso las fotos
delante de la nariz como si yo también fuese miope.

"¿Qué tienen de particular?"

"María, la hija mayor de Solórzano, acaba de
sufrir una terrible persecución en una carretera de Sinaloa."

"Veo un camión detrás de un coche, es todo."

"¿Le traigo una lupa? A un kilómetro de Guasave, mientras los mayos y los yaquis bailaban la Danza del Venado y el Coyote en la fiesta del Rosario Santo, un camión carguero se lanzó sobre su auto para *accidentarla*. Durante media hora trató de chocarla. Al ritmo de música tecno. Esa música no está en las fotos, pero me lo dijo el corresponsal."

"¿Quién tomó las imágenes?"

"El mismo corresponsal."

"¿Qué andaba haciendo él en el lugar del atentado?"

"Por casualidad venía detrás del camión."

"El tipo de música que oía el cafre no me interesa, lo que me intriga es que alguien hubiese tratado de matarla de la misma manera que a su padre."

"Salió ilesa. Al llegar a la plaza se bajó corriendo del coche y se metió entre los danzantes."

"La semana pasada concertó una cita conmigo para darme una nueva versión sobre la muerte de su padre, pues, según ella, fue un asesinato, no un *accidente*."

"Emergencia, ¿qué estás haciendo?", me llamó por teléfono el jefe de redacción.

"Trabajo en mi artículo *El accidente considerado como un crimen perfecto*, acabo de escribir un párrafo sensacional: 'La vida del señor Pedro Pérez, quien en mangas de camisa intenta cruzar el Periférico a las seis de la tarde entre miles de coches que avanzan contra él a toda velocidad, vale poco si se considera que puede ser uno de los accidentados anónimos del día. Pero vale aún menos el cuerpo de un hombre colgando de la portezuela de un coche destrozado en un choque carretero. Sobre todo si está muerto'."

"Seis hombres asaltaron una joyería en la calle de Horacio. Dos policías resultaron heridos de bala. Se llevaron a la hija de la dueña, una niña de siete años. Cubre la nota."

"¿Otro *accidente* callejero?"

"No te burles, es otro golpe de El Señor de los Murciélagos."

2. El Hospital Español

"En este hospital guardamos en un congelador las orejas de los secuestrados", me dijo como por casualidad el médico oculista.

"¿Por qué?"

"Hay una banda de secuestradores que opera en el Valle de México que corta las orejas de la gente que tiene cautiva. Lea primero las grandes, luego las pequeñas", el doctor clavó la luz del oftalmoscopio en mis ojos. Proyectó las letras sobre la pantalla.

"A, B, D, m, z."

"Los secuestradores envían los segmentos de las orejas de los plagiados a las familias para presionarlas a pagar el rescate. Ellas las traen aquí para que las congelemos y cuando sus parientes salen libres se las pegamos. El problema es que a veces el estado de la víctima es tan deplorable que los procedimientos para devolverle las orejas mediante reconstrucción o reimplante son complicados. Según los especialistas, cuando se trata de una reconstrucción la parte faltante se restituye a partir de cartílagos tomados de los costados del tórax. Para los reimplantes se juntan las venas, los vasos sanguíneos y los nervios de los segmentos separados. Como los vasos miden fracciones de milímetros, las operaciones deben hacerse bajo el microscopio."

"¿Qué sucede cuando pasan días o semanas entre el momento en que el secuestrador envía los

segmentos de las orejas y las víctimas llegan a los qui-
rófanos?"

"Las posibilidades de éxito disminuyen. En algunos casos los médicos utilizan la microcirugía para
unir los segmentos de oreja de las víctimas. Otros pa-
cientes, felices de estar vivos, no desean someterse a
cirugía alguna, sólo quieren olvidarse del asunto."

"¿Qué se guarda en el hospital?"

"En el congelador tenemos el dedo anular del
dueño de La Mestiza. Con anillo de oro y todo. La
oreja con pendiente de plata es de la esposa del gerente
de La Valenciana. El pulgar y el meñique pertenecen
a dos hermanos gemelos propietarios de cadenas de
hoteles de paso y baños públicos."

"Y esas orejas pálidas, ¿de quién son?"

"No puedo revelarlo por motivos personales
que me duelen mucho. Sólo puedo decirle que los cartílagos de mi amiga se encontrarán bien resguardados
hasta que esté libre."

"¿Cuántas orejas guarda?"

"¿Una docena? El número cambia todos los
días."

"No sabía que hubiese tantos secuestrados, la
policía mantiene silencio."

"Dicen que investigan, pero no lo hacen. Cada
día que pasa hay más secuestrados. Un paciente mío,
cuando lo liberaron, me contó que en la casa donde
estuvo cautivo los secuestradores tuvieron que tocar
en los cuartos preguntando antes de entrar si no estaban ocupados, como si fuera hotel."

"¿Todos los secuestrados son españoles?"

"Hay europeos, asiáticos, norteamericanos,
mexicanos, libaneses, judíos."

"¿Edad y sexo?"

"Niños, viejos, mujeres, hombres."

"¿Clases sociales?"

"No hay prejuicios, se secuestra a la persona cuya familia tiene posibilidades de pagar un rescate."

"Escribiré un artículo sobre el tema."

"Cuidado, a la policía no le gustará."

"¿Conoce el nombre de la banda?"

"Hay varias."

"Dicen que hay un secuestrador que cuando manda las orejas a los parientes de los secuestrados, pidiendo rescates millonarios, los culpa del secuestro *por ser tan avariciosos.*"

"Algo hay de eso."

"Se dice que este sujeto opera protegido por gobernadores, procuradores, jueces, comandantes, policías judiciales, y su expediente es largo."

"Por favor, no diga a nadie que le hablé de esto."

"Los secuestros son un secreto a voces."

"Antes de irse escoja sus anteojos. Los va a necesitar. Allí está el espejo."

3. Periférico

Íbamos mi esposa y yo por el Periférico, la vía rápida más lenta del mundo (a ciertas horas) y más desaforada (a otras horas). Salíamos de una reunión del Comité para la Protección de Periodistas sobre el tema de cómo defender la libertad de prensa. Yo había leído "Notas sobre la pirámide de la desinformación". Enumeré los ataques que habían sufrido los periodistas durante 1997. Las cifras superaban a las del año anterior, las cuales habían superado al precedente. Mi recuento no era original, las noticias de los 21 periodistas asesinados en los últimos meses estaban en los diarios.

"Soy un hombre marcado", así se definió José Luna. Nacido el 27 de marzo de 1946 en Ensenada, Baja California, el director del semanario *El Correo de la Frontera* mostró fotos de sí mismo desplazándose escoltado por las calles de Tijuana. Reveló que cuando estaba a punto de volar a Nueva York para recibir el Press Freedom Award, lo visitó un jefe de la policía para advertirle que si aceptaba el premio estaba firmando su sentencia de muerte. El reconocimiento le había sido otorgado por reportajes sobre los narcojuniors de Tijuana, hijos de familias adineradas atrapadas por el narcotráfico y el crimen. En la reunión lo acompañaba Luis Valdés, su chofer y guardaespaldas.

Fernando Puente leyó el testamento de su hermano Jesús Puente, el editor del diario *9 Días*, cuyo cuerpo rociado de balas había sido encontrado en Acapulco en un coche en llamas. En caso de muerte, había pedido Jesús Puente, investiguen al Almirante RR y a su banda de policías.

La reportera Laura Morales narró el secuestro exprés que sufrió al abordar de noche un taxi ecológico en Avenida de los Insurgentes. Salía de su trabajo y paró el primer coche de alquiler que vio, un Volkswagen viejo conducido por un hombre gordo, desaliñado y mal vestido. El chofer se adentró por calles oscuras de la colonia Roma, comunicándose por su celular y con las luces de las direccionales con cómplices que lo seguían de cerca. Hasta que disminuyó la velocidad y abordaron el auto dos sujetos (El Tecolote y El Niño). Ambos flanquearon a Laura. Ambos la encañonaron con pistolas automáticas. Ambos la esculcaron y abrieron su bolso. El Niño le quitó sus tarjetas de crédito y documentos de identidad. "Ju-jú, no nos mires porque te chingo", le gritó El Tecolote. "Acuéstate en el piso, si levantas la cabeza te mato", le dijo El Niño, con el pelo blanco largo sobre la espalda como si fuera mujer, y le tapó la cara con una cobija. A partir de ese momento y hasta después de la medianoche, la pasearon por los cajeros automáticos de varios bancos para retirar el máximo de dinero permitido. "Si no cooperas, te mueres", le apuntó El Niño a la nuca. "¿Adónde tiramos su cadáver?", le preguntó El Tecolote. "En la carretera." "Ya nos reconoció, mejor le damos en la madre." "Te vas a morir, sabemos dónde vives y dónde trabajas. Tenemos fotos de tus hijos." "Ni se te ocurra ir a la policía, la policía trabaja para nosotros." Luego de vaciar sus cuentas bancarias y mancillarla, antes de que saliera el sol la aventaron en los límites de Ciudad de México y Ciudad Moctezuma.

"En los ataques a periodistas siempre queda la duda si la agresión fue casual o motivada por el Almirante RR", dije.

"¿Podría explicarlo con más detalle, señor Medina?", Guillermina Durán, reportera de un diario rival de gran circulación, miró hacia distintas direcciones con sus ojos de distinto color.

"Cuidado", sopló a mi derecha el jefe de redacción de *El Tiempo*. "La señora está grabando lo que decimos para entregar la cinta a los servicios de inteligencia."

"¿Para qué necesita explicaciones?", la interrogué.

"Para escribir un artículo sobre las amenazas a la libertad de prensa", la Durán clavó en mí su ojo negro, mientras con el grisáceo miró hacia la salida.

"Lo que aquí se dice no va a ser publicado."

"Ah."

"¿Puede guardar su grabadora?"

La reportera obedeció. Pero a los pocos minutos, con el pretexto de pasar al baño, se marchó.

"Ahora nominaremos a los candidatos para la comisión encargada de monitorear la libertad de expresión", el jefe de redacción procedió a las elecciones.

Elegido José Luna secretario técnico, la reunión terminó y mi esposa Beatriz y yo emprendimos el regreso a casa. El cielo era color café con leche. Una nata agria revelaba inversión térmica. La luna era un huevo huero. El aire dolía. Mi reloj de pulsera marcaba la una. En el Pedregal de San Ángel, detrás de los vidrios polarizados que los políticos y los empresarios habían colocado delante de sus fortalezas para encerrarse fuera del mundo, vigilaban policías invisibles y ojos electrónicos. Los altos muros no sólo ocultaban a habitantes y jardines, sino también escondían la luz de los faroles interiores. Si bien en tiempos de la Colonia los criollos se habían protegido del vulgo mestizo levantando gruesos muros, ahora los mestizos ricos se refugiaban en búnkers por razones de seguridad.

La autopista estaba mal iluminada, mal señalada y mal pavimentada. Las salidas se indicaban cuando se les había pasado. Los rodeos por callecitas sombrías eran trampas que devolvían al mismo sitio. Beatriz iba al volante. Yo hacía de copiloto. Los coches, como una plaga de cucarachas metálicas, pasaban zumbando. El Chevrolet Malibú 1980 era rebasado por BMWs, Fords, Jeeps, Toyotas, Tsurus, y hasta por modestos Volkswagens. Beatriz no dejaba de ver por el espejo retrovisor, temerosa de los cristaleros armados que interceptaban coches en los carriles centrales del Periférico.

Oíamos "El mirlo de la roca", música para piano de *Catálogo de Pájaros* de Olivier Messien, cuando un camión de carga surgió detrás de nosotros. Ignorando los límites de velocidad y las señales de tránsito, entre chirriar de ruedas y alaridos mecánicos volaba sobre el suelo con los faros apagados.

"Parece un monstruo de la era de los *kronosaurus* que emerge del pasado para cazarnos", dije.

"No me expliques lo que veo, dime lo que puedo hacer", Beatriz intentaba apartarse de su ruta.

"El chofer, encendiendo y apagando luces, trata de chocarnos. Avanza en línea recta. Se detiene en el aire. Acelera la marcha. Ya está encima de nosotros", advertí.

"No traemos antibióticos, alcohol ni vendas. Estamos fritos."

Ante la inminencia del impacto, ya presentía la sangre agolpada en la cara, la vista turbada, los ojos perdidos en las cuencas, la barbilla lívida, la lluvia de vidrios y metales cayendo sobre la frente, los labios rajados, los dientes quebrados, la cabellera hecha una corona de sangre y la cabeza rodando sobre el pavimento como una computadora fuera de servicio. Un dolor color fuego cobraba forma dentro de mí. Como en una receta azteca ya preveía mis miembros cocinados con flores de calabaza por los sacerdotes de Uichilobos.

Las barreras de seguridad se desvanecieron. Los edificios giraron. La luna pasó de un lado a otro. Un murciélago entró por una ventana. Salió por otra, como golondrina chillona. Beatriz estaba espantada. Olí su miedo. Su rostro estrellado en gritos como un vidrio. Envuelto por las tinieblas periféricas, leí póstumamente la noticia de nuestra muerte: "Otro accidente en una vía de alta velocidad. Sucumbe en choque colaborador de este diario. La imprudencia es la única culpable. La impericia al volante de la esposa ocasionó el suceso. Cegada por el alcohol se atravesó a un camión que transportaba pollos. Se les dispensó la autopsia."

Mientras el camión pasaba rozándonos, adentro subieron el volumen de la música tecno. Su martilleo aturdió los sentidos, se convirtió en taquicardia, en delirio sexual. La ansiedad colaboró con el enemigo, dio un ritmo fatal a mis latidos. El cafre olió mi adrenalina. Se dio vuelta para embestirnos otra vez. Hizo sonar la música más fuerte. Los faros ciegos hacían difícil registrar su número de placas. La razón social era borrosa. Alcancé a ver: Secretaría de Comunicaciones y Transportes. Zacatecas.

Cuando el camión retornó para aplastarnos, vi el zapato negro del chofer gordo saliéndose por la portezuela entreabierta. Lo vi rodar por el asfalto.

Con el camión se nos vino encima el Periférico: sus vallas carcomidas, sus edificios con ventanas rotas, sus espectaculares iluminados, su luna enferma y los olores acres que las cloacas eructan de madrugada.

4. Cristina

Señor, esconda a su esposa y a sus hijas; señora, esconda a su marido y a sus hijos, que aquí viene el crapuloso calvo, el Almirante RR.

Ese jueves 20 de noviembre, los encabezados de *El Tiempo* sonaban como una sucesión de bromas y una serie de pistoletazos a la vez. Todos se preguntaban quién era el Almirante RR, ese personaje bisexual de los servicios de inteligencia nacionales que podía quebrarle la espina dorsal a cualquiera sin mostrar la mano y de quien, aunque se percibía en todas partes, nadie había visto sus facciones. Las mujeres y los hombres favorecidos por sus visitas nocturnas sólo acertaban a decir que entraba a las alcobas apagadas envuelto en una capa negra, y que le gustaban los cuerpos blancos entregados en sábanas negras.

A la hora del desayuno, Beatriz y yo desplegamos sobre la mesa el periódico. Delante del menú sangriento no sabíamos qué elegir primero, si la botana Jennifer Fernández, una niña de siete años asesinada por un secuestrador pederasta operando en un cerro de la Sierra de Guadalupe, identificada por su overol de mezclilla, sus calcetas rosas y su cabello teñido de rojo, ¿o escogeríamos entre siete sopas: las bandas que asaltaban en el Periférico, las que, en los embotellamientos de tránsito y a plena luz del día, se acercaban caminando a los coches atorados en los carriles centrales y daban cristalazos a los automovilistas, a los que amagaban con armas de fuego? ¿O nos deleitaríamos con el plato fuerte: la secuestradora Manuela Montoya, la que con la cara pintada de negro, el largo pelo suelto y los ojos rojos de rabia, como una Kali costeña, bailaba semidesnuda los viernes por la noche a ritmo de música tecno en la pista del *Salón Malinche* entre las cabezas de los decapitados del día, gritando: "¡Loco mi padre, loca mi madre, yo loca también, hijos de su puta madre!"?

"Los sicarios podrían ser policías judiciales o elementos de los servicios de inteligencia. Quien lo sabe no quiere decirlo. Miembros de un culto dedicado a asesinatos rituales operan bajo el lema de *ahpuh-tzotzil*, rey o señor murciélago", dije.

"El Almirante RR o tiene el don de la ubicuidad o dispone de un gran número de asesinos a sueldo, porque parece estar en muchas partes a la vez", dijo ella mientras mostraba la foto en la primera plana de *El Tiempo*. Un hombre vestido de negro, con sombrero y bastón negros, parado al borde de una torre de la Catedral Metropolitana, a semejanza del mamífero volador, daba la impresión de querer lanzarse al vacío.

En eso sonó el teléfono.

"¿Quién habla?", preguntó María.

"¿Está Cristina?", preguntó una voz de hombre.

"Aquí no vive ninguna Cristina", la muchacha colgó.

Minutos después, el desconocido volvió a llamar preguntando:

"¿Está Cristina?"

"Aquí no hay ninguna Cristina."

"¿Quién era?", pregunté cuando colgó.

"El mismo hombre."

Un minuto después sonó el teléfono de nuevo.

"Bueno", contestó María.

"¿Está Cristina?"

"Ya le dije que aquí no vive ninguna Cristina", ella colgó.

El mismo día, a diferentes horas, el hombre continuó llamando.

"¿Está Cristina?", preguntaba.

"Ya no quiero contestar. Me da miedo su voz."

Otra vez sonó el teléfono. Yo tomé la llamada.

"Hablo de la oficina del gobernador del estado de México, estamos actualizando nuestro directorio, quisiéramos hacerle unas preguntas: ¿Vive en la misma calle? ¿Tiene el mismo número de teléfono? ¿Es periodista? ¿Se sigue llamando Miguel Medina?", la secretaria, imparable, soltó su chorro de preguntas.

"Señorita, yo estoy ocupado, hable otro día."

Minutos después, sonó el teléfono.

María contestó.

"Hija de la chingada, ¿está Cristina? No me vayas a colgar porque te despellejo viva", chilló la voz.

La muchacha colgó.

"Es ese hombre, me da miedo".

"Si llama de nuevo lo oiré por la extensión de la recámara."

Sonó el teléfono.

"Señor Miguel Medina, ¿asegura usted que el camión de carga no llevaba placas? Soy el jefe de prensa de la Secretaría de Comunicaciones y Transportes."

"Reitero lo que declaré esta mañana sobre el posible *accidente* del Periférico."

"¿Manifestó usted que el vehículo tenía una razón social del estado de Zacatecas?"

"Sí."

"¿Conoce el nombre del chofer?"

"No."

"Señor, nuestra delegación en Zacatecas revisó los registros de automóviles y no encontró ninguno con esas características."

"Pero si yo lo vi."

"¿Lo filmó?"

"No."

"Entonces no existe. Ningún vehículo con placas de Zacatecas se encuentra comisionado en la Ciudad de México. ¿No bebió unas copas de más con sus amigos periodistas?"

"¿Cómo sabe que estuve con periodistas?"

"Seguiremos investigando, le hablo cuando sepa algo", se despidió.

Un minuto después sonó el teléfono. María descolgó.

"¿Cómo te llamas, hija de la chingada? No te hagas de la boca chiquita, vas a pasar la noche conmigo en un hotel."

La muchacha colgó.

"Si me vuelves a colgar, puta pendeja, te voy a secuestrar, violar y matar."

"No contesto ya, señor", la muchacha vino a la recámara, asustada.

"¿Por qué este hostigamiento?", preguntó Beatriz.

"Alguien quiere investigarnos."

A lo largo del día el teléfono siguió sonando. A veces contestábamos, a veces no. Respondíamos, callábamos, tratábamos de oír un nombre, reconocer una voz, saber quién estaba haciendo las llamadas. Pero como a veces del otro lado sólo se escuchaba un largo silencio, empezamos a tener la impresión de que una oreja pegada al auricular buscaba captar los ruidos ambientales: ¿Cuántos hombres, mujeres, mozos y sirvientas había en casa? ¿Ladraba un perro? ¿Chillaba un niño? No cabía duda, con esas llamadas estaban entrando a nuestra intimidad.

"¿Está Cristina?", el hombre volvió a preguntar.

"No."

El hombre colgó.

El teléfono sonó.

"¿Está Cristina?"

5. Atentado en Tijuana

La muerte como un caballo de ajedrez saltaba sobre los escaques del territorio nacional cuando El Barracuda descendió de un Taurus verde en Tijuana. Metralleta en mano comenzó a disparar contra José Luna. El periodista, que se dirigía en auto a su oficina del periódico *El Correo de la Frontera*, en un artículo reciente había establecido, por características faciales y huellas dactilares, que El Barracuda y uno de los homicidas del cardenal Jesús Posadas Ocampo eran la misma persona.

El jueves 27 de noviembre a las 9:30 un comando de narcojudiciales en las calles de San Isidro y San Francisco salió a emboscarlo. Dos vehículos, una camioneta negra Jeep Grand Cherokee y un Taurus verde, robado en San Diego, se emparejaron a su auto Mazda color azul. Luna recibió cuatro balazos: en la cabeza, la mano derecha, el glúteo izquierdo y el pulmón derecho. Luis Valdés, su escolta y chofer, fue alcanzado por 37 tiros. El Barracuda avanzó a pie disparándole, hasta que una bala rebotó del Mazda y le dio en el ojo izquierdo. El pistolero murió instantáneamente.

"Ya me atacaron", Luna alcanzó a notificar por radio a sus colegas.

Cuando ellos llegaron el lugar estaba acordonado con cinta amarilla y un equipo de la Policía Ministerial había cubierto los cadáveres. A Luna, herido sobre el pavimento, le habían disparado cien balas de pistolas calibre 38, 45 y 9 milímetros, y tiros de escopeta calibre 12, el arma que portaba El Barracuda. El Mazda quedó atravesado en la calle.

En un operativo posterior de policías municipales, estatales y federales, y elementos del Ejército, se encontraron casquillos de AK-47. La camioneta negra Jeep Grand Cherokee y el Taurus verde en que huyeron los sicarios fueron localizados a diez calles de distancia. Por el ruido seco que hizo un revólver se determinó que uno de los sicarios utilizó silenciador. Nunca se aclararía cómo el servicio de emergencia supo del atentado antes que nadie.

"¿José Luna está fuera de peligro?", pregunté al doctor Simón Rivas Cavalcanti.

"¿Por qué me lo pregunta?", me miró receloso.

"Soy Miguel Medina. El jefe de redacción de *El Tiempo* me pidió que cubra la agresión contra el director de *El Correo de la Frontera*."

"El paciente perdió mucha sangre."

"¿Se salvará?"

"No sé, pero lo único que puedo asegurarle es que el señor Luna puede dormir en paz: el Hospital Jardín está resguardado en su interior por soldados y en su exterior por policías."

"¿Podría visitarlo?"

"Por mí no hay problema, el problema es que el señor se encuentra en la unidad de cuidados intensivos en estado de shock y con un respirador artificial. Tendrá que regresar, si es que se salva."

"¿Mañana?"

"Veremos."

"¿Cree que el atentado fue obra de una de las bandas rivales que se disputan violentamente el dominio de las lucrativas rutas del narcotráfico?", me fui a preguntarle a Temístocles Maldonado, enviado del Almirante RR a Tijuana.

"Estamos investigando."

"¿Por qué el gobierno del estado de Baja California le retiró sin explicación los escoltas que lo cuidaban?"

"El asunto no es de mi responsabilidad."

"¿Quién era El Barracuda?"

"Oriundo de San Diego, creció en el barrio Logan. Formaba parte de la Mafia Mexicana, dedicada a distribuir droga dentro y fuera de las cárceles del sur de California."

"¿Con El Bateador y El Ganso trabajaba para El Señor de los Murciélagos?"

"La justicia mexicana lo buscaba por quince asesinatos. A los catorce años mató a un homosexual. A los treinta y dos participó en el homicidio del cardenal Posadas Ocampo."

"¿Es cierto que al revisar la policía su cuerpo se hallaron tatuadas las tres emes en su abdomen y en su pecho?"

"Y quince calaveras, cada una como marca de un crimen. Le dejo mi tarjeta, por si necesita más información."

Temístocles Maldonado se retiró rodeado por cuatro escoltas paranoicos.

6. Las puertas de la prosperidad

"Ese envoltorio es José Luna", me dijo la enfermera del Hospital Jardín, cuyos cuartos tenían vista al Océano Pacífico.

"Soy yo, no sufro de *delirium tremens*, sino de narco trémens", Luna se presentó a sí mismo. "Como ve, en este lugar de cortinas, puertas y paredes blancas estoy a salvo de ratas, alacranes y perros rabiosos, pero no de mis peores pesadillas, las cuales más temprano que tarde se convierten en realidad."

"Está en un hospital, no en una clínica de desintoxicaciones, los policías a la puerta los puso la PGP, nosotros no", manifestó la enfermera y se marchó.

"Cuando se restablezca, ¿vivirá en Tijuana?", pregunté.

"Si salgo vivo de ésta, daré paseos por la playa. En sus arenas, el verano pasado presencié una pasarela de gringas y mestizas nada desdeñables. El problema es que formaban parte del establo de yeguas de El Señor de los Murciélagos. Si no, estaré en mis oficinas de avenida Revolución esperando la visita de mis amigos del barrio Logan."

"¿Continuará defendiendo la libertad de expresión?"

"Y mi vida."

"¿No tiene miedo de ser asesinado?"

"Dondequiera que voy corro ese riesgo. Aun leyendo en cama los periódicos. Los sicarios viajan más rápido que las noticias. Y que los hombres marcados, como yo. Cuando la prensa nacional se entera de un atentado en Tapachula, los sicarios ya están en Tarandícuaro. Cuando la policía arresta a un capo en Pueblo Tortuga surgen tres en Tenancingo. Mientras un procurador duerme en Tijuana, un narco despierta en Tamazunchale. Esta es la topografía del terror".

Las palabras salían de Luna con dolor, como si le saliesen de las heridas.

"La defensa de la libertad de expresión significa cosas distintas en diferentes partes del mundo. En Londres, es un comunicado de prensa, pero en Tijuana uno arriesga la vida y tiene que andar a salto de mata por calles sin misericordia y sin memoria, ¿no cree?"

"Llegará a viejo en Tijuana."

"¿No se da cuenta que estoy en un hotel de cinco estrellas?", en un movimiento difícil, tocó el timbre.

"¿Necesita algo?", preguntó la enfermera.

"Quería saber si estaba allí."

"Para apantallar a sus visitas no necesita llamarme", salió ella.

"¿No teme que maten a su esposa? Sus críticos dicen que en su obsesión por destruir al Señor de los Murciélagos no le importa la vida de sus familiares ni de sus colaboradores."

"Me remuerde la conciencia cuando un compañero es acribillado en una calle o una secretaria sufre un *accidente* de tráfico. A mi cuñada le balearon las piernas y anda en silla de ruedas. La semana pasada mi asistente perdió un ojo. Con los arreglos faciales y corporales que le han hecho pronto estará lista para participar en el certamen de Señorita México. Siempre y cuando pongamos en su ojo sano una poca de sombra y en sus labios un toque de polvo blanco. Lucirá tan bella que podría formar parte del establo del Señor de los Murciélagos."

"Sus críticos dicen que cuando usted lucha contra un cártel no le importa el peligro y que más bien, como en el ajedrez, espera el momento de dar a su oponente jaque mate."

"Más bien tratan de dármelo a mí, y tengo que posponer la partida." Su voz se oyó como un quejido que emergía de una piñata viva. Los muebles eran tamaño americano y él en la cama parecía más pequeño de lo que era en realidad. "Mientras Doña Muerte afila su guadaña, sus efluvios aroman mi cuerpo."

"Me sorprende su estado de ánimo."

"El señor Luna no es mortal, es inhumano, cuando se suponía que estaba agonizando cogió mi mano para trazar en ella la palabra Amor." Ana, su esposa, que actuaba como enfermera y agente de prensa, se levantó de la silla: "Terminó la entrevista."

"Acaban de traerle un regalo", entró la enfermera con una corona de flores. "Adjuntan una tarjeta de Raimunda Gladiola, Reina del Certamen de Belleza Narcos Unidos."

"La habrá mandado para anunciar mi ejecución", dijo Luna.

"A lo mejor el destinatario es otro y se confundieron de cuarto", dije.

"Ojalá, pero no, la Reina de Narcos Unidos, una teibolera, avanza por el tablero de ajedrez nacional sin límite de jugadas. Juega como caballo, alfil y torre al mismo tiempo, y nada ni nadie puede detenerla", suspiró él, negándose a caer en el escaque de la inconciencia. "¿Escucho el tableteo de una ametralladora? En una calle cercana se enfrentan los sicarios de un cártel contra los sicarios de otro. Si se eliminan unos a otros quedaremos parejos."

"¿Me llevo las flores?", preguntó la enfermera.

"No, las flores amarillas del cempasúchil con el rojo sangre de la zarzamora darán color a mis pesadillas."

"Oigo sirenas de patrullas y ambulancias", dije.

"La lista de muertos del día saldrá mañana en los periódicos. No en todas partes como aquí se cuecen tantas emociones. Cuando visito la morgue, tengo la sensación de que ya he visto en sueños el cadáver del ejecutado. Todo sería como un sueño, si la sangre no fuera real."

"Y si mañana, y pasado mañana, no apareciera otro muerto", añadió Ana.

"Es tiempo de dejar descansar al paciente", dijo la enfermera.

"Todavía no se siente bien, obtuvo la entrevista gracias a que él recordó que usted es miembro del Comité de Periodistas", aclaró Ana. "Otros reporteros consiguieron sólo promesas de mi parte. De José, silencios."

"No creí que estuviera tan grave."

"José está contento de haber salido con vida del atentado, pero no hay que fiarse, podría sufrir otro, y otro, hasta que lo maten."

"Le enviaré los reportajes", me puse el saco para partir.

"Me serán útiles para colgarlos en la pizarra negra donde terminan las investigaciones oficiales de los crímenes cometidos en esta ciudad."

"¿No cree que José se ha excedido en denunciar a los cárteles? ¿Está consciente de los riesgos que toma?", me dirigí a Ana.

"No puede ser de otro modo, las ejecuciones le entristecen el alma. Una plaga de alacranes en dos patas ha invadido esta ciudad fronteriza y las ruedas de los coches giran engrasadas con sangre humana", ella miró por la ventana como buscando cierto tipo de árbol que no estaba fuera. "Raúl Goldman, de la revista *Casual*, convalece en el cuarto de al lado. Sufrió una emboscada. ¿Quisiera visitarlo? José debe descansar."

Estaba a punto de despedirme cuando se oyó un gran alboroto. Había movilización en el hospital.

"Soldados y policías corren como locos por los pasillos cerrando y abriendo puertas. Temen otro atentado. El Bateador y El Ganso todavía andan sueltos", dijo él.

"Falsa alarma. Un pichón se quedó atrapado en un rosal y, en su desesperación por salir, perdió la cabeza, cayó decapitado", dijo la enfermera.

"¿No será que el pichón descabezado es un mensaje para José Luna?", preguntó él.

"No lo creo", replicó Ana.

"Hasta la vista, José."

"Hasta el próximo *accidente*", Luna miró por la ventana el cielo en dirección de San Diego. "¿Puede ver las puertas de la prosperidad? Del otro lado de la frontera están brillando."

Del hospital que pertenecía a El Señor de los Murciélagos me fui en un taxi de El Señor de los Murciélagos. La víspera había cenado en un restaurante de El Señor de los Murciélagos y dormido en un cuarto de una cadena de hoteles de su propiedad. No había de qué sorprenderse, Tijuana, Paranoid City, era su ciudad: uno comía, dormía y fornicaba bajo los ojos de El Señor de los Murciélagos.

En el aeropuerto busqué un lugar cómodo para poner en orden mis notas. Me dirigí al mostrador de la aerolínea.

"¿Puedo sentarme en aquella sala?"

"Lo siento, está reservada para los pasajeros de clase ejecutiva", la recepcionista apenas levantó los ojos de una lista.

"Señorita, es usted una pendeja, no sabe quién es Miguel Medina", la recriminó un hombre de rostro puntiagudo, bigote rubio y sombrero tejano. Vestía a la usanza de los narcos: botas y chamarra de piel, pantalón de mezclilla y camisa de seda, cinturón con hebilla gruesa, reloj y pulseras de oro. Su guarura, una especie de Frankenstein norteño, no me quitaba los ojos de encima.

"Lo sé, pero si el señor no tiene billete de clase ejecutiva no podrá sentarse allí… Si paga la diferencia, no hay inconveniente."

"No faltaba más, señorita", el narcotraficante sacó una tarjeta de crédito de una cartera llena de tarjetas.

"Por favor, no lo haga. Es un viaje corto y no merece la pena pagar tanto dinero. Le agradezco, pero no acepto."

"Cóbrese", el hombre arrojó sobre el mostrador la tarjeta y firmó el *voucher*. "Soy dueño de una flota camaronera. Si viene a Guaymas, será mi invitado", me extendió su tarjeta de negocios.

Cuando se fue y entré a la sala de espera, sentí ganas de retirarme. Tres capos de la droga estaban sentados allí con sendos guaruras. Todos se me quedaron viendo como tratando de establecer mi relación con el dueño de la flota. No se habían perdido detalle de la situación.

Para ocultar mi cara desplegué el periódico local. Traía la crónica del atentado a Luna en primera plana. En las páginas interiores venían noticias sobre ejecutados, decapitados y torturados menores. Y sobre mujeres halladas en basureros, estacionamientos de antros y calles de mala muerte.

Anunciaron la salida del vuelo y abordé el avión.

7. Primera amenaza

Ese jueves por la tarde, en la Ciudad de México, el hombre que por teléfono preguntaba por Cristina, pretendiendo ser el secuestrador Cortaorejas llamó a mi casa y dejó grabada su voz en la máquina contestadora. Las dos primeras frases del mensaje, en singular, me amenazaban a mí. Las dos últimas, en plural, afectaban también a mi esposa:

> *Perro… Te ando buscando perro.*
> *Hoy pronto vas a morir como perro.*
> *Los tengo en la mira.*
> *Son los próximos a los que les corte las orejas.*

8. Los secuestradores

La puerta se abrió y cuatro escoltas se posicionaron en la sala de prensa. El obeso Pedro Bustamante, a cargo de la Procuraduría General de la Paranoia (PGP), en cualquier momento haría su entrada. Los reporteros estaban en su lugar. Algunos de ellos habían sufrido en carne propia secuestros y se sentían inquietos delante del llamado Fiscal de la Hamburguesa por el Caso de los Violadores de los Labios Blancos. Pues en el sur de la ciudad, durante las fiestas decembrinas, 19 jóvenes habían sufrido violación calificada y asalto violento a manos de unos escoltas a su servicio, mientras ellas se encontraban con sus novios en coches estacionados frente a restaurantes de comida rápida. Los escoltas, con los labios blancos por la cocaína, fueron acusados además de secuestrar, vejar, torturar y abusar de dos mujeres menores de edad. Las agraviadas no sólo habían sido forzadas a carearse con los escoltas de Bustamante, sino a enfrentarse a un sistema de procuración de justicia que no perseguía, y sí protegía, a los delincuentes. La impunidad era tan escandalosa que al desechar el Ministerio Público pruebas periciales y testimonios contundentes, una de las jóvenes cometió suicidio.

"Gracias a la corrupción, el secuestro es el gran negocio del crimen organizado. La PGP lleva registrados más de quinientos plagios este año. Pero en el último trienio, se estima que son cinco mil." Una granada de micrófonos rodeaba la cabeza del procurador. Todos los reporteros de radio y televisión estaban allí. "La mayor parte de secuestrados se abstiene de hacer denuncias formales. Sólo la tercera parte de los plagios se conoce. El resto queda en familia. Si bien este azote social viene de tiempo atrás, en el último año y medio ha golpeado a la comunidad española, que ha sufrido hasta cuarenta secuestros. El vocero de la Embajada de España calcula que en los últimos años han sido secuestrados ocho españoles, tres de ellos por la banda de Miguel Montoya, pero aclara que no todos los delitos de esta naturaleza son comunicados a la sede diplomática. La Embajada se mantiene al margen de las negociaciones para la liberación de los secuestrados. Las familias así lo quieren."

"La plaga de plagios está provocando pánico social", lo increpó la reportera Laura Morales.

"Los casos de privación ilegal de libertad en poder de nuestro periódico son alarmantes y rompen los récords precedentes", dije. "Los secuestrados han sido niños de pecho, ancianos, cantantes de moda, cónsules honorarios, sacerdotes jesuitas, restauranteros y hoteleros, secretarias de talleres gráficos, esposas de empresarios, choferes de taxi, gerentes y empleados de compañías extranjeras, periodistas y transportistas, comerciantes farmacéuticos y secretarios de partidos políticos, alcaldes, ganaderos y agricultores, constructores de carreteras y estudiantes, hijos de políticos y hasta narcotraficantes." Bebí agua. Agregué: "*El Tiempo* tiene información de que si bien las bandas de secuestradores que operan en el país son unas cuantas, la lista de víctimas parece un directorio telefónico. Algunas personas han sido encontradas muertas días después de haberse reportado su desaparición, otras han sido liberadas por sus captores luego de haberse pagado el rescate. Los nombres de las localidades danzan delante de los ojos como una alucinación geográfica: Cuernavaca, Cuautla, Tepoztlán, Tlayca, Uruapan, Morelia, Tuxtla, Acapulco, Sabanilla, Guanajuato, Oaxaca, Santa Isabel, Chihuahua, Aguascalientes, Macuspana, Saltillo, Monterrey, Culiacán, Tijuana, Reynosa, Nuevo Laredo."

"El recuento nacional es un rosario de agravios. Desde el 3 de enero de 1995, en que un ganadero chiapaneco fue secuestrado, torturado y asesinado a pesar que su familia pagó el rescate, hasta el 15 de octubre de 1997, cuando un comerciante de Lerma fue raptado a las puertas de su casa y asesinado, la pesadilla ciudadana es la misma, las historias de las víctimas se parecen", afirmó Laura Morales.

"¿A manos de qué dependencias del gobierno está la investigación de los secuestros? ¿De la PGP o del Centro de Investigación y Seguridad Nacional?", preguntó Guillermina Durán, mirando con un ojo a Bustamante y con el otro a Alberto Ruiz, subdirector de Combate a la Delincuencia de la PGP, quien lo acompañaba en la mesa.

"El negocio del secuestro es tan productivo que ahora hasta los albañiles andan secuestrando", respondió Ruiz.

"¿Se ofrece alguna recompensa?", preguntó Laura.

"La PGP ofrece cinco millones de pesos a la persona que proporcione información fidedigna para detener a Miguel Montoya López, presunto jefe de la banda de secuestradores", contestó Bustamante, de quien decían las malas lenguas que a comienzos de octubre había hecho un operativo en un rancho de Sinaloa en busca de un capo del narcotráfico, pero al efectuarlo había hallado sólo a un sospechoso: a él mismo.

"Sabemos que la banda de secuestradores está integrada por veinte miembros y que Manuela Montoya se encarga de vigilar a los cautivos. Tanto Manuela como Miguel, de julio del año pasado a la fecha, han obtenido ganancias por unos cincuenta millones de pesos", precisó Ruiz. "Miguel es conocido por su adicción a la cocaína y la heroína, aunque sólo acepta un vicio: el de los mariachis. En la plaza Garibaldi celebra el pago de los rescates."

"Se sospecha que hay bandos policiacos protegiendo a la banda de secuestradores", aseveró Laura.

"La PGP niega que haya policías involucrados."

"¿Hay pistas para detener a los secuestradores?"

"Las tenemos. Pero no ha sido posible detenerlos porque continuamente se desplazan de lugar o cambian de domicilio. A principios de este año, luego del secuestro de Rosaura Alcántara, a quien le cortaron una oreja, detuvimos a un integrante de la banda, pero no fue posible coger a su jefe."

"La señorita Alcántara reveló que durante su cautiverio el secuestrador la violó dos veces y que le daba de cachazos en la cabeza. Desnuda y encadenada a una cama, sin más alimento que un plato en el piso, sobrevivió tres semanas casi sin comer ni beber." Ruiz mostró la foto de una mujer en paños menores y con el pelo teñido. "En esta foto aparece un cuarto donde Montoya suele recluir a sus víctimas."

"Montoya ha hecho del secuestro su *modus vivendi*, lesiona los intereses de la sociedad y genera incertidumbre entre la población", señaló Bustamante. "Difundiremos carteles con los datos y las fotografías de los secuestradores. Muchas gracias por haber asistido a esta conferencia de prensa."

"Un momento, quisiera saber más sobre la protección policiaca de que goza Montoya", insistió Laura.

"No voy a contestar a esa pregunta, pero la PGP descarta categóricamente que los integrantes de la banda sean ex policías."

"Las autoridades judiciales cuentan con un retrato hablado y la media filiación del jefe de los secuestradores", salió al quite Ruiz. "Nombre: Miguel Montoya López. Edad: 40 años. Complexión: Delgada. Estatura: 1.70. Cabello: Lacio, castaño. Frente: Reducida. Ojos: Rasgados. Nariz: Respingada. Boca: Chica. Señas particulares: Cicatriz de una herida en el brazo derecho. De su hermana Manuela no tenemos descripción."

Continuó Bustamante:

"Miguel Montoya comenzó su carrera delictiva robando coches. Originario de Santa Rosa, Morelos, desde muy temprana edad se involucró con las bandas delictivas de la Calle Mario, en Ciudad Moctezuma, donde rápidamente se convirtió en su líder. Desde 1990, su actividad principal es el secuestro. Encarcelado tres veces, tres veces salió libre, gracias a sus buenos contactos con la policía. Y el 8 de junio de 1996 cortó su primera oreja, la víctima fue el dueño de una cadena de gasolineras, por quien cobró un rescate de 300 mil pesos. Pero como si el secuestro fuera un negocio de familia, su hijo Miguelito ya realiza plagios, su hermana Manuela administra las casas de seguridad donde encierran a las víctimas y su esposa Fátima corta orejas."

"Con nombre real o supuesto, en los anales del crimen se conoce a Miguel Montoya por su costumbre de mutilar a sus víctimas y por invertir sus ganancias en bienes raíces. La marca de la Casa Montoya es un rostro desorejado", explicó Ruiz.

"La policía asegura que pronto va a caer, pero siempre anda libre", dije. "En este país existe la pena de muerte, pero la aplican los criminales."

9. Rente un guarura

Asqueado por los mil peligros que acechan al ser mortal en el hervidero de alacranes en dos patas y de cucarachas metálicas que es la Ciudad de México, me dirigí a una agencia de seguridad privada para rentar un guarura. Uno no muy caro, no mentiroso, no transa, no maleado, no muy feo (por razones estéticas) y sin antecedentes penales.

Aparte de cuidarme de secuestradores y criminales profesionales y espontáneos, yo lo ocuparía en actividades menores como comprar periódicos, llamar taxis, esperar afuera de mi oficina, sentarse a una mesa de café mientras realizo entrevistas, acompañarme a cubrir accidentes en carreteras y robos en la ciudad; y, por qué no, para darme el lujo de dejarlo en la calle bajo los aguaceros de mayo mirándome con cara de perro agradecido a través de la ventana de un restaurante argentino.

El guaro (corto de guarura) me protegería de guaruras insolentes al servicio de capos del narcotráfico, empresarios, políticos, señoras, juniors y fresas; de guaruras armados que circulan en grandes camionetas o siguiendo carros de lujo pistola o escopeta en mano, sin respetar señalamientos ni agentes de tránsito, semáforos ni sentidos de calles. Mi guarura, para mostrar su prepotencia, se estacionaría en lugares prohibidos, banquetas peatonales y en doble fila, desdeñando peatones y toda autoridad, bloqueando el paso de vehículos, ancianos, mujeres preñadas y menores de edad, todo por defender mi ruta.

Yo debía conseguir un guarura rechoncho, espaldudo, con vaselina en el pelo corto, los brazos musculosos, mal encarado, cascarrabias, vestido de civil, que portara armas de fuego como quien carga palillos y transgrediera los derechos humanos, y que fuera temido por la gente por su modo de mirar.

Podría tener tipo militar o de convicto, como uno de esos que se plantan delante de un restaurante, un banco, una escuela o un salón de belleza esperando a su patrón. Y mientras esperan no hacen otra cosa que escupir, observar lascivamente a las mujeres y echarse albures (cuando se hallan entre colegas). Un guaro de los que los ciudadanos tienen pésima imagen, pero no se atreven a manifestar porque a la menor provocación o conflicto vial se tornan violentos y sacan las armas.

Al verlos agazapados en la parte trasera de un auto blindado, sin placas y con los vidrios polarizados, mirando altaneros a derecha e izquierda como escondidos detrás de la noche o como si fueran limpiando la calle con ojos de halcón, como si todo el mundo fuese alacrán en dos patas, el prójimo intimidado los tildaba de "bestias", "patanes", "abusivos".

"Mire, Miguel, aunque las quejas de los ciudadanos nos llegan con frecuencia, rentar un guarura es una cuestión de estatus social. Todo hombre o mujer que se precie de ser algo en esta ciudad de los cláxones que mientan la madre, los cerrones que cuestan la vida, los asaltos a cuentahabientes y los secuestros exprés, que pueden durar una noche o una semana, debe tener un guarura", el jefe de redacción de *El Tiempo* fue categórico.

"Y una persona que es un perdedor, un don nadie, un bulto desechable, un miembro de la tercera edad, que no lleva encima más que su credencial de elector, una tarjeta de crédito vencida, un papel firmado por un jefe gris, ¿qué es?"

"Mire, Miguel, en esta ciudad no se puede ir a un antro solo, ni se puede entrar a un centro comercial ni bajar a un estacionamiento sin riesgo de ser secuestrado o asaltado", el jefe de redacción cortó con unas tijeras la punta de su habano. "Mire, Miguel, aquí se vive en riesgo constante de sufrir violación en el retrete de un cine o de un pasaje peatonal, aunque se sea viejo y feo como yo. Mire, Miguel, rente un guarura."

¡SU SEGURIDAD ES PRIMERO!

"Veinte páginas de anuncios en la Sección Amarilla del Directorio Telefónico, tendré de dónde escoger." Me senté delante de un abanico de avisos tanto alarmantes como convincentes redactados con palabras comenzando con mayúscula:

La Policía Auxiliar es un Cuerpo Complementario de la Seguridad Pública con Más de 60 Años de Experiencia en el Ramo de Seguridad y Vigilancia. Contrate Nuestros Guaruras. Son los Mejores en el Mercado de la Protección.

Busco Escoltas con Experiencia, Ex Militares (No Indispensable) que Puedan Cambiar su Lugar de Residencia, Dispuestos a Trabajar en Cobranza Extrajudicial. Características, Lealtad Inquebrantable. Discreción, Absoluta. Valentía, Comprobable. Comienzo, Inmediato. Duración, Permanente, Tipo de Trabajo, Tiempo Completo. Almirante RR.

Watchman. No Deje su Seguridad en Manos Inexpertas. Somos Especialistas en la Prestación de Servicio de Seguridad a Industrias, Comercios, Residencias, Colegios, Restaurantes, Clubes Privados y Eventos Especiales. Somos Profesionales. Contamos con un Departamento Jurídico que Funciona los 365 Días del Año las 24 Horas del Día.

Ciudad Bosque Real cuenta con una barda perimetral de más de 9 kilómetros y accesos de entrada y salida para la seguridad de todos sus habitantes. Un entorno en el que las familias vuelven a desarrollarse sanamente, donde los niños pueden salir a correr y jugar sin peligro. Ofrece sistemas de seguridad con tecnología de punta, con circuito cerrado de televisión las 24 horas del día, policía privada, aduanas de acceso y sensores infrarrojos.

Seguridad Privada, Incluye Guardia Canina para Proteger Empresas, Industrias, Fábricas, Comercios, Farmacias, Residencias, Escuelas, Terrenos Deshabitados, Vigilancia Intramuros, Auditorios, Centros Cívicos, Salones de Fiesta, Restaurantes, Hoteles, Hospitales, Bancos, Condominios y Oficinas. Somos los Mejores.

Patrullas de Supervisión, Contamos con Escuela de Adiestramiento Canino y un Departamento Canófilo con Cien Guardias Altamente Calificados. Rente o Compre Perros Entrenados. Como Alarmas son Insuperables.

Guaruras Enanos para VIPs Tamaño Miniatura. No se Sienta Acomplejado, Rente un Guardaespaldas más Pequeño que Usted, que lo Mire de Abajo Arriba pero que Sea Mortífero como una Cascabel.

Custodios de Mercancías, Valores o Personas en Tránsito, Protección Ejecutiva, Seguridad Electrónica, Circuito Cerrado por Televisión, Cercas Electrificadas, Detectores de Metales, de Explosivos y de Narcóticos, Controles de Acceso, Automatización de Puertas y Elevadores, Blindajes de Automóviles o Casas, Chamarras y Chalecos Blindados, Trajes y Mantas Antibombas, Equipo de Radio Comunicación, Rastreo Satelital y Videoporteros. Búsquenos.

Sólo en México. ¿Necesita guarura kosher que lo acompañe los sábados por la tarde a la sinagoga? Contamos con el guarura idóneo para seguirlo a pie por la calle, mientras usted camina hacia el templo, trajeado y cubierto con la kipá, totalmente protegido contra asalto o secuestro. El servicio incluye Stratus blanco, con conductor, y asiento trasero para acomodar a dos guaruras armados. El auto seguirá al guarura que lo irá escoltando. Y lo traerá de vuelta de la sinagoga con seguridad.

¿Guarura gay? ¿Curioso? Conoce Hombres como Tú, que han Salido del Clóset. 1346-4546. Código Gratuito. Sin Cargos Telefónicos. Atrévete.

Y este otro: Francisco-Francisca. Guarura transvesty. Auténtico Dominatrix. Tensión extrema. Fantasías violentas. Feminizaciones excitantes. Cambios de rol. Domicilio o hotel. Ambos anuncios estaban en El Tiempo, Avisos de Ocasión. Bajo Masajes.

Para que el Hombre y la Mujer de Éxito Lleve una Existencia Segura en una Sociedad Paranoica, Tenemos Ángeles Armados para Defenderlo del Prójimo Psicópata. Lo Nuevo. Guaruras de Plástico Contra Maleantes de Carne y Hueso. Para el Ciudadano Ordinario que Corre Peligros Extraordinarios Alquile al Guaro de sus Sueños, mencionaba la Guía de Noche Libre.

"Vivan los guaruras que velan por nuestra seguridad interna y externa, vigilan nuestros sueños, protegen nuestras puertas y hasta realizan los deseos de ejecutivos reprimidos", me dije. "Si bien como periodista que soy no tengo grandes cuentas bancarias y no me desplazo con tarjetas de crédito platino en la cartera, para realizar mis actividades profesionales sí necesito un escolta, un escudo humano, un esbirro y hasta un abrepuertas."

"Mire, Miguel, usted vive en la ciudad donde andan libres los Cacos, los Chupacabras, los Mata-viejitas, los Pedófilos, los Ejecuta-periodistas y otros asesinos seriales aún por clasificar", aseveró el jefe de redacción, quien volvió a prender su habano.

"Los sicarios de los cárteles de la droga, los si-cópatas pasionales, los taxistas asalta pasajeros, los policías que practican el secuestro exprés, los tortura-dores y los plagiarios que encadenan al prójimo al pie de una cama, no se fijan en mí", protesté.

"Mire, Miguel, aunque usted pertenezca a la categoría de VIPs menores, por su oficio puede ser blanco de malhechores, de un político o de un em-presario rencoroso. Los delincuentes novatos son los peores: se ponen nerviosos y disparan por nada."

Rente un Guarura. A Plazos o al Contado. Un Escolta no es la Felicidad, pero es Me-jor que un Perro. Es una Sombra Amiga que lo Acompañará en estos Tiempos Violentos. Vigilará los Pasos de su Mujer y sus Hijos, de Vecinos, Enemigos y Colegas, y hasta de Amigas Ocasionales. En Algunos Casos le Servirá hasta para Cuidarse de Sí Mismo. Todo Mientras Platica, Come, Duerme y Ama. Rente un Guarura.

Debajo del letrero colgado en la pared de una agencia de seguridad privada, el empleado de la ventanilla Ser-vicios al Cliente, me señaló la puerta de salida:

"Usted no tiene el presupuesto para pagarse un guarura de calidad, si lo quiere gratuito solicítelo en la Procuraduría General de la Paranoia."

10. Alucinar guaruras

El sábado 29 por la mañana, María vio por la ventana a dos sujetos parados afuera de la casa. Uno era alto, de pelo negro, "greñudo", traía playera blanca muy sucia. El otro, alto, medio gordo, llevaba una chaqueta. Ambos, de aspecto siniestro, tendrían entre treinta y dos y treinta y seis años. Al darse cuenta que eran observados se marcharon. Por la noche, una camioneta negra se estacionó del otro lado de la calle. Tenía los vidrios polarizados y fue difícil saber si los sujetos estaban dentro. El vehículo permaneció allí media hora. Luego, se fue.

Antes de acostarme María me trajo un plato de chilaquiles, el alimento perfecto para gozar de una noche de insomnio con figuras en forma de chiles verdes y de pechugas desmenuzadas. Olían bien, pero pospuse mi indigestión para el día siguiente. Mas como la muchacha del servicio doméstico estaba tensa por los sujetos de la calle le recomendé ponerse a ver una telenovela.

Pasé la noche alucinando guaruras. Me daba una vuelta en la cama y zas, aparecían armados en mis sueños. Me levantaba a caminar y zas, la camioneta negra estaba allí afuera. Entraba al baño a lavarme la boca y la pasta de dientes me sabía a Marca Guarura 2000. Mi indigestión se convertía en alucinación.

La posibilidad de pasar meses, tal vez años, acompañado por guaruras me daba náusea. Pero aunque yo, al igual que otros colegas, depreciaba a las señoras ricas que en camionetas de lujo llegaban al supermercado, al restaurante o a la escuela de sus hijos custodiadas por tanques humanos para protegerlas del pueblo puerco y puto (como creo que dijo un gran artista italiano), y de las cucarachas en dos patas que volvían inseguras nuestras calles, traté de encontrarles un lado amable. Y llamarlos escoltas, guardaespaldas, agentes, tenientes y oficiales.

Los guaruras se apoderaban de las banquetas. Ciertamente, ése era su trabajo. Se plantaban a las puertas de los establecimientos comerciales mirando con prepotencia a todo el mundo, semejantes a dóbermans a punto de saltarle encima al prójimo. No cabía duda, eran eficientes. Así que, debía tener uno.

"¿Para esto he nacido? ¿Para andar con un guarura por la calle? Qué miseria", me dije, buscando en Internet noticias relacionadas con ese personaje nocivo de la fauna nacional que el vulgo llama guarro, guarura y guarache. El material que hallé, fue poco alentador:

Las fuerzas del orden rescataron a un guarura a punto de ser linchado por una multitud enardecida. Trataba de violar a la niña que tenía bajo su custodia. Pero el guarura no sólo es un peligro para la infancia, es también una amenaza para los canes: hay una banda que se dedica a raptarlos y a pedir rescate por ellos. Notificaba el *Diario de Ciudad Moctezuma.*

Guarura se dedicaba al rapto de libaneses y españoles. En su casa tenía doce cuartos con secuestrados. Parecía hotel. Cuando el escolta traía a una nueva víctima tocaba la puerta antes de entrar para ver si el cuarto no estaba ocupado, se escribía en *El Espejo de Polanco*.

Guarura vestido de murciélago fue sorprendido asaltando a una turista brasileña afuera del Hotel Berna. Era el jefe de seguridad del secretario de Comunicaciones y Transportes. Al ser interrogado manifestó ser aficionado a la música tecno. Escapó por la noche cuando otro guarura le cerró el paso a la patrulla que lo llevaba detenido, reveló *La Voz de la Zona Rosa*.

Guarura arrestado cuando orinaba delante de la bandera nacional en la Plaza de la Constitución. Al ser aprehendido por dos policías el ebrio arremetió contra los esqueletos danzantes del Día de Muertos, era el pie de foto de *La Jalada*.

Los guaruras que custodiaban los alrededores de la parroquia de San Fernando, en la boda del hijo del líder petrolero Raimundo Romero Roldán, implicado en el Pemexgate, agredieron a los reporteros que cubrían el evento, denunciaba *La Gaceta*.

Bebé secuestrado por guarura vestido de nana en el mercado de La Merced. La madre, vendedora de frutas, teme que utilicen a su hijo en películas porno o lo usen para abastecer el mercado de órganos humanos en la frontera, informaba *El Parcial de Tepito*.

Guarura Mataviejas es agarrado *in fraganti* afuera de la iglesia de San Agustín mientras estaba estrangulando a una octogenaria. La anciana acababa de cambiar en un banco la remesa que le había mandado su hijo desde Amarillo, Texas, relataba *El Vespertino de Iztapalapa*.

Lotería Espectacular. Se Rifa una Patrulla Austera con doscientos cincuenta Guaruras de Fuerza Dotada de Camuflaje para Atropellar a Estudiantes y Trabajadores, se mofaba *La Nueva Izquierda*. Compre su Boleto. Gane y Lleve una Existencia Impune.

Un helicóptero del Heroico Cuerpo de Bomberos rescató a un guarura en la azotea de un edificio en llamas. El hombre con las ropas incendiadas hacía esfuerzos desesperados por salvarse a sí mismo, olvidándose de las mujeres y los niños atrapados en la conflagración, comunicaba *El Expreso del Poniente*.

Guaruras Matan a Guarura Trasvesti en la Calzada de Tlalpan. Rodrigo Ramos Rosas llevaba una peluca color zanahoria, las mejillas empolvadas y lápiz labial en los labios, y traía medalla de la Santa Muerte colgada del pecho cuando se le atravesó a un coche negro marca BMW. Los guaruras que cus-

todiaban al poderoso pasajero, le dispararon
a quemarropa y lo mataron. El transvesti falleció sobre el asfalto. Los asesinos escaparon,
reportaba *El Tiempo*.

Las Monarcas dejaron los santuarios acom-
pañadas de avispas. Así es la vida en México:
hasta las mariposas necesitan guaruras, avi-
saba *El Matutino de Contepec*.

Que los Dueños se Responsabilicen por sus Perros, Sami
Schwartz mandó una carta a nuestro diario propo-
niendo que los autos de los guaruras lleven placas especiales, paguen impuestos elevados y que las empresas
o individuos que los contraten los registren ante las autoridades para que cuando transgredan la ley sean responsables de sus actos.

"¿Es prudente rentar un guarura? ¿No se volverá en contra de mí como perro rabioso? ¿Merece la
pena el riesgo? Qué degradación del ángel custodio
que Dios asignó al hombre: pasó de ángel de la guarda
a guarura. No cabe duda, esta noche alucino guaruras", me decía cuando vi en el Internet un chiste de
adolescentes:

¿En ké se parecen los guaruras a los testículos?
En ke generalmente son prietos, peludos y feos.
Siempre andan de a dos.
Siempre andan detrás del picudo.
Siempre ke hay una fiesta se tienen ke kedar
afuera.

11. Visita a la PGP

El hombre parado en lo alto del edificio parecía recargarse en el vacío. Desde la azotea escrutaba la calle. Pero no había de qué preocuparse, no se reportaba nada que no fuera habitual: el trajinar de los comerciantes ambulantes y de los franeleros cuidando coches estacionados en sitios ilegales.

Era un día caluroso de fines de noviembre. Las mujeres, abochornadas por el calor, andaban ligeras de ropa. Cuando Mauro Mendoza me dejó delante de la Procuraduría General de la Paranoia, todo parecía tranquilo, excepto yo. Yo, que llevaba signos de amenazas de muerte en la cara.

Para ingresar a ese baluarte del control al ciudadano se tenía que pasar por el escrutinio de ojos y oídos electrónicos, mostrar la Credencial de Elector, la Cédula de Identificación Fiscal, el Pasaporte de los Estados Unidos Mexicanos, la Cartilla Militar, el Certificado de Sexto Año y hasta el Acta de Nacimiento.

"Identificación", un agente me cerró el paso.

Le mostré el abanico de papeles oficiales.

"Con fotocopias."

"Aquí están."

"Por allá", me indicó la puerta para detección de metales.

ENTRADA

SALIDA

Un guardaespaldas con cara de *No te me acerques mucho* me examinó como si yo, Miguel Medina, fuese su enemigo personal. Era tan alto que cuando se desplazaba parecía que se iba a descomponer en tres partes: piernas, caja del cuerpo y cabeza. Su nariz, que había recibido un puñetazo en una pelea callejera, era una flor de boxeo.

Traspasadas las rejas, me topé con siete agentes gordos que estaban delante de siete vehículos de la PGP camuflados como particulares. Siete más platicaban parados junto a seudo taxis, seudo ambulancias, seudo carritos de helados, seudo camionetas repartidoras y seudo autobuses escolares. Todos estaban listos para entrar en acción, ocultando en los cofres sus arsenales.

"¿Viene a ver al señor procurador?", un secretario fornido me esperaba para conducirme a su oficina.

"Tengo cita con el licenciado Pedro Bustamante."

"Sígame, por favor", me indicó corporalmente el camino. Tenía ademanes de señorita, patillas depiladas y ojos sombreados.

"¿Gusta un café?"

"¿Es de grano?"

"Sí."

"Buenos días o buenas tardes", me saludó un hombre de negocios que salía de la oficina del procurador. Por su expresión gozosa se veía que se encontraba en el quinto cielo de la alegría empresarial. Había hecho con el procurador el negocio de su vida.

"Pase, por favor", el secretario me condujo por un pasillo con piso de madera, el cual desembocó a un pasillo más estrecho, y a una sala de juntas con mesa y doce sillas. Todas las ventanas daban a una explanada de concreto.

"El señor procurador se encuentra en una junta, ¿quiere dejar un recado?", contestó el teléfono otra secretaria desde un cubículo contiguo. "¿No? Entonces, vuelva a llamar el lunes próximo, porque el señor procurador sale esta tarde a Tijuana."

"Está en su casa", el procurador Bustamante ocupó todo el sillón de cuero rojo, pues era tan gordo que se tapaba con la barriga el sol que le caía sobre las piernas. Hombre refinado, odiaba el olor a axilas de sus colaboradores y hacía que su secretaria los rociara con un vaporizador desodorante con el pretexto de que estaba probando una nueva marca de agua de Colonia.

"Gracias."

"Tráigale café al señor licenciado", ordenó a la secretaria.

"No soy licenciado", protesté.

"Entonces, al señor Medina."

"Señor procurador...", comencé.

"¿Le gusta la secretaria?", me miró con picardía.

"Es simpática."

"Pues cuando se le ofrezca, me dice y lo arreglamos."

"Señor..."

"Antes de entrar en materia le daré un tour por nuestras instalaciones. No sabe cuánto trabajo me costó darle un toque menos austero a este pesebre de chicos pestilentes. Venga conmigo", Bustamante me hizo pasar a un salón con piso de mármol y muros adornados con pinturas de Renoir y esculturas de Rodin, seguramente falsas. Los marcos de los espejos estaban revestidos con oro; los grifos del lavabo, chapeados.

"En París, mi esposa Celia compró la exposición completa de nuestro amigo Sebastián Candela, pintor surrealista", el procurador tocó por debajo de la mesa el timbre.

"¿Desea el señor alguna cosa?", apareció un asistente.

"Fíjese que no nos estén filmando. En estos días le toman a uno videos hasta en el retrete."

"Ayer revisamos las ventanas y los tubos de ventilación."

"¿Cómo ve la situación política del país?", Bustamante se volvió hacia mí. "¿Le molesta si fumo?"

"Todos los candidatos son malos a su manera."

"Entonces no le pregunto por el de mi partido."

"Discúlpeme, pero tengo junta de redacción en mi periódico en una hora, quisiera contarle mi problema."

"Soy todo oídos", tocó un timbre (o activó una grabadora debajo de la mesa).

Le dije lo de la amenaza. Con cara seria escuchó la voz del casete, escrutándome con los ojos.

"¿Está seguro que no es un familiar el que lo está asustando?", formuló la pregunta de diversa manera tres veces para ver si estaba seguro de lo que afirmaba y no me contradecía.

"Sospecho de una banda de secuestradores o de la policía."

"Tenemos que investigarlo, pero debe levantar un acta ante el Ministerio Público."

"Ya lo hice", le mostré la averiguación previa.

"En su calidad de querellante debe presentar testigos de los hechos a más tardar en dos días. Hay gente que no lo hace por temor a represalias, al ignorar si los plagiarios conocen el nombre y las actividades de la esposa y de los hijos."

"No tengo miedo."

"Sobre la banda de secuestradores que opera en la ciudad, la información de su diario es exagerada."

"¿Cuál información? Si todavía no sale."

"La que piensan sacar."

"¿Sobre los secuestradores?"

"Hay grupos hostiles al gobierno que propalan rumores para desacreditarlo. El presidente de la República recomienda a sus ministros no leer periódicos, y si los leen, no hacerles caso."

"Nosotros publicamos noticias, no rumores."

"¿Me permitiría verificar la información antes de publicarla?"

"De ninguna manera."

"Si le interesa escribir sobre criminales sicópatas, le mostraré algo muy interesante", el procurador tocó el timbre.

"Sí, señor", apareció el asistente.

"Ramón, déme los expedientes que me trajo el capitán Domingo Tostado."

"Sí, señor, aunque le recuerdo que son secretos."

"Se los prestaré", Bustamante abrió el portafolio negro que el asistente colocó sobre el escritorio. Sacó unos papeles marcados con la palabra Confidencial.

"No quiero verlos."

"¿Por miedo?"

"Por prudencia."

"Podría escribir un artículo."

"O mi epitafio. Al difundir su contenido seré un hombre marcado."

"La PGP lo protegerá."

"No de mi miedo."

"El Centro de Investigación y Seguridad Nacional le dará guardaespaldas."

"Es el miedo el que ahoga al hombre, no el agua."

"¿Teme que le den un balazo por la espalda?"

"Usted, ¿no teme por su vida?"

"Si tuviera miedo no estaría en esta chamba."

"¿Qué es lo peor de su oficio?"

"Lo peor, Miguel, es darse cuenta que la gente cercana nos está espiando, trabaja con el enemigo. Si voy en coche los narcos saben donde estoy, si doy vuelta en una esquina los narcos saben en qué calle me encuentro, si visito a alguien los narcos están enterados de mi plática. La paranoia, Miguel, es la piscina en la que nado día y noche."

"En Morelia se dice que hay gente tan chismosa que nada más un hombre piensa en engañar a su esposa que ella ya lo supo."

"Así aquí."

"Cuando deje el cargo, ¿qué hará?"

"Seré embajador en España."

Bustamante tocó el timbre. Apareció el asistente.

"Ramón, ¿ha declarado Federico Peña?"

"Se ha negado a declarar."

"Interróguenlo con pasión."

"No se puede."

"¿Por qué?"

"Porque huyó."

"¿Cuándo?"

"Hace media hora. Se fue por su propio pie del hospital donde lo llevaron para hacerle un chequeo."

"Si no estaba enfermo", el procurador dirigió la cara hacia la derecha, y, accionando las manos y moviendo los labios empezó a decirle algo a un interlocutor invisible. Entonces recordé que por sus tics lo apodaban Politics.

"Se inventó una dolencia."

"¿Quién se la diagnosticó?"

"El capitán Domingo Tostado."

"Llámelo."

"El capitán Tostado huyó con él."

"¿En qué hotel de cinco estrellas de Cancún se fueron a hospedar los fugitivos?"

"Salieron en avión privado, posiblemente rumbo a San Antonio, Texas."

"Si los agarran, interróguenlos con delicadeza, son buenos amigos. A Peña devuélvanlo al reclusorio. Si Tostado regresa, que se presente en mi oficina", el rostro del procurador se crispó. Volvió la cara hacia la izquierda para decirle al interlocutor invisible unas frases inaudibles en una lengua que parecía zapoteco. "Luego me informa", ordenó al asistente, parado junto al escritorio. A mí dijo, teatralmente: "Solo, estoy solo, totalmente solo en este oficio, ¿se da cuenta?"

"Gracias por haberme recibido", balbuceé.

"Lo acompaño a la salida… Pero antes que se vaya, quiero decirle que el derecho a la información será garantizado por la PGP, como lo marca la Constitución en el Artículo Sexto", dijo, y cerró la puerta.

En el pasillo me crucé con la reportera Guillermina Durán, quien en la reunión de los periodistas me había pedido los nombres de los policías involucrados con el crimen organizado. Pretendiendo hablar con la secretaria pasó junto a mí sin saludar. Tras las gafas oscuras escondía sus ojos de distinto color.

"Cancele todas las citas, después de la señorita Durán que no entre nadie, me voy a Cancún", Bustamante le dijo a la secretaria.

12. Llegó el guarura

Temprano llegó el guarura. Con traje Robert's gris rata, camisa blanca Zaga, corbata de seda Made in Italy y zapatos Domit se presentó en mi oficina. Era de estatura regular, moreno, espaldudo, con brazos regordetes y pelo negro corto. Al verme llegar a mi oficina hizo gala de falsa modestia y se puso de pie.

"Señor, soy Mauro Mendoza Méndez, vengo del Cisen."

"Mucho gusto."

"La señorita, muy amable, ya me ofreció café", dijo.

"No tiene nada qué agradecer", replicó Matilde, mi asistente peluda (pelo como cabeza de cepillo, suéter cuello de tortuga, falda negra, pañuelo tipo Pancho Villa sobre los hombros, facciones toscas, ojos amables, bondadosos; bajita, quisquillosa, con manos de lavaplatos. Nada sexy, excepto que le gustaba sentarse delante de los visitantes con las piernas abiertas. Cuando las noticias la excitaban la voz le temblaba).

"¿Puedo sentarme?"

"Por favor."

"¿Le molesta el humo?", encendió un cigarrillo.

"Allí está el cenicero."

"¿En qué puedo ayudarlo, señor?"

"¿Está enterado de la amenaza de muerte que recibí?"

"Estoy al corriente."

"¿Qué le dijo el procurador Bustamante?"

"El señor procurador no habló conmigo, habló con mi jefe el Almirante RR. El señor Almirante me dio la orden de venir a verlo."

"Le contaré lo sucedido."

"¿Puedo poner la grabadora?"

"Hágalo."

"La amenaza es preocupante", movió la cabeza cuando acabé de contarle lo sucedido. "¿Me ofrece otra agua prieta?"

Matilde apareció con el frasco de café soluble.

"En México hacen el café aguado, a mí me gusta fuerte, me mantiene alerta", vació medio frasco en la taza. Movió la cuchara con dificultad.

"No va a dormir", Matilde regresó a su escritorio.

"Desde este momento está bajo mi protección. Le dejaré mi número de celular para cualquier eventualidad. Puede hablarme sin importar la hora del día o de la noche. Hasta en domingo", bebió el café de un golpe, me miró con fijeza: "Haré lo posible para darle seguridad, excepto saltar de un helicóptero."

"¿Le teme a los helicópteros?"

"A un secretario de Turismo le encantaba saltar de los helicópteros, y como yo tenía que saltar tras él para protegerlo, una vez casi me decapitan las alas giratorias."

"Despreocúpese, no acostumbro saltar de helicópteros."

"Otra vez me mandaron a arrojar las cenizas de un general en el cráter del Popocatépetl. Casi me caigo en el volcán con la urna en la mano", me miró con cara de mono preocupado.

"¿Sus padres fueron…?"

"Mañana Tal Vez, siempre prometían la comida para el día siguiente."

"No quise ofenderlo."

"Mi padre, carnicero, y mi madre, madrota. Cuando era niño me enviaron a Tijuana. Mi hermano mayor, siguiendo el esquema familiar de dedicarse a la carne, puso un negocio de pollos: pasaba ilegales por la frontera. Hasta que lo agarró la Migra. El gringo le dijo: 'Amigo, no te daremos de comer ni de beber pero todo el desierto es tuyo'. Murió de sed entre los cactos."

Sin duda exageraba. Pretendí creerle.

"Por razones que no quiero mencionar aquí, la familia se estableció en Cuernavaca, mi padre quería solaz, jardines, piscinas, buen clima, y, en lugar de eso, fue secuestrado."

"¿Murió? ¿Fue rescatado?"

"Desapareció, desapareció para siempre, solamente quedó de él su equipaje en un hotel de paso."

"¿Está seguro que fue secuestro?"

Él evitó responder a mi pregunta:

"Hay gente sedentaria que pasa su vida en una oficina o manejando camiones, yo busqué la aventura. Mi primer trabajo fue cuidar a un discapacitado al que le gustaba correr por las calles en su silla de ruedas. Luego me mandaron a vigilar una estación de trenes abandonada. Después, hallé chamba con el Negro Durazo."

"¿El general del Partenón de la Corrupción?"

"El mismo, oriundo de Cumpas, Sonora, falleció en Acapulco, víctima de un cáncer en el colon. Durazo fue mi modelo: fue general sin haber pasado por el

Heroico Colegio Militar, trabajó en el Banco de México sin saber multiplicar seis por seis, llevó toga sin ser jurista, no tenía voz pero mereció corrido, recibió el Micrófono de Oro de la Asociación Nacional de Locutores sin saber la O por lo redondo; cleptómano, estableció la Dirección de Investigaciones para la Prevención de la Delincuencia. No tenía dos dedos de frente y apenas podía garabatear su nombre, pero el libro sobre su vida vendió un millón de ejemplares. De director general de Policía y Tránsito se convirtió en fugitivo de la justicia hasta su aprehensión en Puerto Rico."

"El seudo general fue notable por sus fechorías", lo interrumpí.

"Tendría seis años cuando me topé con él, joven aún, en la Nevería Irma. Me impresionó su manera de hablar y su forma de bailar el mambo. No lo volví a ver en años. Hasta que una noche, en un vagón del metro, en un asiento hallé un periódico. Traía su foto. El presidente de la República lo acababa de nombrar jefe de la policía capitalina. Lo busqué para pedirle trabajo."

"¿Se lo dio?"

"Me mandó recolectar los centenarios de oro que como diezmo de mordidas sus subalternos le entregaban cada noche."

"Usaba a los policías de albañiles para construir sus mansiones."

"Me pidió ocuparme de la *pecera*."

"¿La *pecera*?"

"El general Durazo tenía en su oficina una *pecera* seca con peces especiales: relojes y esclavas de oro, anillos con brillantes, collares de perlas, bolsas con centenarios, llaveros de plata, tarjetas de crédito, billetes de lotería premiados, boletos de avión, carteras con dólares, libras esterlinas, yenes y pesos. A su oficina venían presidentes, ministros, gobernadores, empresarios y capos de la droga, y él los invitaba a pescar. Yo hacía girar los premios. El invitado metía la mano en la *pecera* y lo que pescaba era suyo. Del tamaño del sapo era la pedrada, ya que sus paisanos de Cumpas sólo pescaban bisutería."

"La gente menuda, ¿pescaba eso?"

"A los primeros les decía: 'Pásele a la *pecera*. Pésquele, pésquele, pruebe su suerte. La *pecera* tiene *peces* gordos, a lo mejor pesca un Omega o un Rolex o una esmeralda. O un sobrecito de polvo blanco'. Cuando los de Cumpas sacaban un reloj de plástico, soltaba la carcajada: 'Se secó la *pecera*, compa'."

Mauro vació la otra mitad del frasco de café en su taza:

"El general convocaba a los jefes de las bandas criminales: rateros, zorreros, descontonadores, retinteros, paqueros, narcos, roba coches, secuestradores y padrotes. Les decía: 'Miren, compas, el crimen en esta ciudad no debe pasar de un *average*. Si se pasan de ese *average*, los echo al Gran Canal. Roben tranquilos, pero no se pasen del *average*. Y no asalten en las colonias de los ricos, porque me sacan en los periódicos y dañan mi imagen."

Mauro dio un trago largo:

"Una noche su barman falló y el general me dijo que me fuera con él al Partenón, en el kilómetro 23 y medio de la carretera libre México-Cuernavaca."

"¿Ese palacio construido en once hectáreas de terreno con dinero de la Dirección General de Policía y Tránsito?"

"El Partenón era único con sus rejas de siete metros de alto, su hipódromo, su galgódromo, sus caballerizas, sus lagos artificiales, su helipuerto y su discoteca Studio 54 como la de Nueva York."

"¿Para hacer qué?"

"Para elaborar su vino rosado, el general vació en una jarra dos botellas de vino tinto Cháteau Lafite Rothschild y dos botellas de vino blanco Puilly Fuissé. Me hizo sostener el embudo para que él pudiera revolver los vinos hasta que los blancos perdieran color y los rojos densidad. Hecha la mezcla, ordenó: "Mauro, sirve el Vino Rosado Durazo a los invitados."

"Qué alquimista vulgar."

"Cuando lo embotellaron, acusado de acopio de armas, contrabando organizado, defraudación fiscal, abuso de autoridad y homicidio múltiple (por eso del presunto asesinato de doce colombianos narcotraficantes, cuyos cuerpos con huellas de tortura y tiro de gracia fueron hallados flotando en las aguas del río Tula), me quedé sin empleo. Pero queriendo ser guarura, dedicado al culto de la Santa Muerte, tomé clases de robo esotérico en los altares de Tepito. Cada amanecer me persigné delante de la imagen junto a zorreros, retinteros, descontonadores y paqueros. Hasta que me contactó un teniente coronel de la Dirección General de Investigaciones Políticas y Sociales, la que se convirtió en la Dirección General de Investigación y Seguridad Nacional y en el Centro de Investigación y Seguridad Nacional. Mientras cambiaban esas instituciones de nombre yo ascendía, hasta que alcancé mi posición actual."

"Bueno", pretendí leer unos papeles, temeroso de que me recetara todo su currículo.

"Fui escolta de Raimundo Reyes Pescador, el ministro de Agricultura y Ganadería. Pero más cerca de sus dientes que de sus parientes, en cada sentada se comía un cabrito. Para divertir al presidente se subía a una mesa y la partía en dos con su peso."

"Gracias por haber venido", lo acompañé a la puerta.

"Lo espero para acompañarlo a casa. Vine preparado para quedarme, desde este momento no me separaré de usted."

Mientras Mauro bajaba las escaleras, Matilde dijo:

"Con esas habilidades, me extraña que su tarjeta de crédito todavía esté en su cartera."

"Lo que a mí me sorprende es que la mesa no haya desaparecido, parece buen prestidigitador."

13. Santa Lucía

Bajo el cielo azul comenzó a llover. El aire estaba húmedo. En el horizonte sangriento las nubes tenían forma de jaguar montado sobre venada. Nadie sabía si el felino quería fornicarla o devorarla. Daba igual. Mauro acababa de estacionar el Chevrolet Malibú y Beatriz y yo nos dirigíamos a pie a la residencia de la embajada de Suecia. Ese jueves se celebraba la fiesta de la luz.

El vestíbulo estaba lleno de gente. El obeso Pedro Bustamante, procurador general de la PGP, trago en mano, y el enjuto capitán Domingo Tostado, recién designado jefe de la Policía Antisecuestros, conversaban con el obispo de Ecatepec y con el primer jefe de gobierno electo de la Ciudad de México. Niñas vestidas de blanco portaban velas prendidas y cantaban:

> Alrededor de tierras que el sol dejó
> las sombras traman.
>
> En nuestra casa oscura
> sube con velas encendidas
> Santa Lucía, Santa Lucía.

Una adolescente que personificaba a la santa, con una cinta roja en la cintura y una corona de velas formada por ramas y hojas, presidía la procesión de los "niños de la estrella" (con túnicas blancas) y de los gnomos (con farolillos).

Mauro no nos perdía de vista. Observaba a las personas con que hablábamos, parecía llevar la cuenta de las galletas de jengibre y de *lussekatter* en forma de gato que comíamos.

"Hay dos tipos de guaruras, los abusivos, que piden cosas, y los poco confiables, los que después de estar en su casa le dan un tiro por la espalda al salir a la calle. No pertenezco a ninguno de ellos: soy guarura fuera de serie."

En el carro, por Paseo de las Palmas, analicé sus palabras, mientras Beatriz se afanaba por leer el programa de la fiesta bajo la luz precaria que llegaba de fuera. Mauro no prendía la del interior del vehículo para que no fuésemos vistos desde fuera. Las sombras que encubrían las facciones de Beatriz también ocultaban la mano que empuñaba una pistola.

"¿Han revisado la casa en busca de micrófonos y ojos electrónicos? ¿Examinaron el teléfono para ver si no está intervenido? ¿No estarán tomando videos en su oficina?", el guarura abrió la guantera, temeroso de que hubiese un aparato.

"¿Encontró algo sospechoso?", miré por la ventana a los parroquianos esperando microbús en una esquina.

"Tenga cuidado, porque mientras mira a su derecha puede surgirle un cómplice armado por la izquierda. Ese es el peligroso."

"¿Sabe el Cisen que me espían hasta en mis movimientos más íntimos?"

"Nada más le digo, no se confíe de las mujeres que esperan transporte público, son cabronas."

"¿Representan alto riesgo?"

"Respecto a la rutina, no pasará usted por la misma calle a la misma hora todos los días. Cada día hará el recorrido entre su casa y la oficina por rutas diferentes. No saldrá de su domicilio, o regresará a él, siguiendo una rutina. Según las circunstancias variará de indumentaria y de vehículo. En los bares y los restaurantes no se sentará de espaldas a la puerta. De noche evitará ir por calles solitarias. No se quedará mucho tiempo en un lugar. No viajará al destino anunciado. Alterará sus planes sin avisar a secretarias o personas cercanas. La impuntualidad, y la puntualidad ocasional, serán su estrategia. Hará planes por teléfono, reservas para autobuses, vuelos y hoteles que cancelará. Visitará a sus amigos de improviso." Mauro apenas reparó en el puente peatonal que iba de Río Ródano a León Tolstoi. La palmera seca plantada en el primer piso de un edificio era más patética que sus congéneres arrumbadas en los prados. A través de la maraña de cables era una ruina de árbol.

"El peligro acecha en todas partes. El prójimo de apariencia inocente puede resultar letal. No conoce a su enemigo hasta que lo tiene enfrente. Potencialmente, tiene todos los nombres y ninguno", aseveró Mauro.

"No puedo entender por qué el mundo me odia, y por qué alguien ha puesto precio a mi cabeza."

"No necesita entender nada, solamente tiene que cuidarse."

"Quizás soy víctima de una conjura imaginaria, no de una amenaza real."

"Las advertencias son serias. Con la vida no se juega", sentenció Mauro lúgubremente. "Cambiará de hábitos, dejará de hacer ciertas cosas. La ciudad para usted no será igual."

Vi cómo desaparecieron de mis ojos librerías, cafés, ventanas, muchachas, sombras, cines. La luna y el dudoso crepúsculo, el mundo a mi alrededor giraron sospechosamente en torno suyo. Ese bruto ocuparía los espacios que yo iría desocupando. Sentí urgencia de bajarme del coche y de lanzarme a la calle sin protección, aún a costa de mi vida.

"¿Podré ir en su compañía sin sentir pena?", me dije aparte, como en el teatro. "Andar con él en la calle es como ir con una prostituta. Todo el mundo sabe para qué se va a su lado. La razón salta a la vista."

¿Su cuerpo? ¿Cómo disculparlo? ¿Sus modales? ¿Cómo justificarlos? ¿Sus conversaciones? ¿Cómo sobrellevarlas? ¿Sus mentiras? ¿Cómo soportarlas? Ya lo veía junto a mí en las conferencias de prensa, ya estaba cerca de mí creando una atmósfera de paranoia. Qué agresiva era su presencia vulgar. Qué quemada me daría con amigos y enemigos. Él siempre al volante, yo a su derecha. Él vigilando con mirada brava a peatones y automovilistas, y a señoras que salían del salón de belleza, y a niños limpiando vidrios de coches en los altos.

"Todo el mundo es enemigo hasta que no demuestre lo contrario. Nadie es inocente ni culpable, sino todo lo contrario."

No existen los ángeles del cielo, todo el mundo es un criminal en potencia. Los asesinos acechan en la calle, desde una puerta o desde una ventana. O en el mejor de los casos se hacen guajes parados delante de un escaparate, esperan el momento de accionar el gatillo. No importa el sexo, la condición social ni la expresión ingenua. La cara más tierna puede albergar a un asesino. No confíe en nadie, ni en usted mismo."

Qué lata andar con un tipo así. ¿Qué fatiga tener que tomarlo en serio. Quiere hacerme creer que el mundo entero está en mi contra. Y yo, lo que quiero es ver árboles y pájaros, callejones de nostalgia, el tedio de la vida plana, de la vida pobre, igual que ayer.

"Habrá que llevar la ventana subida, la puerta con seguro", para acabar de exasperarme estornudó, estornudó como atacado por una alergia.

"¿No usa *kleenex?* Tome de los míos", Beatriz le ofreció la caja que llevaba debajo del asiento cuando llegamos a casa.

14. El jefe de gobierno

El viernes a las nueve vino a mi domicilio un técnico para instalar un teléfono con identificador de llamadas, que escucharían automáticamente en el Cisen. Una hora después, Mauro me recogió para llevarme al Centro Histórico. En el Teatro de la Ciudad se llevaría a cabo la toma de posesión de Juan Solórzano, el primer jefe de gobierno de la Ciudad de México. Después de siglos de imposición, en que virreyes y presidentes nombraban a los regentes, unos peores que otros, los mejores, pusilánimes, la ciudadanía gozaría del privilegio de tener un gobernante electo. Eso decía mi periódico. Más bien, eso decía yo en el editorial.

Mauro dejó el coche en doble fila, en el lugar exacto donde un disco prohibía estacionarse. Pero no tuvo ningún problema, a una señal suya los elementos de seguridad obedecieron.

A pie nos fuimos al teatro. Él, a mi lado. Antes de emerger, algunas mujeres eran detectadas por el sonido de sus tacones en las escaleras. La felicidad que mostraban al saludar de beso en la mejilla era precedida por su perfume. Se despedían, más que de boca, con el sonido de los tacones perdiéndose en los pasillos.

Una joven me acompañó a mi asiento en la sección C, la planta destinada a la prensa y a los Vips. A derecha e izquierda, unos invitados se ocupaban en identificar a otros invitados. Pero los influyentes, una vez localizados, evitaban el contacto visual con prójimos menores. Hasta mi lugar me alcanzó el celular de una diputada. "Hola, ¿cómo te va? Nos vemos a la salida de la ceremonia." Al escuchar sus mensajes, la mujer sacudía la peluca pelirroja como si sus cabellos fueran verdaderos. Se afirmó los pechos, que se le habían movido, y dándome la espalda paró el trasero como para destacar las pantaletas que se le marcaban debajo de los finos pantalones. Luego se quedó quieta, ignorándome, mientras hojeaba el resumen de la prensa. Grabadora en mano, escuché la lluvia de discursos de funcionarios contra la corrupción y la inseguridad que imperaban en el gobierno de la ciudad. Las promesas de corregir esos males eran las mismas que hacía seis años.

Al terminar la ceremonia el sonido de los tacones de las mujeres se mezcló al vocerío de los hombres. Intenté salir, pero tuve que pegarme a la pared del vestíbulo a causa de que el gentío, que desde la calle había seguido el acto, había penetrado al recinto y estaba sacando en vilo al gobernador. Parado en lo alto de la escalera vi cómo llevaban en bola a Juan Solórzano, impidiéndole todo movimiento. Arrastrado hasta la esquina, lo separaban de su esposa y de su hija, a las cuales la multitud palpaba con manos múltiples, no por ciegas menos precisas.

"Qué fácil hubiese sido darle un balazo o perforarle la panza con un picahielo al señor gobernador", me dijo Mauro. "Nadie hubiese sabido quién lo mató."

"Por fortuna la gente era suya", dije.

"En la muchedumbre había infiltrados, ¿no lo vio? Si alguno hubiera querido matarlo, lo hubiera hecho sin problemas."

"Tengo cita con él el lunes."

"Lo sé."

"¿Cómo lo supo?"

"Por mis colegas, la misma red que protege a unos informa a otros."

"¿Podemos confiar en la red?"

"Somos profesionales."

El lunes, en la Plaza de la Constitución, él y yo nos abrimos paso entre los manifestantes que desde la víspera ocupaban la explanada desde la Catedral hasta el Palacio de Gobierno. Las protestas contra Juan Solórzano eran numerosas. Los amigos le aventaban cáscaras de mango; los enemigos, cáscaras de plátano.

Elementos de seguridad resguardaban la entrada del viejo edificio del Ayuntamiento, con su logia neoclásica, sus arquerías, balcones y torres y sus columnas estilo dórico, jónico y corintio.

"¿Es por la puerta tres?", pregunté a uno.

El vigilante malencarado apenas abrió la boca.

"No le oigo", dije.

"No quiero que me oiga", me dio la espalda.

Un portero me pidió una identificación y le dejé mi credencial de elector. Pasamos entonces por una puerta con un detector de metales. Luego de ser sometidos a una revisión corporal, subimos por una escalera de piedra. Nos encontramos en la antesala del despacho del jefe de gobierno.

"Maestro Medina, pase usted", un secretario particular me condujo por un largo pasillo. A Mauro le dijo: "Lo siento, pero tendrá que esperar a su jefe afuera."

Frustrado por no poder acompañarme, Mendoza se sentó en un banco mirando como un perro hacia la puerta por la que yo había entrado.

"¿Quiere un café?", oí que le ofreció una secretaria.

"¿Tiene Nescafé? Tráigame el frasco y la taza de agua, yo mismo me lo sirvo", replicó secamente.

"¿Qué te trae por aquí, Miguel?", me preguntó afable el jefe de gobierno. Sus orejas de Dumbo eran de alcurnia, venían de un largo linaje político.

"He recibido amenazas de muerte."

"¿Tienes idea de dónde vienen?"

"No."

"¿Quién te ofreció protección?"

"El Cisen."

"Quien te ofreció la protección creó la necesidad", rió Juan Solórzano, divertido.

"¿Qué quieres decir?"

"Es posible que el Cisen te amenace y el Cisen te cuide."

"¿Por qué?"

"Para espiar tus movimientos."

"Bromeas."

"El Cisen es el servicio de inteligencia civil y contrainteligencia para la seguridad nacional que tiene entre sus atribuciones operar tareas de inteligencia como parte de su trabajo. Seguro eres un riesgo nacional", los ojos del jefe de gobierno se achinaron por la sonrisa.

"¿Qué puedo hacer para quitármelos de encima?"

"Acepta su protección y cuando puedas, despídelos."

"¿Y si lo hago de una vez?"

"Antes lee la cronología de casos que involucran a personal del Cisen en acciones delictivas durante el pasado gobierno. Corres peligro que te suceda un *accidente*. Así los medios podrán decir que el servicio de inteligencia civil te ofreció escoltas, pero como no los quisiste fue culpa tuya que te asesinaran."

"¿Alguna recomendación para Navidad?"

"Vete de aquí."

"¿Así de drástico?"

"Así de grave. Entre Navidad y Año Nuevo se produce un vacío informativo, suelen suceder cosas desagradables."

"Supongo que esas cosas desagradables se quedan en las noticias del año pasado."

"Y sin investigar."

"Me voy con el ánimo muy alto."

"Bueno, si necesitas guardaespaldas que vigilen a tus guardaespaldas solamente tienes que llamarme", el jefe de gobierno me acompañó a la salida.

"Nada más vislumbre, señor, no me dejaron entrar", Mauro me aguardaba junto a la puerta.

"Hasta la vista, Miguel."

"Suerte, Juan."

"¿Es su amigo el gobernador?", Mauro estaba devorado por la curiosidad. "¿Lo conoce desde hace tiempo? ¿Es un comunista? ¿Quiere derrocar al gobierno?"

"Lo conocí hace poco", mentí.

"Creí que eran buenos amigos."

"Así parece."

"¿Le dijo si iba a tener a izquierdistas en su gabinete?"

"No hablamos de política."

"Si habla con él, menciónele que su seguridad no funciona y que está descompuesto el detector de metales. Pasé con una pistola y nadie lo notó. Qué tal si al entrar hubiese tenido la intención de matarlo, ya estaría muerto."

"¿Él o yo?"

"Él."

15. Cristina

Sonó el teléfono.

María fue a contestar.

"¿Está Cristina?", preguntó una voz.

"Ya le dije que aquí no hay ninguna Cristina", ella colgó.

"¿Quién era?", preguntó Mauro.

"El hombre que pregunta por Cristina."

"Si vuelve a hablar, dile que quieres encontrarte con él en el metro Chapultepec. El próximo domingo a las once."

"Tengo miedo."

"Un compañero y yo estaremos allí antes de la cita."

"No quiero ir."

"Te encontrarás con él en el andén Dirección Pantitlán", el guarura la miró con ojos incendiarios.

La muchacha buscó mi consentimiento.

"Debes hacerlo, estarás protegida."

El teléfono sonó. Ella observó el aparato con temor.

"Contesta", le ordenó Mauro.

"Bueno."

"¿Está Cristina?"

"Ya le dije que…"

"¿Cuándo nos vemos, mi cachonda?"

La muchacha no respondió.

"Te estoy hablando, hija de puta."

"Dile que lo verás el domingo."

"¿Qué pasa? ¿Estás allí, pendeja? Cuando te hablo contéstame, si no te voy a secuestrar, violar y tirar a un basurero."

"No me insulte más, señor. Haré lo que diga, pero no agreda."

"¿Cuándo nos vemos, linda?"

"El domingo."

"¿Por qué el domingo?"

"Es mi día libre."

"A qué horas."

"¿A las once?"

"¿Dónde?"

"En el metro Chapultepec."

"Si fallas te parto la madre. Ah, y no se lo digas a nadie, si alguien te sigue, te mato."

"¿Cómo es usted?"

"No tienes por qué saberlo, yo sé cómo eres tú. Ponte debajo del reloj y pregunta por Cristina al hombre que estará recargado en la pared."

"¿Por Cristina?"

El desconocido colgó. Llamó de nuevo.

"Y no te retrases, cabrona, ¿entendiste?", le ladró.

El domingo en la mañana María se bañó, se hizo las trenzas, se perfumó. Reluctante tres veces me preguntó si no sería mejor que el señor Mauro fuese en su lugar.

"Tienes que ir", insistí.

"Bueno", se fue arrastrando los pies y en la esquina cogió el microbús hacia el metro Chapultepec.

Regresó ya noche, callada.

"¿Qué pasó, María?", la interrogué.

"El hombre no se presentó a la cita."

"¿Estás segura?"

"No vino. Tampoco estuvo el señor Mauro."

"¿Qué hiciste luego?"

"Me fui a ver a mi hermano a Ecatepec."

Al día siguiente, llevé aparte al guarura:

"¿Hubo resultados?"

"¿De qué?", me miró como si no supiese de qué se trataba.

"De Cristina."

"Ah, el tipo vino a la estación. El Petróleo y yo lo agarramos a chingadazos."

"¿El Petróleo?"

"Mi pareja."

"¿Cómo supieron que era él?"

"Por deducción."

"María dice que nadie vino."

"La usamos de señuelo."

"¿Lo detuvieron?"

"Lo sacamos del metro. Como en el amor, a cada golpe los ojos se le iban pa'dentro. No volverá a molestar con Cristina."

"¿Lo interrogaron?"

"Soltó la sopa, estamos procesando la información."

"¿Qué dijo?"

"Ya le daremos un informe", me miró con cara de nunca voy a hacerlo.

16. Segunda amenaza

Cuarenta y cinco campesinos indígenas tzotziles de Las Abejas fueron asesinados la mañana del lunes 22 de diciembre de 1997, en Acteal. De las 45 víctimas, 16 fueron niños y adolescentes, 20 mujeres (7 embarazadas) y 9 hombres. Mientras la versión oficial atribuía las causas de la matanza a la falta de Estado de Derecho en Chiapas, al antagonismo político entre las etnias locales, la guerra de pobres contra pobres, los odios ancestrales exacerbados por el Ejército Zapatista de Liberación Nacional y a la confrontación de los indígenas con los terratenientes y las autoridades constitucionales, se sabía que los asesinos eran miembros paramilitares del grupo Máscara Roja, opuestos al EZLN, los cuales, como alucinados, abatieron a balazos y machetazos a los indígenas por la espalda cuando rezaban en una iglesia comunitaria. Sobre la matanza, que duró horas y tuvo lugar a doscientos metros de un retén de policía, la Procuraduría de Chiapas había informado que tenía "en calidad de presentados" a cuatro indígenas, incluso a un herido, en la iglesia, pero que no tenía indicios de quiénes la habían perpetrado.

El periódico me pidió cubrir los funerales, que se llevarían a cabo en medio de una gran manifestación luctuosa, así que, acompañado de un fotógrafo y mis dos guaruras, me desplacé a Chiapas para hacer la crónica.

"Justicia", en la iglesia, a unos pasos donde había ocurrido la matanza, una mujer mostró el retrato de su marido asesinado.

"¿Qué es ese cuerpo tirado en el piso?", pregunté.

"Es una india", contestó un soldado.

"¿Tzotzil?"

"Está muerta."

"Algo se mueve debajo de su ropa."

"Debe ser su hijo."

Observé la mano tiesa y las plantas de los pies de la mujer saliendo de la cobija que la tapaba. El soldado dijo:

"Debe irse, está prohibido el paso a particulares."

"Soy prensa."

"No importa, debe irse ahora mismo", el soldado me custodió hasta la salida. Allá me esperaban los guaruras y el fotógrafo.

Publicada la crónica en *El Tiempo*, el jueves 25 de diciembre por la tarde un hombre que pretendía tener acento norteño llamó por teléfono a mi casa. Dejó en la máquina contestadora el siguiente mensaje:

Chinga tu puta madre, perro sarniento.
Hijo de toda tu perra madre.
Ojalá te cargue tu puta madre,
porque ya te tengo bien localizado.
Hijo de tu puta madre.

Dos días después de la Navidad, María vio en la calle a dos hombres estacionando un automóvil gris placas 670FWW en la esquina donde se tira la basura. Los sujetos descendieron y abrieron la cajuela, como si fueran a ponerle agua, pero se pusieron a revisar armas de fuego.

Beatriz y la muchacha los vieron tomar fotos de la casa y de nuestro Chevrolet Malibú 1980 parados delante de la reja. Uno tendría unos 23 años, el otro 27. Cuando Beatriz apareció en la terraza con una cámara para retratarlos, partieron.

17. Cambio de domicilio

"Por seguridad lo cambiaremos de domicilio", Mauro se presentó a la puerta de la casa. Beatriz y yo habíamos cenado solos, viendo las celebraciones de Año Nuevo en otras partes del mundo.

"¿Y mi esposa?"

"Quedará protegida."

"¿Cuándo será el cambio?"

"El jueves."

"¿Y mis objetos personales?"

"Llevará lo esencial, como cuando sale de viaje."

"¿Podré comunicarme con Beatriz?"

"A través de mí. Pero ella no debe informar a nadie sobre su paradero, dirá que está de vacaciones o en gira de trabajo."

"¿Y el periódico?"

"Mandará sus colaboraciones por correo electrónico. O si tiene que ir a la oficina, yo lo acompañaré."

Pero el cambio de domicilio no se efectuó el jueves, por razones no explicadas. El viernes vino Mauro a buscarme. Lo acompañaba un joven lampiño, medio calvo, con gafas de sol, aunque estaba nublado. Con suéter de cuello de tortuga, aunque hacía un calor inusual en ese falso invierno.

"Es mi pareja. Lo comisionaron para cuidarlo. De ahora en adelante andará conmigo."

"Mucho gusto, señor, soy Peter Peralta alias El Petróleo. También le serviré de chofer."

"Lo llevaremos a las Suites Riviera", Mauro abrió la puerta del carro.

"Las reservadas a los VIP", añadió El Petróleo.

"¿Dónde están?"

"Ya lo verá."

Rumbo a las suites, el conductor no cogió la ruta más directa. Dio vueltas inútiles mientras Mauro irritantemente cambiaba el nombre de los lugares. Al aeropuerto llamaba Porcopuerto; al Centro Histórico, Centro Histérico; al Distrito Federal, Detritus Federal; a Cuautitlán, Cogititlán.

"¿Por qué regresamos al mismo sitio?", le pregunté, pues era la tercera vez que pasábamos por el Ángel de la Independencia.

"Para confundir soplones."

"¿A quiénes?"

"A ellos."

"¿Los de las amenazas?"

"Otros."

"¿Es necesario dar tantas vueltas?"

"Es la rutina."

Un gorrión iba en el parachoques del coche de adelante. Quise bajarme para rescatarlo. Detenido el auto por una luz roja.

"No lo haga", Mauro adivinó mis intenciones.

"En el otro alto me bajo", pensé.

"Olvídese de ese pájaro."

"La ciudad es un cagatorio", El Petróleo esperó el cambio de luz. Una camioneta se metió entre el carro del pájaro y nosotros.

"No podemos seguirlo."

"El gorrión se perdió en el tráfico."

"En su lugar quedó el exhausto, vislumbre."

"¿No ve?", El Petróleo sacó la mano para indicar que dábamos vuelta a la izquierda. Entramos a Insurgentes, el túnel al aire libre más largo del mundo.

"Ni por dónde hacerse por el tráfico, señor, ni pa'delante ni pa'trás."

"El problema de un guarura es que caes en sus manos y tienes que hacer lo que él te diga", me dije. "El problema no es conseguirlo, sino deshacerte de él. Si lo guardas, malo. Si lo mandas al diablo, peor. El gobierno va a decir: 'Tenía guarura y lo rechazó. Fue culpa suya que lo mataran'."

"Aquí hay menos carros", El Petróleo ingresó, precisamente, por una calle bloqueada por un camión de la Coca-cola. "Y un cuello de botella."

"Las calles están locas, vislumbre", Mauro puso música tecno.

"En un supermercado le dieron a Rosita una botella de aceite de oliva agujerada y se le manchó la falda", dijo El Petróleo.

"Esta mañana Lupita me echó el café sobre los pantalones."

"Para que te quedes quieto, ¿no ves?"

"Mira a ese güey", Mauro indicó a un hombrecito con gruesas gafas que cruzaba la calle. Vestía pantalones de mezclilla y chamarra bolsuda. Llevaba una cartera negra.

"¿Quién es?", pregunté.

"El Niño. Estará siguiendo al señor Medina."

"¿Por qué?"

"Para estudiar sus movimientos."

"Vamos a darle en la madre."

"El Niño está en todas partes. Hace rato lo vi en la calle de Sevilla. Después, en Arquímedes."

"Andará perdido."

"Lo andará buscando, vislumbre", Mauro cortó cartucho.

"Seguro lleva en la cartera un millón de pesos para pagar a la policía. Trabaja para Montoya."

"¿De qué se trata todo esto?", me enfadé.

"Vislumbre, en la cartera transporta periódicos en ruso."

"¿Se están burlando de mí?"

"Es muy pequeño para ser hombre y muy alto para ser enano."

"No hay que fiarnos", tosió El Petróleo.

"Me encabrona que nos esté espiando", Mauro descendió del coche por la estación del metro Polanco. El hombrecito se alejó deprisa.

"Cambiaremos la ruta", El Petróleo aguardó a que Mauro regresara al coche para reanudar la marcha.

"Se escabulló, ya saldrá."

"Con el ojo a la derecha y la oreja a la izquierda, la boca cerrada y la mano presta, así debe ir el guarura", dijo El Petróleo.

"En vez de Suites Riviera, le daremos un departamento de seguridad", El Petróleo se acomodó la pistola debajo del cinturón.

"Vislumbre, nada más vislumbre a esos maricones", Mauro señaló a dos jóvenes que venían cogidos de la mano. Llevaban los suéteres atados alrededor de la cintura. Pantalones vaqueros sin cinturón y sin bolsillos. Calcetines rojos.

"Tenga cuidado, señor, los secuestradores saben dónde anda."

"Podemos toparnos con El Niño en la próxima esquina."

"Qué fresca se veía la cucaracha bañada por las aguas negras", El Petróleo se rió de buena gana.

"Con las madejas de hilos eléctricos en la cabeza parecía escoba humana", Mauro causó hilaridad en el otro.

"Al sacarla del drenaje profundo era un café capuchino."

"Tenía cara de querer chuparme los güevos con la boca sin dientes."

"¿Torturaron a alguien?", pregunté.

"Le refrescamos la memoria", El Petróleo dio vuelta a la derecha. Subió el volumen a la música tecno.

"Baje el volumen."

"Llegamos."

El Petróleo se detuvo delante de una casa pintada de amarillo. Nada más para posicionarse, porque luego se metió en la cochera de al lado, cuya puerta se abrió automáticamente.

"¿Y ese celular para invidentes de dónde salió?", le pregunté.

"Me lo regaló un ciego en Suburbia."

"¿Amigo o enemigo?"

"Amigo, porque me lo dio de buena gana. Enemigo, porque se fue echando pestes cuando se lo quité."

"¿De qué le va a servir mandar mensajes en Braille?"

"Uno nunca sabe", El Petróleo abrió la cochera. Observó la calle con ojos desconfiados y arrancó con furia, como si se fuera echando madres.

18. Lupitas en cueros

Era un día de enero en que uno siente que puede quedarse ciego por la luz resplandeciente. Pero la luminosidad no era perfecta: había inversión térmica y la fiesta del sol era perturbada por una nata cafesosa. Hacia la una, Mauro, con su traje color gris rata, llevó a Beatriz al peluquero. Del salón de belleza la trajo en el Chevrolet Malibú a un restaurante para comer conmigo. Ella estaba contenta por abandonar su guarida un rato, pues desde las amenazas sus salidas estaban restringidas.

"Espero que la protección sea temporal, me molesta salir a la calle con guaros", estalló ella.

"¿Le escribiste a las hijas sobre las amenazas? ¿Les dijiste que no vengan a visitarnos porque correrán peligro aquí?", le dije. "Quisiera mantenerlas fuera de esto."

"¿Saben ellos dónde están ellas?", me preguntó.

"No se las he mencionado, pero sospecho que sospechan algo y que habrán elaborado su perfil."

"No confío en esos guaros."

"Trata de no mirarlos."

"No es necesario, ellos nos están espiando, saben más sobre nosotros de lo que imaginamos."

"De todas maneras finge, finge, finge. Con esta gente es más peligroso que sepan que sabes a que te crean tonto."

Mauro y El Petróleo, sentados en una salita contigua al comedor, separados por una pared de vidrio, fingían escrutar la calle mientras oían lo que platicábamos, grabadora en mano. Pero su error fue creer que ellos podían oír nuestra conversación y que nosotros no podíamos escucharlos a ellos.

"El Almirante RR me subió el sueldo y hasta me mandó regalar una caja de coñac decomisado", dijo El Petróleo.

"¿Te preguntaste a cambio de qué, güey? ¿Secretos del Cisen o de alcoba?"

"Ni eches tu imaginación a volar, güey, no me lo estoy cogiendo."

"Mira, güey, esta niña está deliciosa", Mauro abrió una revista para hombres.

"¿Te estás echando tacos de ojo, güey, con pornografía Made in USA?"

"No manches, güey."

"¿De veras te gusta, güey, esa cara adulta en cuerpo de niña?"

"Figúratela en movimiento, güey, a esa cara de niña en cuerpo de adulta", Mauro le mostró la foto. "El sexo en exceso es malo para la salud, pero un poco de pastel no le hace daño a nadie."

"No hay nada más sexy que retratar a una adolescente sexy hablando sexy, güey", El Petróleo le arrebató la revista.

"No sé qué diera por cambiarme con ese cabrón que está a su lado en la foto. Si mi cuerpo fuera el suyo, sacaría la lengua de calor como un perro", Mauro puso la mano sobre una modelo adolescente con la blusa desabotonada hasta el ombligo.

Oyéndolos, me vinieron a la mente unos versos de Lope de Vega, en los que el personaje que observa una pintura de Venus y Adonis, dice: "Allí mil ninfas desnudas / daban, con sus carnes bellas, / imaginaciones locas / entre soledades necias… / Cupidillo, que jugaba / con un carcaj de flechas, / diome deseo de amar / una mujer como aquella… / Mil veces con celos quise, / aunque el lienzo se perdiera, / cortar el Adonis todo: / ¡Mirad si amor tiene fuerza! / Otras veces, en su rostro, / retratar el mío quisiera, / porque, pintura a pintura, / gozara lo que pudiera.”

“¿Qué están diciendo esos bárbaros, ese cuervo rojo y ese chivo apestoso?”, me preguntó Beatriz, porque la plática de los guaruras ya salpicaba la nuestra.

“¿No les da pena estar mirando revistas pornográficas?”, di la vuelta a la vidriera y los sorprendí mirando la foto de una púber de tetas breves y piernas largas. Como objeto sexual que era ella no tenía facciones, tampoco ojos.

“Son revistas técnicas, aquí está una, por ejemplo, *Sobre mecánica de suelos*”, El Petróleo me mostró un folleto.

“Pero, dígame usted, ¿qué tiene de malo ver chicas en cueros, si la imagen sexualizada de las mujeres se usa para vender alcohol, coches, lencería y maquillaje?”, Mauro colocó la revista sobre la mesa. “No sólo eso, vislumbre, no sólo nosotros compramos posters para adornar paredes, las compañías comerciales las suben a espectaculares.”

“Si no pueden entender el problema, mejor me callo”, regresé con Beatriz.

“Ni te sientes, nos vamos de inmediato”, dijo ella.

“Si bien la comida fue mediocre, el encuentro fue intenso.”

“Debemos vernos más seguido, ¿por qué no vamos al cine este fin de semana? Te llamo en la noche.”

"Yo llevo al señor al depo y tú a la señora a su domicilio", dijo El Petróleo al otro.

Hacia las cinco, Mauro me trajo a María. No sé qué intenciones tenía, porque mientras subía las escaleras detrás de ella le manoseaba el trasero con los ojos. Y como de pasada, se lo acarició con un rozón de mano.

"¿A qué se debe su presencia?"

"La muchacha estaba asustada. Fue ella que vio al hombre de Cristina, y la que presenció los movimientos sospechosos fuera de su casa. Necesitamos protegerla, es mejor que sea en el lugar donde está usted."

Alguien había vestido a María como para un carnaval, con gafas de sol, maquillaje, pantalones rojos, botines de plástico y linda peluca de paloma pardeada de polvos. Parecía prostituta de La Merced.

"Quítate eso", le dije.

Su rostro era un óvalo moreno. Sus tetas, cornucopias duras. Apretaba su bolso de plástico contra el pecho, como si se lo fueran a quitar. Mi objeción era su pelo teñido de color zanahoria, que la afeaba. Mauro le clavaba los ojos en las carnes, la fornicaba con la imaginación.

"Ella no es Lupita", lo despedí.

"Mmmmhhhh", salió a regañadientes.

María, sentada al borde del sofá, trató que su cuerpo ocupara poco espacio. Que sus piernas juntas no dejaran pasar una mirada. Le di un vaso de agua, pero lo rechazó. Por pena, no por falta de sed.

"¿Se le ofrece algo, señor?", me miró con ojos dóciles como aquellos cuando llegó del pueblo. Cinco años ha. Recuerdo. La recogí en la terminal de Observatorio. En la sala de espera un hombre que se comportaba como niño de la calle le pedía favores sexuales. Desde entonces, se volvió insustituible para nosotros.

Una ventana del departamento daba al patio de la casa vecina. Otra, al edificio de enfrente. En la sala, aunque había vigas y plafones lujosos, el sofá y los sillones, nalgueados por generaciones de inquilinos, se hundían al peso de los glúteos. Lo mismo pasaba con la cama de latón: al tumbarse en ella uno podía tocar el piso.

Los cuadros habían sido comprados en el Jardín del Arte de Sullivan. Sobre las manchas en las paredes no se sabía si eran insectos aplastados o sangre seca. En el aparato de alta fidelidad los cantantes se quedaban afónicos por el mal sonido. Las flores de plástico, las eché a la calle.

En la tercera planta del edificio de enfrente se alojaron Mauro y El Petróleo. Uno a la vez. O los dos juntos. Sólo ellos sabían. Me molestaba que ellos, haciéndose los misteriosos, se llamaran con nombres en clave X2341F y GH3765. Y que, además de espiarme, no dejaran de darme indicaciones:

"De día, deje la ventana abierta."

"De noche, déjese observar."

"Lo espiaremos hasta en sus movimientos más íntimos."

"Evítese problemas, no se resista."

"No se sienta intimidado, la vigilancia es rutinaria."

"Nuestra presencia puede resultarle odiosa, pero cuando nos vea filmándolo con una cámara digital finja no darse cuenta."

"Es inútil que cierre las puertas interiores, lo observaremos."

"Si padece insomnio no se preocupe, la mañana se acerca", creí que me dijo El Petróleo mientras sus ojos desafiantes atravesaban calles y paredes.

"Uno, dos, tres, para atraer el sueño cuente los mosaicos en el cuarto de baño. Llegue a sesenta y vuelva a contar."

"Si escucha chillidos de niños, no son niños, son gatos. Están en la otra casa, pero parece que están delante de su ventana."

"Buena idea. Para dormir cuente gatos: angoras, siameses, abisinios, mestizos, todos ellos mirándolo con pupilas dilatadas."

19. Detenciones y fugas

Cerca de la salida de la carretera a Cuernavaca divisamos una camioneta negra Jeep Grand Cherokee último modelo.

"En ella viene Vicente Vargas, cuñado y presunto lugarteniente de Montoya. Rodeen el vehículo", ordenó Ruiz.

"Soy ganadero", Vargas salió de la Cherokee rodeado por las patrullas policiacas.

"Mientes", le gritó el subdirector de Combate a la Delincuencia de la PGP.

"También vendo carros."

"Revisen el interior de la camioneta."

"Tres escopetas, una metralleta AK-47, dos cajas de cartuchos, una subametralladora, dos pistolas cortas; dos maletas con dos millones de pesos, tres bolsas con centenarios", contó El Topo.

"Esto, ¿te lo dieron los Reyes Magos?", Ruiz recostó al detenido sobre el cofre del vehículo.

"Te entrego escrituras de carros y casas, y grandes cantidades de dinero, si me dejas ir", Vargas intentó corromper a Ruiz.

"Sáquenle la sopa, es suyo", Ruiz lo echó a los perros.

Después de un breve interrogatorio, con pistolas apuntándole a la cabeza, Vargas admitió pertenecer a la banda de Montoya y recibir entre 250 y 400 mil pesos por secuestro. Dio datos sobre su esposa Andrea

Jiménez y sobre su madre Francisca Martínez. Con esa información, Ruiz, los policías y un pequeño grupo de periodistas nos fuimos a Cuernavaca para presenciar el cateo de una de sus propiedades.

"La familia Vargas posee cinco vehículos último modelo: un Jetta negro, un Cavalier blanco, un Lucino morado, una camioneta Jeep Grand Cherokee y una camioneta Voyager, todos sin placas de circulación", declaró un vecino cuando vio al subdirector de Combate a la Delincuencia acercarse a la casa de tres plantas, cochera y jardín, propiedad del detenido.

"Cada mañana una señora de edad sale a barrer la calle. Tiene jaulas con pericos", añadió su esposa, en bata azul y pestañeando.

"Rodeen la casa", Alberto Ruiz tocó el timbre.

Los agentes aguardaron una respuesta, las armas en la mano. Pero como nadie abrió ni contestó, tiraron la puerta a golpes y patadas. A bordo de un Jetta negro, placas 395JFJ, estaban Andrea Jiménez, Francisca Martínez, y seis menores. Andrea acababa de recibir una llamada de Montoya diciéndole que abandonaran el domicilio y sacaran todo el dinero guardado en una caja fuerte. Las mujeres ya habían metido un millón 400 mil pesos y una cantidad equivalente en dólares en dos maletas. Tenían la intención de dirigirse a la carretera. Pero interceptadas por la policía, ofrecieron las maletas con el dinero por su libertad.

Mandadas las mujeres a los separos de la policía, Ruiz procedió a inspeccionar la casa, vigilada por policías judiciales armados y un perro pastor alemán.

Vargas nos condujo a la recámara principal, sin ventanas y con línea telefónica desconectada, donde solía descansar en una cama matrimonial. Las puertas del clóset estaban fuera de lugar. Su ropa, tirada en el suelo. En la cocina había cajas de cartón con objetos desordenados. En la sala, un policía gordo, recostado en un sillón forrado de plástico, ya miraba un televisor gigante.

"El único contacto que tengo con Miguel Montoya es mi parentesco político", adujo Vargas. "Me dedico a la compra-venta de vehículos, ignoro su paradero. Mi ocupación ahora será la de hacer trámites para recuperar a los seis menores que vivían con mi esposa y mi madre. Dos son mis bebés, dos mis hermanos y dos mis sobrinos. Están bajo mi custodia."

"¿Por qué tiene moretones en la cara?", se le preguntó.

"Al interrogarme los policías judiciales me quisieron cortar una oreja y me bañaron en sangre. Me lastimaron los dientes, la cara, las piernas y las costillas. Para que les dijera dónde está Montoya me madrearon todo. Me duelen hasta los riñones. Mi madre fue agredida y rompieron la puerta de la casa. Golpearon a los niños, abrieron una caja fuerte, se robaron ropa, zapatos, todo. No se vale. Por la paliza que me dieron he confesado secuestros que no cometí. Puedo identificar a mis torturadores y a los policías que le dijeron a mi madre que si no les daba fuertes cantidades de dinero le entregarían a su hijo en un costal."

"¿Nunca hablaba Montoya contigo?", le dijo Ruiz.

"El último mensaje que recibí de él fue por Año Nuevo: 'Vicente, no te preocupes, estoy bebiendo', me dijo."

"¿Es todo?", Ruiz le apuntó a la cabeza con una calibre 45.

"Mi cuñado está en el Hotel Luna Real, donde acostumbra alquilar un bungalow."

Vargas nos llevó al hotel. Pero Montoya había escapado.

"Un policía le dio un pitazo por un radiolocalizador, el medio de comunicación que utiliza la banda, y huyó", dijo El Topo.

"Ya lo agarraremos", en el cuarto 201, aseguró el subdirector de Combate a la Delincuencia. Pues siete minutos antes del arribo de la policía, y por tercera ocasión, Montoya había escapado.

"¿Cómo podrá detenerlo, si el secuestrador tiene en su nómina a la policía?", le pregunté.

"Ese es mi problema", Ruiz indicó con la mano el piso del baño húmedo y el jabón espumoso. "Parece que Montoya estaba tomando una ducha cuando el contacto anónimo le advirtió del operativo policiaco. Se fue con drogas y dinero en un maletín."

"Si se conoce el perfil de Montoya: ¿por qué sigue secuestrando?", lo confrontó Laura Morales. "Por la forma en que opera, y porque varias veces ha escapado, se presume que cuenta con una vasta red de protección policiaca."

"*El Tiempo* publicó que el 30 de junio de 1997 logró burlar a la justicia cuando un comando de agentes judiciales lo cercó en una propiedad en Ciudad Moctezuma", señalé. "Pero al ser notificado Domingo Tostado, jefe de la Policía Antisecuestros, de la inminente detención del secuestrador, éste ordenó dejarlo ir."

Ruiz escrutó las sombras en las barrancas del cerro viejo; su mirada se enredó en los cables de un poste de electricidad.

"Vamos a Santa Rosa", dijo.

Pero en la calle No Reelección número 11, donde supuestamente vivía Luisa López Bermúdez, madre de Miguel Montoya, sólo estaba una adolescente.

"Mi abuelita murió hace cinco años y el señor Miguel me recogió. No tengo parentesco con él", dijo cuando vino a abrir la puerta, en ropa interior y maquillada.

20. El yo cautivo

"Te encuentras en una habitación helada. No tienes ojos ni facciones. Buscas a tientas una puerta o una ventana. No sabes si estás solo o alguien te está mirando. Cuando te recargas en algo el objeto se mueve. Es una silla. La palpas con el cuerpo. Esperando que te lleve a una salida. Pero tienes las manos atadas y no puedes abrir ninguna puerta. Tampoco empujar la silla sin hacer ruido. Oyes pasos en otro cuarto. ¿Te habrán oído? Por las dudas, te recargas en la pared. No debes ser visto y temes que tu cuerpo haya quedado expuesto. Los que te han traído a este lugar son sombras. Te vigilan día y noche. Apenas se mueven y hablan poco. Frases cortas, directas, agresivas, de mando o desprecio. Intentan quitarte la autoestima." Así hablaba un secuestrado en un programa de televisión. El hombre tenía los ojos vendados y el cuerpo encadenado a un camastro. Pedía ayuda a su padre y las imágenes de su cautiverio se sucedían. Su angustia se me metía dentro. Identificándome con él, poco a poco me convertí en él.

Llevaba días en ese hoyo. La depresión era terrible. No podía dormir. Sentado desnudo en el piso de cemento, con movimientos de cabeza y la punta del mentón trataba de aflojar el nudo y de alcanzar la cadena que me apretaba el cuello. La envergadura de mis alas era la distancia entre los dos puntos de la cadena. Trataba de levantarme. Quería tener una noción del tamaño del cuarto. ¿Dos metros por tres? Las paredes olían a pintura fresca. ¿Negra? ¿Sangre embarrada?

Me puse de pie. Siguiendo el curso de la cadena llegué a su extremo soldado a un muro. A unos centímetros toqué un espejo. No era un espejo, era un vidrio. Desde el otro lado me veía una mujer que se me había presentado en los primeros minutos del encierro diciendo: "Soy Manuela, carnal de El Señor de los Secuestros. Porque soy robusta y tengo mechones blancos en la cabeza y otras partes del cuerpo, me apodan El Águila Arpía." Su aliento a carne mal digerida le salía de las entrañas. Como jugando, sus uñas arañaron mi espalda. "Ya te irás acostumbrando a mis hábitos nocturnos. De noche desciendo al inframundo. Te vigilaré para que no te portes mal. Soy una depredadora, cuídate."

"¿Podrías quitarme la venda de los ojos? Quisiera verte."

"No soy pendeja."

"Un ratito."

"El ratito me lo vas a dar tú a mí." Se colocó detrás de mí. Resolló junto a mi cabeza. Aunque luego oí en otra parte de la casa a alguien marcando un número telefónico.

"Alguien habla a Beatriz. No es Manuela, es otra persona. Quizás es El 666, su sádico asistente. Así lo apodan por el tatuaje que lleva. Tiene un físico que espanta. Con sus dos metros de estatura, impone miedo. ¿Le están pidiendo a Beatriz que pague el rescate? ¿Cuánto será? ¿Tendrá el dinero? ¿Qué plazo le darán? Ojalá no sea mucho. Quiero dormir en mi cama pronto. ¿Qué pensará ella del secuestro? ¿Creerá que tuve un *accidente* o que me desaparecí con otra mujer?" Junto al baño, mi mente se despeñó por precipicios de suposiciones. Por la puerta entreabierta entreveía un lavabo partido. Del otro lado del vidrio me acechaba una cara. No quería dar pretextos para que me castigaran.

Manuela arrastraba plásticos por el piso. ¿O era El Tecolote, ese avechucho humano que tenía la capacidad de desplazarse sigilosamente de cuarto en cuarto, que estaba pintando la pared de la cocina? Un pensamiento me estremeció: "En realidad no es El Tecolote el que está pintando, es El 666 preparando las bolsas de plástico para ocultar mi cadáver. Si Beatriz no paga el rescate, seré asesinado."

"Con tantos aguaceros están las calles mierdosas que da miedo. En ellas nomás anda uno cayéndose. Lo güeno es que me quité los zapatos y anduve a pata rajada la pura mierda pisando", dijo El Tecolote a El 666 mientras me jalaba la cadena del cuello.

Creía que estaba cerca de mí, pero se había ido. Creía que estaba lejos, pero había regresado. Así era de imprevisible. El silencio se volvió intolerable. ¿Cuál era la respuesta de Beatriz?

Sentí ganas de orinar. Quise aguantarme, pero la urgencia era grande. El baño no tenía puerta. Ni cortina. Ni nada. La taza del excusado carecía de tapa y asiento. Para limpiarse había papel periódico en el suelo. Para correr las heces, una cubeta de agua. El lavabo estaba sucio. Sin agua. Sin jabón. Sin toalla. Entre la taza del excusado y el lavabo había una regadera. Por sus orificios mugrosos nunca había salido agua, que yo supiera.

Regresé al cuarto y choqué con la frente contra un foco que colgaba del techo. El foco estaba caliente.

"Conozco a los secuestradores, son unos hijos de puta, matones que te meten la pistola en el culo", Manuela con el trasero parecía venir abriendo puertas.

Se quedó cerca de mí hasta que su cuerpo se echó sobre el mío, hasta que sus manos filosas hurgaron entre mis piernas, sus dedos fríos cogieron mi miembro y lo maniobraron. Me negaba al placer. Pero la resistencia resultó inútil. Ante cualquier conato de rechazo sus uñas me herían la espalda.

"Soy un cuero, no te hagas güey", sopló Manuela palabras pastosas sobre mi boca.

"Atado será difícil mover el cuerpo. Vendado todo es invisible: la cama, tu cara, tus piernas, tus manos." Apenas lo dije que ella me quitó la venda de los ojos y la cadena del cuello.

Lo primero que vi fueron las raíces negras de su pelo teñido, su vestido alzado y su entrepierna Oso Negro. Traía tacones altos, mejillas empolvadas color ladrillo, y en la boca corazones rojos que se había pintado con el lápiz labial. Se bajó los calzones blancos delante de la televisión. Pasaba una película de chinos lanzándose cuchillos y patadas, cortando cabezas y cercenando cuerpos. La sangre que cubría la nieve era de mentiras. Con manos diestras me sujetó la cara. Con la lengua echó en mi boca huesos de aceitunas negras. Con el pie apagó la luz. "Cierra los ojos y empieza a chillar. Eso me excita. No te vengas rápido, porque te doy de cachetadas." Y como un médico que ve asustado al paciente antes de intervenirlo quirúrgicamente, me calmó: "Relájate." Se puso de rodillas sobre una colchoneta. Tenía unos glúteos tan duros que al apretar mi miembro parecía que se lo iba a llevar entre ellos. "Tranquilo, cabrón, si te vienes antes que yo te arranco los huevos."

"Esta es tu suerte, ser fornicado por una mujer que es fornicada por las cucarachas y ratas del secuestro", me dije, mientras era arrastrado por un remolino de dientes y manos, de ojos y pechos, de cabellos y orejas. Ella me aventaba de aquí para allá, poseída por sus juegos eróticos. "Esto es más una depredación que un acto de amor."

"Agua", clamé.

"Luego." Me usó hasta más no poder. Hasta que, satisfecha, me hizo a un lado. No le importó que hubiese acabado.

Sentada en la colchoneta empezó a cortarse las uñas de los pies, de vez en cuando oliéndose la mano y untándose crema en pechos y muslos. A gatas de nuevo, pegó su trasero a mi cara. Estiró el brazo. Llevó mi mano a su sexo. Escogió el dedo largo para rozar su clítoris. Yo veía destellos, como cuando se ve al sol de frente.

"Si viene mi hermano, nos cortará las orejas", dijo, riéndose y retorciéndose.

Luego me tapó los ojos delante del televisor. Me puso la cadena al cuello. Empezó a comer pollo rostizado y papas fritas condimentadas con salsa Tabasco. Sentado en el piso, me sentí terriblemente solo.

Se oyeron ruidos a la entrada de gente que llegaba de la calle. Una voz ronca, fuera del cuarto, ordenó:

"Ponte contra la pared, pendejo. No trates de saber quién soy, pendejo. Si lo sabes, tendré que matarte, pendejo." Era El 666.

"¿Podría bajarle decibeles a los insultos?", me dije, pero no lo expresé por miedo a recibir un puñetazo en el hocico.

"¿Oíste, pendejo?", profirió otra voz sobre mi oreja caliente. Era Manuela.

"Por qué tantas consideraciones con este güey?", preguntó El Tecolote. "Vamos a darle una calentadita."

"Tienes que contarle al jefe algunas cosas personales sobre tu vida. Sólo así sabrán en tu casa que estás vivo. Le van a pedir a la pinche vieja de tu mujer diez millones de pesos. O el doble, depende de lo que tenga en el banco", dijo El 666.

Manuela apagó la luz. Por debajo de la venda noté en su muñeca el reloj Cartier que le había arrancado a una mona preciosa.

"¿Eres adicto a alguna droga? ¿Tienes problemas de corazón? ¿Padeces alguna enfermedad?", preguntó otra voz.

"No", respondí.

"Habla más fuerte."

"¿Puedo preguntarle algo?", dije.

"Adelante", sopló el desconocido sobre mi cabeza.

"¿Cómo va lo del rescate?"

"Mal. Tu esposa no coopera, tu esposa es una puta, tendré que mandarle tus orejas en una caja de cereales. Sé que tiene dinero, pero es una pinche avara. Si no lo tiene, conocerá a alguien que se lo preste. Tendrá que conseguirlo, aunque se dedique al talón. Tiene que darlo pronto, y punto." El hombre hizo una pausa, continuó: "Un día un cabrón no quería pagar el rescate de su hijo y le mandé sus orejas. Luego me creyó."

Callé.

"No te asustes, soy buen peluquero, con estas tijeras corto patillas, barbas y orejas."

Antes de marcharse escupió más palabras: "Ái te dejo esa botella de agua en el piso por si tienes sed: Mañana hablamos. O pasado mañana. O la semana próxima. Depende de tu familia."

"Quiere darme a entender que el cautiverio será largo. Diga lo que diga, haga lo que haga, debo estar sereno", me dije.

Pero el asunto del plagio me dio vueltas en la mente. Me reprochaba: "Debiste ser más precavido. Te dejaste atrapar como una mosca. Beatriz debe estar loca de angustia. No puedes hacer nada. Te estás acostumbrando a estar cautivo. A la rutina."

Por la mañana escuché voces de niños camino de la escuela. Por la tarde oí pasos de mujeres con ellos de regreso de la escuela. No quería tomar agua. La comida era infecta. Los Gansitos Marinela me daban náusea. También los refrescos. Manuela chillaba:

"Apriétate el cinturón, cabrón, ¿o quieres que te lo afloje a chingadazos? Entiéndeme, pendejo, por cada Gansito Marinela que no comas te daré un cinturonazo: ¡Come cuero, cabrón!"

Azotado y humillado me tendí sobre la colchoneta que Manuela aventó al piso. Enseguida, descargó sobre mí palabras tiernas: "¡Agárrate, cabrón, que vamos a hacer ejercicio!"

"¿Estamos solos?", me acosté en una colchoneta tan delgada que sentí el piso. Tan estrecha era que cuando extendí la mano toqué pared fría.

"Te tomé el pelo, pendejo, la colchoneta es una cuna de bebé", ella se levantó.

"¿Está mojada de sudor?"

"De sangre."

"¿Estamos solos?"

"El Tecolote y El 666 salieron a una comisión."
Manuela puso en el aparato de sonido *La Venus de Oro*
cantada por Los Huracanes del Norte.

Aficionada a los narcocorridos y a los locutores
de voz engolada, ella oía obsesivamente *Contrabando y
traición*, cantada por el grupo El Tren. Los conjuntos
ilustraban las letras con efectos sonoros de balaceras y
sirenas de patrullas. Por los programas de su estación
favorita, "La Kebuena", me daba cuenta de la hora del
día. Por la televisión descubría cuándo era domingo
y cuándo viernes. Si bien no me apasionaba esa música, aprendí a identificar ciertas voces y me aprendí
canciones.

La noche del lunes me despertó el olor a mariguana. Manuela fumaba. Bajo los compases de *Entre
hierba, polvo y plomo* un fuerte olor a petate quemado
invadió mi nariz. Fatiga y miedo se mezclaron a mi
embotamiento. Fantasmas ajenos deformaron mis propios fantasmas. La tensión llegó al máximo cuando
el jefe de los secuestradores vino a medianoche. Los
preparativos fueron los mismos que en otras ocasiones. Manuela apagó la luz. El 666 me empujó contra
la pared. El Tecolote se colocó detrás de mí con un
cuchillo en la mano.

"Vas a grabar una prueba de que estás vivo. Vas
a decirle a tu mujer que estás desesperado y quieres que
pague el rescate. Si no lo hace, le dices que te llevará
la chingada", ordenó Montoya: "Me vas a contar todo
sobre las finanzas de tu familia, me vas a dar detalles
sobre su situación económica."

"Señor, ¿cómo va lo del pago del rescate?"

"Más o menos."

"¿Podría hablar con mi esposa por teléfono?"

"¿Cómo crees que te vamos a permitir hablar por teléfono? ¿Me crees pendejo?"

Montoya salió del cuarto. El 666 y El Tecolote lo siguieron hasta la calle. Regresaron cuando los coches arrancaron.

Pasaron días. Me acometió el insomnio. La posibilidad de que me mataran era real. Cuando El Tecolote y El 666 abrían la puerta, cuando se acercaban a mí sin hablar y sin hacer ruido, cuando cortaban cartucho, podía ser el aviso de mi ejecución.

La noche del domingo se fue el agua. El lunes en la mañana El 666 entró al cuarto con cubetas para el excusado.

"El jefe vendrá esta tarde. Recogerá pruebas de que estás vivo para mandarle a tu esposa", dijo, mientras se escuchaban el bip bip de las alarmas en la casa y los pasos de gente que corría.

"Tu esposa es una cucaracha. No quiere pagar. Vamos a tener que ablandarla", Montoya estaba allí. Me estaban engañando. Apestaba a ron y tequila. Por una orilla de la venda vi las mechas sobre su frente, sus ojos verde gargajo, sus labios babosos. Manuela subió el volumen a la canción *La Venus de Oro* para que acallara otros ruidos.

"¡Voltéate!", El 666 me puso contra la pared. Con una bolsa de plástico me cubrió la cabeza. Mis rodillas chocaron entre sí. Tenía miedo. Me esforzaba por mantenerme en pie. En el cuello sentí el jalón de la cadena.

"Tápalo", pidió el jefe. "Agárralo de las greñas, sujétalo de las patas como a un potro. Si se resiste, pácatelas."

"¿Oíste?", El Tecolote rodeó mi cabeza con una cinta plástica.

"Tranquilo", El 666 me amarró los brazos sobre la espalda.

"¿Qué van a hacerme?"

"No te apures, somos cuates."

"¿Adónde me llevan?"

"A hablar por teléfono." Con la cabeza y la cara tapadas, pero con las orejas descubiertas, me condujeron a otro cuarto.

"¡No vamos a hablar por teléfono! Me mintieron", grité para mí mismo.

"La dentadura postiza del muerto boca podrida, antes de que se ponga raída te la meterán en la boca", profirió El Tecolote.

"Te ahorcarán, malvado", balbuceé.

"En la casa del ahorcado no hay que mencionar la soga, pendejo." Con la mano derecha me agarró el hombro. Con la izquierda, me golpeó la nuca. El 666 se sentó sobre mis piernas para inmovilizarme. Pesaba como cien kilos. Con rapidez, Montoya clavó la punta de un gancho de metal en la parte central de mi oreja derecha. Cortó la piel y el cartílago verticalmente. Me rebanó la oreja izquierda. Oí claramente el sonido que hizo la navaja sobre una oreja, sobre la otra. Concluyó el trabajo. Se levantó. Me alzó por las axilas y me aventó contra una pared.

"Desamárrenle las manos", con voz excitada ordenó y se acercó a mí. Me puso un trapo (los jirones de una camiseta) sobre las sienes. Me agarró las dos manos para oprimir mis heridas. "¡Apriétate!", chilló. Yo sentía sangre en el cuello y sobre los hombros. "Si gritas, te mato", me recargó en la nuca el cañón de una pistola. "Para que sepas, Montoya es devoto de la Virgen de Guadalupe", se refirió a sí mismo en tercera persona y salió del cuarto con mis orejas entre sus manos ensagrentadas. Hasta la calle lo siguieron El 666 y El Tecolote. Manuela puso de nuevo *La Venus de Oro*.

Entonces, como si Mauro me hubiera estado vigilando desde el edificio de enfrente, me llamó por teléfono:

"En caso de secuestro, no negocie su libertad con los plagiarios. Tampoco debe hacerlo un miembro de su familia. Deje el asunto en nuestras manos."

21. El Petróleo

En *Las Flautas de San Rafael*, los guaruras comían tacos de sesos, ojos, lengua y criadillas. Pandeados para no mancharse con las salsas rojas y verdes que escurrían de sus manos, de vez en cuando daban un trago a sus cocas light con Alka-Seltzer.

"Señor, no debe de salir solo, es peligroso", El Petróleo se alarmó al verme salir a la calle, no fuera a ser que figuras invisibles pudieran darme muerte. "Señor, si quiere dar un paseo, nosotros lo llevamos."

"Las hembras de por aquí no están nada mal", Mauro miró lascivamente a la mesera. "La mañana huele a mujer."

"¿Le sirvo algo, señor?", la muchacha, tamaño miniatura y cara de centavo, tenía trasero prominente y pechos picudos.

"Verla es un goce, señorita."

"Nos vamos a la Zona Rosa", les dije.

"¿No se canceló su cita para jugar ajedrez?"

"Nunca cambié de planes."

"Me notificaron que sí."

"¿Quién?"

"No puedo darle información", los ojos de Mauro bailaron de emoción y su corazón martilló cuando la mesera pasó a su lado.

"¿Pudo dormir después de ver ese horrible programa de televisión sobre secuestrados?", preguntó El Petróleo.

"¿Cuál programa?"

"El de la tele."

"¿Sintieron? La Tierra realmente marca el tiempo, parece que su corazón palpita."

"En esta parte del mundo palpita el corazón de la diosa Toci, late la Tierra."

"Yo sentí el suelo subiendo y bajando como un pecho de mujer", aseguró Mauro.

"No sé si es el suelo respirando bajo mis pies, el asfalto de la calle hinchándose o mis zapatos estirándose. Nos vemos al rato", crucé la calle para volver al cuarto.

"Déme toda la información que tenga sobre Peter Peralta", le pedí a Matilde por el celular.

"En el Cisen sólo tienen registrado a El Petróleo, pareja de Mauro", respondió ella.

Vestido de negro, el sol le daba al guarura sobre las gafas negras. Parado al borde de la azotea del edificio, en la mano derecha sostenía un bastón, el cual encerraba un arma blanca. Pretendía observar las azoteas, las antenas de televisión, los cilindros de gas y los tendederos de ropa de las casas vecinas.

"¿Hay algo más?"

"En el Centro dicen que si este agente no le agrada le mandarán otro."

"Quiero saber qué tipo de persona es." El Petróleo despareció de la azotea. En su lugar surgió una sirvienta. Ella tenía la mejor vista porque su cuarto estaba en la parte alta.

En la calle escandalizaba un coche. Un camión repartidor de refrescos obstaculizaba el paso. El Petróleo clavó la mirada en dirección de los volcanes. Los vientos de los últimos días habían despejado el cielo y el Popocatépetl y el Iztaccíhuatl eran visibles.

"En nuestro banco de información tenemos un expediente. Dice que El Petróleo es aficionado a los temas esotéricos y a los antros gay, que es violento y toma riesgos innecesarios."

"¿Existen datos sobre su carácter?", El Petróleo ahuyentó en la azotea de al lado a una gata negra. Tal vez creía que ella era mágica y podía hacer rica a la persona que la alimentara. El animal, como la fortuna, escapó de sus manos.

"Rinde culto al dios murciélago. En el brazo izquierdo se hizo tatuar la palabra *zotz*, que significa murciélago en maya."

"Tiene un altar con una réplica de una Cihuateteo totonaca, una figura que lleva en la cintura dos serpientes atadas. De su mano izquierda cuelga una bolsa con un murciélago", dije.

El guarura siguió con los ojos el meneo de María. La muchacha recibía en la puerta un paquete de un mensajero.

"Con El Ganso y El Barracuda fundó la Casa del Murciélago. La adornó con motivos prehispánicos. Se distanció de ellos."

"¿Tuvo algo que ver algo con las cabezas decapitadas que arrojaron los narcos en la pista de baile del bar Sol y Sombra?"

"Lo ignoro."

El Petróleo, como si hubiese interceptado la comunicación telefónica, dirigió los binoculares hacia mí.

Matilde continuó:

"Es afecto a la ropa cara y a los zapatos negros."

"¿Qué hay de su pasado?"

"A los diecinueve años quiso fundar una colonia anarquista en Campeche, pero disuadido por los mosquitos se convirtió en escolta del general Hernán Takak, adscrito a la Fiscalía de Asuntos Especiales de la FGP, y se dedicó a interrogar guerrilleros. Estuvo en Acapulco por el caso del secuestro de Facundo Fonseca. En el pago del rescate sirvió de intermediario. Fue él quien lo halló tirado en un terreno baldío."

"¿Es todo?"

"Trasladado al D.F., vivió cerca del Panteón de San Fernando en una pensión que le costaba trescientos pesos al mes. Frecuentaba mujeres de medianoche y llevaba un diario fisiológico en el que anotaba cosas como ésta: "A las 3:30 de la tarde sentí ardor de estómago, a las 5 ligeros impulsos eróticos, a las 21 horas tembló la tierra, hay vampiros en este mundo que a las 6:30 de la mañana hay que meterles una bala de plata entre ceja y ceja, o, al menos, clavarles una estaca en los huevos."

"Se dice que pudo haber participado en el secuestro del empresario Irving Martínez Levy, por quien la banda de Montoya recibió cuatro millones de pesos. La familia pagó el rescate, pero Irving fue asesinado."

"En una foto de archivo se le ve con miembros de la banda de secuestradores, específicamente con Manuela Montoya alias El Águila Arpía alias La Venus de Oro alias La Reina del Za-za-za. La mujer, de buen cuerpo, facciones finas y pelo largo, en bares y antros actuaba como señuelo de su hermano Miguel. El Petróleo y ella vivieron juntos en Ciudad Satélite. Manuela fue acusada de enganchar en el *Salón Malinche* a Martínez Levy, un empresario casado bastante parrandero. En el antro, lo invitó a tener sexo con él. Le puso en la bebida unas gotas oftálmicas que llevaba en el bolso. En el cuarto del hotel de paso se roció las tetas con las gotas. Cuando lo durmió, se fue. Entró su hermano Miguel, quien secuestró y asesinó a Martínez Levy. Por un video se supo que ella estaba involucrada, pero no pudo probársele nada."

Desde la ventana, El Petróleo me apuntó con un rifle. Luego entró al cuarto. Era hora del almuerzo. Tortas de jamón y queso con chiles jalapeños, tacos de criadillas y ojos bañados en salsa roja. Coca-cola light y Alka-Seltzer.

"¿Tiene la foto en que aparece Mendoza con playera verde y facciones borrosas?"

"Sí."

Surgió en la ventana una mujer en pantaletas. En un principio creí que era una de esas jóvenes húngaras, rusas o rumanas que las mafias importaban al país y que, sin dinero y sin papeles, las hacían trabajar de ciudad en ciudad hasta que aparecían muertas en un basurero o ejerciendo la prostitución en un burdel sórdido. Desnuda de la cintura para arriba, con una peluca color paja y el pecho dorado, miró hacia mí. Sus labios musitaron:

"Maybe yes, maybe not."

"Interesante", me dije, mientras por los binoculares noté sus gafas negras y sus colmillos dibujados afuera de la boca con un lápiz labial rojo. "Pero si es El Petróleo. Parece prostituta de La Merced."

22. Complicidades

Cinco millones de pesos fueron ofrecidos como recompensa a quien otorgara información que condujera a la captura de Montoya. Pero el secuestrador seguía operando y casi no había conversación familiar o social que no llevara al tema de la banda que estaba aterrorizando la zona metropolitana. Anécdotas sobre el psicópata de Ciudad Moctezuma y sobre la corrupción de los policías andaban de boca en boca, aparte de las que se veían en los medios. El viernes pasado, Miguel Montoya, en una llamada telefónica intervenida por Ruiz, le gritó al padre del joven Pablo Bocker: "Dinero tengo mucho. Secuestro por dignidad y porque sé que puedo hacerlo y no me agarran." Como muestra de su poder, lo asesinó.

El lunes siguiente, mientras la llovizna cubría los vidrios de los salones de clases del Instituto Inglés, en el estacionamiento contiguo un comando intentó subir a la fuerza en un Volkswagen azul a la maestra Vanesa Gómez, su directora. El intento de secuestro falló gracias a que en ese momento llegaba a la escuela un alumno custodiado por guaruras. Los plagiarios, al ver que los escoltas descendían de los vehículos para proteger a la maestra, se dieron a la fuga. Excepto uno, que se encontraba en el interior del Instituto, y fue capturado.

Por la tarde, aún bajo la llovizna, Alberto Ruiz, al mando de un grupo de policías judiciales, obligó al detenido a guiarlo a Ciudad Moctezuma para que le mostrara una casa de seguridad de Montoya. En la calle Mario, a bordo de una camioneta gris, El Topo avistó al secuestrador en el Volkswagen azul, pero al salir en su persecución dos patrullas policiacas le cerraron el paso, quizás con el propósito de ser los primeros en arrestarlo. Ruiz, molesto, en presencia de los periodistas se comunicó con el capitán Domingo Tostado, jefe del Grupo Antisecuestros.

"Voy para allá. Te pido que no actúen", le ordenó el capitán.

Coloreada su cara por un anuncio de neón rojo, Ruiz se recargó en un muro a esperar la llegada de Tostado, quien apareció una hora después. Para entonces, Montoya se había metido en una vecindad que se comunicaba con otras vecindades y, en su laberinto de pasillos, cuartos y azoteas, se desvaneció.

"Se repite la historia. Cada vez que la policía está a punto de agarrarlo, alguien le avisa y huye", comentó.

Como una burla más, cuando Ruiz fue a recoger al Bordo de Xochiaca al joven secuestrado Juan Carlos Lorenzana, a quien durante dos semanas la banda de Montoya mantuvo con la cabeza vendada en una habitación construida dentro de un galerón donde se guardaban cajas de madera para transportar verduras, mientras los agentes judiciales se llevaban a tres secuestradores y Ruiz le quitaba la venda a Juan Carlos, sonó su teléfono celular.

"Pásame al mero chingón", ordenó una voz.

"Yo soy", dijo él.

"Te doy quinientos mil billetes. Deja libres a mis amigos y puedes quedarte con el pendejo ese."

"Montoya, ven tú mismo a traerme el dinero", contestó Ruiz.

El desafío no paró allí, al llegar Ruiz a sus oficinas se enteró de otro secuestro. La víctima era el joven Ricardo Rivas, hijo del propietario de una flota de camiones de carga. Su padre había ocultado durante seis meses su desaparición por miedo a que lo mataran, pero al conocerse la noticia de su plagio los noticieros de televisión iniciaron una campaña para presionar al gobierno. No tuvo efecto. Al otro día, Ricardo Rivas apareció sin vida.

"Se hará justicia", prometió Bustamante, porque la muerte del joven Rivas fue tomada por la gente como una ofensa personal y se vio forzado a visitar a la familia con expedientes sobre Montoya en una mano y carpetas de fotos del muerto en la otra.

"Si sabe quién es el asesino, ¿por qué no lo agarra?", le gritó el padre.

"Si la imagen del jefe de la banda de secuestradores data de 1996 y su retrato hablado no es vigente, ya que gracias a una cirugía Montoya anda con otra cara y se hace pasar por Javier Ríos, nombre con que tramitó una licencia de conducir en Toluca, ¿quién lo protege dando información falsa?", preguntó Laura.

"¡Señorita Mortales…!", la espetó el procurador.

"Mi apellido es Morales", le gritó ella.

"¡Pues todo el mundo! Lo cuida todo el imperio de la corrupción", clamó Bustamante. "Comandantes, agentes, ministerios públicos, procuradores, gobernadores. Miguel Montoya lleva siempre consigo una maleta con diez millones de pesos para pagar a quien corresponda una recompensa por su libertad. Es más, mientras nosotros repartimos miles de carteles con los retratos hablados de él y su hermana Manuela, él se divierte oyendo mariachis en un centro nocturno de Garibaldi."

"¿Es cierto que cuando el subdirector de Combate a la Delincuencia sostuvo un encuentro a tiros con Montoya, en un puente peatonal donde el secuestrador solía cobrar rescates, el plagiario escapó gracias a la protección que le brindó el capitán Domingo Tostado, y que, a cambio de ese favor, Miguelito Montoya le llevó a sus oficinas costosos regalos?", Guillermina Durán se acomodó en el asiento. Como si fuera una *real American girl*, se sentaba sólo sobre una nalga.

"Me temo que es cierto."

"Sabemos que cuando Ruiz le dijo al capitán Tostado que Fátima García, esposa de Montoya, era enfermera en la clínica 22 del Seguro Social y que lo asistía en cortar orejas, no investigó nada."

"¿Por qué los militares 'secuestraron' a Tostado para interrogarlo? ¿Se tienen evidencias de que protege a la banda de secuestradores?", preguntó Laura Morales.

"Al salir del breve interrogatorio efectuado por los militares, que los medios calificaron de 'secuestro', Tostado obtuvo un amparo del Juez 7 de Distrito contra acciones legales y de incomunciación que pudieran cometerse sobre su persona."

"Hace una semana fue sorprendido Artemio Martínez Salvado, ex comandante del Grupo Antisecuestros de la Policía Judicial en Morelos, cuando pretendía deshacerse de un cadáver", afirmé.

"Es cierto", Ruiz sacó del bolsillo un sobre con polvo blanco. Al principio creí que se trataba de talco o maicena, pero como comenzó a inhalarlo me di cuenta de que era cocaína.

"¿Qué hace?", le pregunté.

"Chacchar, como dicen los peruanos. Viene del quechua 'chakchay', masticar. O sea, mastico el delirio."

23. El Beetle plateado

La muerte de dedos sagaces urdía su tejido para atrapar a sus devotos cuando docenas de patrullas policiacas se posicionaron en la avenida Alta Tensión. En el estado de Morelos era el llamado Jueves de Secuestro, día en que señor o señora de algunos recursos económicos era atrapado/a por la banda de secuestradores y retenido/a hasta que los familiares pagaban el rescate. En el coche de prensa, Rafael mi fotógrafo y yo (los guaruras se quedaron a pescar parejas que retozaban en los prados del bosque de Chapultepec) estábamos listos para presenciar el operativo más sensacional de la historia de Cuernavaca: 40 elementos de diversas corporaciones policiacas participarían en la caza al hombre, específicamente de Miguel Montoya. Mas el secuestrador huyó, entre tremenda balacera.

Dos vehículos, un Sentra en el que viajaba el investigador especializado en secuestros y un Chevy cargado de policías judiciales federales, comenzaron a perseguir a un Beetle plateado que circulaba en dirección norte-oriente. Tratando de evadirse, el conductor del Beetle se metió en un callejón sin salida y se estrelló contra la banqueta de una glorieta, a media calle de la Residencia del Gobernador. Sin poder ponerlo en marcha, el conductor se echó a correr.

Iniciado el tiroteo entre el fugitivo y los policías judiciales federales, elementos de seguridad de la Residencia del Gobernador salieron a confrontar a los policías, forzando a los primeros a identificarse. Como no se sabía de qué lado estaban los hombres del gobernador, Ruiz tuvo miedo de que éstos le fueran a dar un balazo por la espalda.

El conductor del Beetle, que recibió dos tiros en la pierna derecha, capturado, se identificó con el alias de Héctor Alcaraz. Pero amenazado de muerte por Ruiz, reconoció que era Miguel Montoya junior.

"Guíanos hacia tu papacito santo", Ruiz lo encañonó en la sien.

"No disparen", gritó el muchacho. "Ahora mismo los llevo con mi padre."

"¿A la casa de seguridad que está junto a la Residencia del Gobernador?"

"A la misma."

Pero cuando los agentes descubrieron que Montoya padre había escapado en una camioneta Chevrolet roja modelo 1985 con placas SS400, que luego fue abandonada en la avenida Vicente Guerrero, se metieron a la casa derribando la puerta eléctrica con una camioneta.

En el interior encontraron a dos mujeres, un hombre y un niño, armas de grueso calibre, municiones, dinero en fajos y radios, teléfonos celulares, escaneadores, vehículos y hasta la navaja con la que Montoya cortaba las orejas de los plagiados.

En su fuga, el secuestrador y sus cómplices habían hurtado dos carros, un Shadow con placas PYW879, propiedad de un funcionario del gobierno estatal, y un Toyota.

Una de las mujeres, interrogada por El Topo, reconoció ser Fátima García, esposa del secuestrador, la cual, obligada por Ruiz, proporcionó el número de celular del jefe de la banda.

"Comunícate conmigo, por favor", ella le envió un mensaje por el radiolocalizador.

"¿Cómo estás?", Montoya llamó a su hijo Miguel.

"Bien."

"¿Qué pasó, mi Dany? Aquí estamos en tu casa, somos la policía", Ruiz le arrebató al junior el aparato de la mano.

"Déjalos ir, quédate con el dinero que tengo en la casa", le ofreció el secuestrador.

"Te queremos a ti. Yo no fastidio inocentes. Entrégate ya."

Furioso, el secuestrador colgó.

Ruiz respiró hondo. Entró a una habitación con la esposa de Montoya. Media hora después El Topo y otro agente judicial la sacaron a empellones, cogida de los brazos. La mujer, con el vestido desgarrado, los pechos de fuera, estaba espantada por los golpes que le habían propinado.

"La bella Fátima García ha declarado que hace 25 años, cuando radicaba en Ciudad Moctezuma, conoció a Miguel Montoya López. Dijo que cuatro años después contrajo matrimonio, y que, al principio, su marido se ganaba la vida vendiendo pantalones y chambras para bebé, pero luego se compró un microbús para hacer la ruta Ciudad Moctezuma-Aeropuerto. Sólo por un año, ya que posteriormente vendió carros robados. Con el dinero se compró una casa en Calle Cariño 232. En 1996, Miguel le notificó que como el comercio de autos robados no era negocio se dedicaría a portarse mal. A partir de entonces, Fátima empezó a sospechar que con la protección y complicidad de funcionarios, comandantes y procuradores de justicia, su esposo secuestraba gente y con el dinero que obtenía compraba casas, departamentos y terrenos."

"¿Qué pasará con los centenarios, los millones de pesos y las bolsas de dólares que se encontraron en una caja escondida en la cocina y en la caja de madera de un metro de ancho por dos de largo que estaba en una recámara?", pregunté.

"Este es el mayor monto decomisado a cualquier banda de secuestradores operando en el país", dijo Ruiz. "Las autoridades tendrán que contar en máquinas el total de billetes."

"Montoya chico, herido de bala en una pierna durante el operativo, ¿gozará de atención médica en un hospital?", preguntó la Durán.

"Sobre ese punto guardamos hermetismo."

"¿No es irónico que Montoya esté sufriendo la suerte de su maestro La Culebra, cuando siendo considerado el secuestrador más peligroso del país, su esposa y su hijo fueron detenidos?", evocó la Morales.

"Lo que no saben ustedes es que la banda de La Culebra se vengó del comandante que los aprehendió, colgando a su esposa y a su hijo de un árbol en un parque público de Cuernavaca. Sobre la piel del costado derecho de ambos los asesinos les marcaron con un cuchillo la palabra *Bengansa*."

24. Escrutando los alrededores

Los sellos de *Clausurado* sobre la puerta de un burdel en la esquina de Tonalá y Chihuahua revelaban que las prostitutas habían sido trasladadas a otra casa. Un hombre sentado en una silla de mimbre daba información a los clientes sobre el nuevo domicilio.

"No podrá comer en una hora", ese miércoles El Petróleo mostró sorna al verme salir del consultorio dental.

"Vamos al correo", dije.

"¿Está lejos, señor?", Mauro trató de fijarse en los nombres de los destinatarios, pero cubrí una carta con otra.

Del correo fuimos a un Sanborns. En la sección de periódicos y revistas abrí un ejemplar de *El Tiempo*, mientras ellos se colocaban detrás de mí para atisbar. Leí la noticia sobre el arresto de unos sicarios en Tijuana cuando descargaban de un tráiler uniformes militares y rifles de alto poder. Se sospechaba que los sujetos estaban relacionados con el atentado contra la vida de José Luna. El periodista desde entonces vivía sentado en una silla de ruedas y sólo salía a la calle custodiado por escoltas. Por cautela había prometido a los medios (y a los cárteles de la droga) que se retiraba del periodismo, pero nosotros (y ellos) sabíamos que lo seguía ejerciendo. Hasta que lo mataran. El Ganso y El Bateador andaban sueltos, habiéndolos exonerado de todo cargo la Procuraduría de Justicia de Baja California. Su argumento: "Por lo pronto y hasta la fecha no hay pruebas contundentes para determinar su responsabilidad en los hechos ocurridos en las calles de San Francisco y San Isidro."

El Ganso y El Bateador sólo habían acudido en calidad de testigos con relación a los hechos en que perdieron la vida El Barracuda y el escolta Luis Valdés. La nota periodística explicaba que la reaparición de El Barracuda en Tijuana se debía "a que un hermano del difunto seguramente había adoptado su alias, pues entre los miembros de la Mafia Mexicana del Barrio Logan existe la tradición de que un sicario vivo tome el apodo de un sicario muerto para continuar su leyenda criminal, de otra manera el alma del muerto podría andar vagando por el mundo hasta que habite el cuerpo de un vivo."

"¿Les interesa la metafísica?", les pregunté.

"El Barracuda anda cometiendo fechorías."

"¿Lo conocieron?"

"Algo."

"¿Aquí acaba el asunto del atentado?"

"El asunto nunca acabará."

El 7 de marzo, antes de darles a conocer los planes del día, ellos ya los conocían. Antes de establecer Beatriz y yo la ruta para ir al mercado sobre ruedas de Polanco, ellos ya la habían establecido. Y antes de que yo les pidiera que la recogieran en casa, El Petróleo ya la traía en el Chevrolet Malibú 1980.

"¿Cómo no experimentar emoción frente a los hongos silvestres, recogidos de madrugada a los pies del Cerro de la Estrella? ¿Cómo resistirse a las delicias del huitlacoche en crepas, empanadas y quesadillas? ¿Cómo no palpar las papayas y las sandías, los mangos y los melones? Y de los tacos de buche, cachete, sesos y criadillas por los que chorrean salsas chillonas, qué me dice. Porque el mexicano no come si no llora", El Petróleo se puso lírico delante de los puestos que rodeaban las calles como un cinturón de olores y colores. "¿Cómo diferenciar los hongos comestibles de los venenosos?"

"Le contaré una anécdota", dije: "Andaban en Oaxaca unos *boy scouts* muriéndose de hambre, se metieron a un mercado y le compraron tacos a una indígena mazateca. Los tacos eran de hongos alucinantes. Al cabo de un rato los *boy scouts* empezaron a correr entre los puestos, a hablar solos y a tener visiones."

"Le hubieran dado una madriza a la vendedora."

"Era María Sabina, la sacerdotisa de los hongos alucinantes."

"Señores, no miren hacia atrás, pero unos tipos raros los están siguiendo, parecen ladrones", nos dijo Luis el verdulero.

"Son mis guaruras, nos están cuidando", le deslicé las palabras.

"¿La llevamos a casa?", Mauro ni siquiera consideró ayudar a cargar las bolsas de compras, así que Luis las llevó al coche.

"¿O los acompañamos al restaurante donde comerán con la pintora Leonora Carrington?", preguntó El Petróleo.

"¿Cómo sabe que comeremos con ella?"

"La señora lo mencionó."

"Pero si apenas lo decidimos", Beatriz me vio como confirmando lo que ya sabíamos: que ellos escuchaban nuestras conversaciones y estaban enterados de nuestros planes.

"Cuéntame chismes de políticos", me pidió la vieja pintora surrealista. "Entre más horribles, mejor."

"Leonora, si te cuento lo que nos está pasando, no lo vas a creer. Voy a comenzar por contarte una historia de guaruras."

"Por algo se empieza", rió la artista.

"No es cosa de risa, cada jueves en la mañana, cuando hay secuestro en Morelos, alguien deposita en la puerta de mi casa una corona de muerto. Siempre con el mismo mensaje: *En memoria de mi amor*", dijo Beatriz.

"No lo dejen entrar", Leonora de pronto se mostró asustada.

Del lado de la calle, un hombre pegaba la cara contra el vidrio de la ventana. Como embarrado por la lluvia, nos escrutaba con ojos crueles. Seguramente nos había estado siguiendo por el mercado y ahora se asomaba al restaurante para ver dónde estábamos sentados. Junto a la entrada, Mauro y El Petróleo bebían cocacolas más interesados en nuestra conversación que en protegernos de posibles secuestradores.

"¿Quién es él?", les pregunté. Pero cuando salieron a la calle el hombre había desaparecido y solamente escrutaron los alrededores como si las personas que pasaban por la calle fuesen espíritus camino del Inframundo.

Como si cayeran bolos de la azotea. Como ropa que roza ramas. Como zapatos que bajan escaleras. Como pichón que vuela entras macetas. Como ladrón que corta cartucho. Se oyeron ruidos. Mauro y El Petróleo entraron corriendo al edificio. Pistola en mano alcanzaron el último piso. No era El Señor de los Secuestros que se había aventurado en el inmueble, sólo era una gata negra ronroneando.

25. El hombre tigre

Los tallos de la enredadera parecían patas de araña pegadas a la pared. El reloj destartalado de la iglesia anónima, perdida en las calles con nombres de generales y gobernadores, dio las doce. Era difícil saber si los campanazos venían de una iglesia cercana o de un recuerdo histórico, porque esos campanazos eran espectrales. El único toque de realidad era que los vecinos que antes mezclaban en sus residencias los estilos neogótico, neorrománico y hasta californiano ahora aplicaban en sus construcciones el estilo neonarco.

La casa de al lado, construida a finales del siglo XIX o comienzos del XX, consistía en una planta, con cuartos para sirvientes en la azotea, y un frente de puertas y ventanas enrejadas. El local de la esquina estaba ocupado por una tienda de abarrotes y, yendo por José María Tornel, se encontraban las Mudanzas Valdés, una papelería y una tintorería. En el patio se divisaba un trueno, un *Ligustrum japonicum*, entre cuyas flores cremas y frutillos púrpuras revoloteaba un pájaro.

Pero lo que llamó mi atención fue que bajo la luna llena un sexagenario estuviera dando un paseo de tigre. Semidesnudo, con pelo blanco y barba hirsuta cubriéndole el pecho, tenía pintadas en los muslos rayas atigradas y en los pies uñas larguísimas. Avanzaba con rapidez, como si persiguiera a una presa, pero se detenía de repente, como estorbado por los barrotes de una jaula invisible.

"Qué raro sentirse tigre en la ciudad de la frustración y de la risa", me dije.

"Napoleón, espantaste a mis gatos, ¿no te das cuenta de lo que haces?", apareció una mujer tijereteando el aire. Llevaba un vestido floreado de moda cuarenta años antes. Vieja pero coqueta, había metido debajo de la tela bolas de papel para abultar sus curvas. "Bichito, bichito."

"Felino carnicero fétido, soy yo", respondió él.

"Bichito, bichito", la mujer buscó al gato entre los árboles y los macetones, hasta que se detuvo delante de unos ojos rojo fuego refulgiendo en la oscuridad.

"Lidia, ¿no ves que el animal limpia la casa de sabandijas?"

"Mira a Sonia, qué guapa", la mujer señaló a una gata negra de ojos verdes. "Desde que anda en celo se le han hecho las orejas más grandes, los dientes puntiagudos y los bigotes más negros."

"Desde hace semanas huele a orines."

"¿No notas que tiene la boca más rasgada y la lengua más áspera, y que al lamer saca sangre? Vengan, hijitos", bajo la luna otros felinos rodearon a Lidia como espectros de la diosa Bastet.

"Lidia, no recojas más gatos, las gatas son fábricas de parir."

"Hay tantos abandonados que me dan lástima."

"Un taxista me dijo que paraste el tráfico en el Periférico para recoger a un minino atropellado."

"Lo iban a planchar los carros."

"A Maya no se le quitan las mañas que aprendió en la calle, las lleva en el alma como cicatrices."

"Son las heridas del maltrato."

"Adictos a la calle, sólo regresan cuando tienen hambre."

"Allí está Menelik, mi macho favorito. En este momento nos encontramos los dos disfrazados, yo de mujer y él de gato. Con esos inmensos ojos verdes quién puede resistirlo. Si sólo pudiera convertirse en hombre…"

"Trae plumas de pájaro en las patas."

"Menfis es un maldoso, atrapa lagartijas cuando salen de entre las piedras."

"¿Sabes una cosa? Tus ojos gatunos me parecen horribles."

"Y de mis manos engarruñadas, ¿qué me dices?"

"Huelen a meados."

"Y de mis vestidos, ¿qué me cuentas?"

"Están llenos de pelos."

"Qué grosero. ¿Estás tratando de seducirme con insultos?"

"Estoy tratando de seducirte con franquezas."

"Maya, Maya, ¿dónde estás?", Lidia subió a gatas la escalera de metal que llevaba a la azotea donde habían estado un día los cuartos de las sirvientas.

"Deja de gatear, te vas a caer."

"No me molestes, tigre de poca monta."

"Lidia, por favor, bájate."

"Maya, Mesalina, Marieta, Magda, ¿dónde se metieron? ¿Por qué me hacen estas maldades? Ay, mira, los malandrines merodean las macetas. Meztli, metiche, ¿otra vez de malora?", Lidia apoyó las piernas en los peldaños verdes.

"Dice el *Mahayana-sutralankara* que los fantasmas de los animales son evocados por la magia."

"¿De veras? ¿Y a ti dónde te invocan, Napoleón Valencia? Ah, en el infierno, allí donde andas dando tus paseos de tigre."

"Mmmhhh", murmuró él, envuelto en una manta con motivos de tigre, tumbado en una colchoneta estaba listo para pasar la noche.

26. La Dama de los Gatos

Pocos podían sostener la mirada de Lidia Valencia. Sus ojos verdes se clavaban como uñas en el interlocutor, como si quisieran arañar su corazón. Por eso uno deseaba alejarse de ellos. Dijo el poeta Alberto Girri: "Brujos enseñaron que los gatos / pueden albergar almas humanas / y arañar si quieren el corazón del huésped." Así La Dama de los Gatos.

Concebida por Federico Valencia y Mercedes Robles en el tren que atravesaba la Barranca del Cobre, como en un sueño había nacido en Mapimí, la de los ladrillos de oro, y como en un sueño había crecido y envejecido en la Ciudad de México, sin despertar nunca de su placidez.

El vestíbulo de la casa de La Dama de los Gatos tenía forma de dedo. La sala y el comedor de techo y muros altos daban a la calle. Las recámaras tenían puertas al patio. Desde el patio se accedía al área de servicio por una escalera verde. Las puertas y las ventanas de madera habían sido reparadas exteriormente, pero las paredes revelaban humedades y las instalaciones hidráulicas y sanitarias no eran útiles. Sobre las paredes, que olían a gato y plantas marchitas, se derrumbaban bugambilias borrachas de sol.

Bloqueada cada martes por un mercado sobre ruedas, su calle se internaba como un túnel de casas decrépitas y edificios chatarra en el túnel al aire libre que era avenida Constituyentes. Su casa, hecha para durar, había sobrevivido a los terremotos de 1985 y a los movimientos telúricos posteriores, pero no había soportado los embates de los desarrolladores que a derecha e izquierda habían erigido pajareras de cemento y vidrio. Las hermosas jacarandas de la calle habían sido reemplazadas por anuncios espectaculares, los jardines por cocheras, las fondas por franquicias de cadenas de comida rápida y los cafés por antros con meseras vaqueritas más locas que meseras. No obstante que los chorizos verticales permanecían vacíos, la industria del lavado de dinero seguía proveyendo los fondos necesarios para levantar muchos más, violando los reglamentos de uso de suelo de la zona. Así que de la noche a la mañana surgían adefesios con fachadas fastuosas, pisos imitación mármol y elevadores electrónicamente controlados, los cuales expresaban la paranoia de sus propietarios. A los empresarios del crimen fácilmente se les hubiese podido aplicar la frase del historiador Francisco López de Gómara sobre el celoso Hernán Cortés, que es condición de putañeros creer que todos son de su condición.

Don Federico Valencia adoraba a su hija Lidia. Y como socio mayoritario de una cadena de tiendas de suéteres de lana y faldas de casimir, se dedicó a cubrir su cuerpo desde niña con esas prendas de vestir desde el cuello hasta la cintura, y desde la cintura hasta las rodillas y los tobillos, en todos los estilos, tamaños y colores imaginables, fuese otoño, invierno, primavera o verano. No sólo eso, cuando el hombre estableció la fábrica La Valenciana, famosa por sus bollos, conchas y teleras, lanzó a la venta los pastelitos Napoleones y Lidiadores, hechos con sustancias sabor a chocolate Maya y una buena cantidad de aire, para honrarla a lo ancho y a lo largo del territorio nacional. Pero apenas Lidia contaba con doce años fue que surgió en doña Mercedes la manía por los gatos, contagiando a su marido.

Doña Mercedes empezó a recoger gatos callejeros desde el día en que una felina sucia y hambrienta aterrizó en su jardín para parir. Las crías, que parecieron caerle del cielo a la señora, cayeron sobre su regazo. Y como si fuese víctima de una visión religiosa o de una revelación sobre la misión de su vida, la mujer a partir de entonces se propuso dar techo y sustento a todo felino que la ciudad pariera o el destino le deparara. Y a todos aquellos que fueran atraídos por los que ya tenía, y a todos los que nacieran en el jardín, la cocina, la azotea o la recámara no solamente de su casa, sino en la de los vecinos también. Y poco a poco su casa se convirtió en albergue de gatos.

Don Federico llegó a mantener en las bodegas de su panificadora a cincuenta. Y comisionó a Ricardo Salazar, fotógrafo de escritores y de burdeles, a hacerles retratos: A los machos en situaciones chuscas; a las hembras en atuendos de bailarinas. A sus cien empleados dio instrucciones de alimentarlos diariamente con pedazos de pollo, carne y atún, lo que ocasionó que comenzaran a resentirlo y en vez de nutrirlos les aventaran panes quemados a la cabeza. Su encono alcanzó tal extremo que una tarde colgaron a veinte en costales y bolsas a lo largo y a lo ancho de los mil metros cuadrados de la panificadora. La masacre de gatos no tuvo mayores consecuencias, porque en unas cuantas semanas doña Mercedes y don Federico recogieron docenas de ellos en terrenos baldíos, prados de alamedas y edificios colapsados. A la población de felinos Lidia los llamó "hermanitos", mientras que Napoleón fue su "carnal menor".

La mansión de Federico Valencia era llamada La Casa del Gato, porque según el cronista de la colonia San Miguel Chapultepec, en ese lugar había vivido el feroz conquistador español Gonzalo Pérez el Gato. Si vivió allí o no poco importa, lo que tenía importancia es los que gatos maullaban a la medianoche al fantasma de un residente antiguo o al espíritu de un muerto recién sepultado bajo los bloques de concreto del terremoto de 1985.

"Un fuerte olor a orines flota en el aire atravesando paredes y ventanas cerradas, ¿qué le parecería que colgáramos en la calle a esos gatos cabrones de los cables de alta tensión? Delante de cada pared hay una meada de maullador", me dijo Mauro una noche, despertando su hostilidad el concierto de felinos. "No me dejan dormir, todas las noches chillan, disputan y copulan."

"Yo los utilizaría para el tiro al blanco. O los despeñaría en el cráter del Popocatépetl", manifestó El Petróleo.

"Son tan diabólicos los negros como los blancos, los amarillos como los pintos."

"Para librarnos de su energía maléfica debemos cortarles las orejas, podarles la cola y aplastarles una pata."

"Una tradición en Francia dice que si se come el cerebro de un gato recién muerto, aún caliente, uno puede hacerse invisible", les dije. "Recuerden: matar a un gato trae siete años de mala suerte."

Pero la advertencia fue inútil, una tarde, Lidia, quien acechaba mi paso detrás de su puerta, salió:

"Quiero quejarme de su escolta Mauro. La otra noche me amenazó con envenenar a mis gatos si seguían molestándolo."

"Se lo habrá dicho de broma."

"Fue en serio. Me dijo que él hizo estudios sobre gatos y que sabía cómo deshacerse de ellos."

"Voy a llamarle la atención."

"Hágalo, porque si no le voy a pedir a mi hermano menor, el almirante, que lo fulmine a balazos."

"¿Cuál almirante?"

"Un hombre muy importante en los servicios de inteligencia del país, del cual no puedo decirle el nombre."

"No es necesario que moleste a su hermano", no creí que alguien como ella pudiese tener influencia en el gobierno.

"Prefiero arreglar las cosas por las buenas, y como muestra de buena voluntad ái le regalo una caja de Napoleones y Lidiadores para que se los dé a su guarura."

"La señora tiene cuerpo de quinceañera y su espíritu es joven. Si usara menos maquillaje se vería mejor", dijo Mauro otro día, al recibir los pastelillos.

"Los hombres prefieren los coches del año, yo soy un modelo 60. Una atracción para el Museo del Automóvil", a la puerta de su casa, Lidia se refirió a sí misma de esa manera.

"Ser la residente más vieja de la colonia es una honra", traté de animarla.

"Y una deshonra."

"Le confiere derechos especiales, como reclamar a los vecinos por tirar basura o hacer ruido."

"No se burle, porque así como me ve de vieja y de jodida, y como ve a ese joven de nalgas paradas tan orondo, pues me lo voy a echar, sobreviviré a sus huesos."

"Me gusta su humor necrófilo."

"Y mis paseos de noche por el panteón de Dolores para ver a mis gabachos."

"¿Tuvo relación con franchutes?"

"Un poeta francés que vino a México le mandaba a mi abuela tarjetas postales con caligramas. Quería lapidar a todos: a amantes, acreedores, políticos. Conservé las misivas hasta que una noche Napoleón se las comió mientras iba en un tranvía."

Desde el patio de la casa, Napoleón no nos quitaba la vista de encima. Envuelto en una cobija que imitaba piel de tigre, y que usaba para dormir, parecía querer devorarnos con los ojos.

"Napoleón, métete, te vas a resfriar, con catarro eres insoportable", le gritó Lidia, cuando comenzó a llover.

"Lo que mande la tigresa."

"Abre las ventanas, tu cuarto huele a felino. Vete a cenar."

"No me gustan las gelatinas de fácil digestión, prefiero los bifes sangrantes, los rones adulterados y las patas de puerco que producen acidez."

"No te hagas el tigre conmigo."

"No es fácil deshacerse de una ilusión, aunque un hombre se despierte de un sueño de tigre, el animal palpita dentro", Napoleón desapareció en el patio.

Lidia cerró la puerta. Mauro la miró con deseo extraño:

"Hace cincuenta años me la hubiese comido a besos."

27. El cuervo antes de *El Cuervo*

Los azules cruentos y los rojos babosos de la Coatlicue, la diosa de la falda de serpientes, esplendían perversamente en la tarde urbana, mientras yo me esforzaba en animar la atmósfera grisácea del departamento de seguridad. Había pedido a Beatriz que me mandara una máscara vida-muerte, que colgué de cabeza en un muro, y puse cinco corazones de piedra verde sobre la cómoda para contrarrestar el dolor de cabeza que me causaba una pintura cursi del Jardín del Arte. Detrás de la puerta del baño había colocado una lámina de sacrificados prehispánicos. En ella, por la posición de los cuerpos, los esqueletos parecían estar haciendo ejercicio.

Pero el espectáculo más interesante lo ofrecía Lidia Valencia al proyectar una vieja película sobre sí misma. La pantalla, hecha con sábanas cosidas, pendía de la pared. En el viejo film ella aparecía desnuda: púber, joven, madura, unas veces con flecos sobre la frente, otras como soldadera descendiendo de un tren. Un discípulo de Edward Weston, o Edward Weston mismo, haciéndola de camarógrafo la había fotografiado de pie y de tres cuartos, con las piernas cruzadas, con las rodillas y los muslos enfatizados eróticamente. Echada de panza, con el culo en forma de pera.

"Señor, estoy aquí", anunció Mauro por el interfono.

"Ahora bajo."

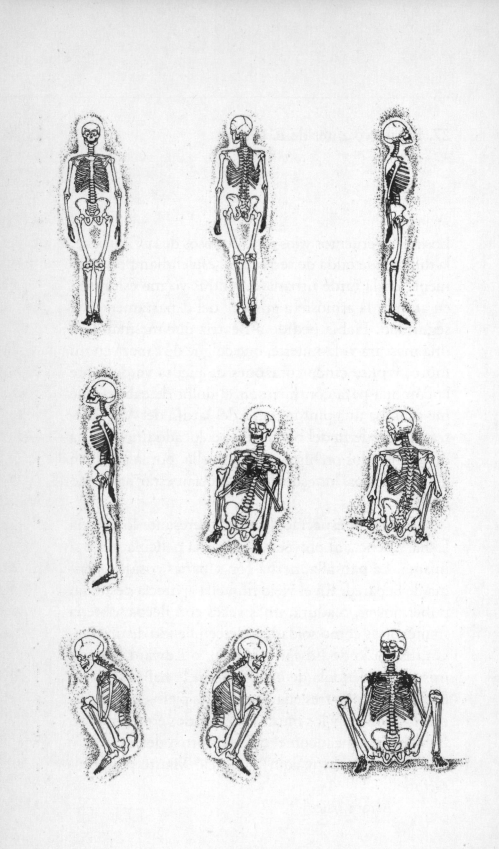

"¿Viene solo?", me preguntó en la calle.

"Sí, ¿por qué?"

"Creí ver a una mujer con pantalones vaqueros y un bolso de mano que bajaba con usted la escalera."

"No la vi. ¿Dónde?"

"Ya se fue.

"Ayúdame, carnal", le pidió El Petroleo, con gafas negras, recargado en un Pontiac morado.

"No faltaba más, pareja", Mauro y él levantaron juntos un Volkswagen azul como si alzaran un caballo caído. "Alguien lo dejó allí para estorbar."

"¿Se puede saber adónde vamos?", preguntó El Petróleo.

"A la presentación de una traducción nueva de *El Cuervo* de Edgar Allan Poe", expliqué.

"¿Quiere que nos vayamos por Paseo de la Reforma hasta Avenida Juárez?", Mauro puso música tecno.

"Prefiero Vivaldi", dije, desde el asiento de atrás.

"¿Trae un casete?"

"No."

"Ah."

"Hay sospechosos", dijo El Petróleo.

"¿Quiénes?"

"Aquellos", señaló vagamente a una multitud.

"Vislumbre, señor, nada más vislumbre, ¿qué haría usted si de repente lo atacaran? Si fuera perseguido, ¿dónde se metería? ¿Se metería en un Sanborns y se subiría a una mesa pidiendo calma a sus agresores?"

"Mauro, ¿me está hablando su paranoia?"

"Señor, su desconfianza hacia nosotros nos ofende", El Petróleo sacó el brazo por la ventana y como barriendo el aire, cigarro en mano, rebasó todo coche que encontró a su paso.

"Ese cuervo gigante quiere bajar de aquella ventana y agarrarnos a picotazos", Mauro extrajo la pistola del estuche y la colocó sobre el asiento.

"Es el *Corvus imparatus*, los breves sonidos guturales que emite, *arrhk-arrhk*, parecen reclamos de ranas", dije acerca del pajarraco parado en la repisa de un edificio de vidrio. "Por un efecto de la luz da la impresión de multiplicarse."

"Vislumbre, parece el cuervo más viejo del mundo."

"Ah, sí, ¿cómo no?", El Petróleo descubrió al sonreír los dientes amarillos por la nicotina.

Mauro cogió la pistola.

"No le vaya a disparar", le detuve la mano.

"¿Cómo cree, señor?"

"Ese cuervo vivía en las terrazas del Hotel Regis y cuando el edificio se colapsó por los terremotos del 85, se vino a vivir aquí. En las ciudades los cuervos no viven tanto tiempo, pero ese, alimentado de carroña humana, sí", dije.

"Los humos del Centro Histórico lo fortalecen", en la cara de Mauro se esbozó una mueca.

"Aunque ciego por las cataratas, no se le escapa nada de lo que sucede en la calle."

"Tampoco a mí." Se oyó un clic en el interior del carro.

Por Isabel la Católica, Mauro indicó algo a El Petróleo.

El Petróleo le cerró el paso a un Tsuru rojo.

"Quédese adentro, señor", gritó Mauro, pistola en mano, ya fuera del carro.

El Petróleo se bajó detrás de él.

"¡Bájate, cabrón!", Mauro apuntó a la cabeza del conductor del Tsuru.

A éste, que estaba hipando, se le cortó el hipo. Los riñones se le estrujaron, el bazo se le volteó al revés. Embargado por el pánico quería correr entre los coches y meterse en una coladera.

"¿Estás alucinándote, güey?", una persona, de la que no se sabía si era hombre o mujer, no entendía qué estaba pasando. Hasta que vio a El Petróleo junto a ella.

"¿Oíste, cabrón?", Mauro le pegó al conductor en la sien con la pistola.

"Mmmmmhhh", el conductor se recostó en el asiento.

"Te dije que te bajaras, ¿quieres que te lo repita, hijo de la tiznada?", Mauro pretendió jalar el gatillo.

El automovilista, con los ojos desorbitados y temblando, no daba crédito a lo que le sucedía. Salió y se recargó sobre el Tsuru con las piernas abiertas y los brazos en alto. Mauro le revisó el cuerpo en busca de armas. Él se ponía blanco, rojo, blanco, rojo.

"Nombre", le gritó Mauro.

"No recuerdo."

"¿Te refresco la memoria?"

"¿Su nombre o el mío?"

"El tuyo."

"Soy El Tecolote."

"¿Nada más?"

"El Tecolote Cornudo."

"No te atrevas a mover un dedo, cabrón, porque te vuelo los sesos. ¿De dónde vienes?"

"De Ciudad Moctezuma", el interpelado mostró la boca llena de dientes de oro.

"Pareces banco suizo, cabrón."

El Tecolote cerró los ojos. Cuando los abrió, el guarura todavía estaba allí.

"¿Qué llevas en la mano, cabrona?", El Petróleo encañonaba a su acompañante, quien tratando de pasar inadvertida se hundía en el asiento.

"El biberón de mi hijo."

"¿Por qué tiene ese color?"

"Por la coca."

"¿La cocaína?"

"La Coca-cola."

El Tecolote no se atrevía a alzar los ojos, derrumbado sobre la carrocería del Tsuru rojo.

"Te doy un minuto para que te peles", le ordenó Mauro.

"No quiero correr, señor, prefiero caminar", dijo él.

"Arranca, hijo de la chingada, antes de que me arrepienta", Mauro lo aventó hacia dentro del Tsuru.

"Tú, vuélvete ojo de hormiga", El Petróleo golpeó con la pistola la ventana donde estaba la persona.

Los escoltas regresaron al coche. Guardaron las pistolas sin voltear a ver el Tsuru que se alejaba por la calle.

"¿Qué pasó?", pregunté.

"Un pequeño accidente, vislumbre."

"Sí, pero qué pasó."

"Nada, si dejamos que ellos actúen, usted ya no estaría aquí."

"¿Quiénes?"

"Le haremos un informe."

"En el asiento de atrás del Tsuru vi a un bebé en las piernas de una persona."

"La mujer llevaba el bebé como soñando. Digo, como señuelo."

"¿Cómo lo sabe?"

"Era Manuela Montoya alias El Águila Arpía alias La Venus de Oro. Todas tres son La Reina del Za-za-za, del amor que desgarra y de los secuestros que dan risa", El Petróleo subió el sonido de la música tecno.

"Baje el volumen."

"Cómo no, jefe", por su expresión, Mauro pareció perro rabioso. De pronto, del Sol poniente se desprendió un cuervo. Voló entre los edificios de la calle. Las ventanas reflejaron su vuelo.

28. *El Cuervo*

Atravesamos el Zócalo. A esas horas las personas parecían piezas de ajedrez movidas sobre escaques pétreos por un jugador ignoto.

En el patio del palacio del Instituto Nacional salió a saludarme un escritor argentino que acababa de publicar la *Historia universal del ego. Autobiografía del yo*.

El Petróleo y Mauro repararon en tres literatos lánguidos, aguardando la conferencia. El primero tenía los ojos enrojecidos por el mal dormir o por frotárselos demasiado. El segundo, delgado y carilargo, vestido de verde y con zapatos blancos, parecía una cruza de saltamontes y avispa. El tercero sonreía, malévolo.

"Parecen terroristas. No me gusta su estampa." El Petróleo crispó las manos en los bolsillos del pantalón como si quisiera estrangularlos.

"Mmm", Mauro subió la escalera de piedra. Las paredes estaban llenas de retratos de próceres solemnes.

"¿Quién es esa señora? Me recuerda a la del Tsuru rojo", El Petróleo indicó a una mujer que llevaba pantalones vaqueros deslavados, gafas baratas y bolso de mano deshilado.

"Estás obsesionado con Manuela, la vas a soñar."

"Mauro, puede andar siguiendo al señor para secuestrarlo."

"¿Por qué no la detienen?", pregunté.

"No podemos probarle nada."

"¿Quiénes son esos?", preguntó el primer literato lánguido.

"Guaruras, qué otra cosa pueden ser, guaruras", aseguró el vestido de verde. "Vienen de Gobernación para espiarnos."

Los escoltas llamaron también la atención de los otros asistentes. Cuando intentaba alejarme de ellos, me seguían.

"Qué bajo ha caído Miguel Medina. Dime con qué guarura andas y te diré quién eres", en la sala de conferencias los literatos lánguidos ocuparon asientos en la última fila.

Yo me senté junto a unas jóvenes gemelas bastante guapas. Tenían el pelo castaño recogido hacia atrás. Cada vez que cruzaban y descruzaban las piernas mostraban sus muslos bronceados. Cuando se agachaban, sus pechos se mecían como palomas trémulas. Mauro y El Petróleo no les quitaban la vista de encima. Pero ellas ignoraban su amor policial, reputado por desgarrar carnes y egos.

"Qué tipos tan vulgares", dijo el segundo literato lánguido.

"¿Me acompañas? Tengo que mandarle un telegrama a mi tía", quiso levantarse del asiento el tercero.

"Quédate donde estás. No existe tal tía, es un pretexto para largarte", manifestó el primero. Y ninguno se levantó.

"La nueva estética de la subjetividad fundada por Edgar Allen Poe, enriquecida por la experiencia europea, volvió a América por obra del poeta nicaragüense Rubén Darío", desde el estrado, don José Antonio Pérez, erudito sagaz, con rostro hocicudo y cuerpo desproporcionado en relación a la cabeza, acercó el micrófono a su boca de dientes postizos. Agitó un libro delante de los diez gatos del público y arrojó al espacio su mirada altanera.

"Qué inteligencia", el viejo director del Instituto Nacional, sentado en la primera fila, miembro permanente de la Academia Mexicana de la Lengua, sonrió orgulloso.

"Quiero demostrar al mundo que *El Cuervo* de Poe no sólo es un cuervo, sino es un símbolo del paso del tiempo", Pérez, desde su trono, paseó los ojillos saltones encerrados detrás de gafas circulares por las repisas vacías de los ventanales como si estuviesen ocupadas por multitudes.

"Qué brillante", el segundo literato lánguido hizo un ademán para limpiarse el sudor, que se había limpiado antes.

"Tengo que escribir una reseña sobre un libro para mañana y todavía no lo leo", dijo el primer literato lánguido.

"Simplifica la lectura, haz una crítica de solapa, destaca los errores, hazlo trizas", sugirió el tercero.

"El poeta se internó tanto en los misterios de la Isis egipcia que llegó a ver en el cielo de Boston el ojo de Horus", reveló Pérez, mientras yo preveía que las lunas rebosantes de las hermanas gemelas se alejarían de mi lado para siempre cuando terminara la conferencia, así como ahora se iba la luna de los ventanales del Instituto.

"No se admiten perros", en la entrada, la subdirectora del Instituto le estorbó el paso a un dramaturgo homosexual que arrastraba un perrillo Chihuahua. "Váyase o llamo a la policía."

"Me voy, señora, no sea neurótica", el individuo desapareció con el can en los brazos detrás de las cortinas de terciopelo rojo.

"Estas páginas son el tributo que un gran poeta mexicano rinde a la metamorfosis del ave, nuevo Fénix, que aquí renace", Pérez quiso quitarse las gafas que se había quitado.

"Debo reconocer que las disertaciones de Don Cuervo en torno del poema de Don Poe me causan indigestión sin haber comido", suspiró el primer literato lánguido.

"Cuando el mono ese acabe la conferencia el restaurante estará cerrado y no tendremos dónde cenar", dijo el tercero.

"Mi reino por un huachinango", dijo el segundo.

"Yo por un arroz con leche", dijo el segundo.

"Mal rayo parta a Don Cuervo, esta es nuestra desgracia por tener oídos."

"Pobre Dante, no hizo un círculo del infierno para los críticos cuervos."

"Todo comenzó la noche en que doña Tomasa concibió en un tren nocturno."

"O ese anochecer de nuestra historia cuando el caballo de un conquistador anónimo tropezó y al caer en tierra se halló en brazos de una Malinche. El resultado histórico de esa fornicación fortuita fue la producción en serie de hombres como Pérez."

"¿Por qué ese despliegue de prepotencia? ¿Por qué esa forma de intimidarme?", me pregunté, preocupado por el posible *accidente* que mis guaruras habían estado a punto de ocasionar. "Qué tal si Mauro le vuela la tapa de los sesos al conductor del Tsuru. Qué tal si luego el gobierno dice que un pistolero de Miguel Medina mató a un inocente automovilista."

Clamó el recitador:

Bruscamente abrí el postigo, y colóse con estrépito —de sacros siglos remoto— un cuervo grave y decrépito.

"Andar con un guarura es como andar con un perro bravo, no se tiene control sobre él, pero uno es responsable de su conducta", reflexioné.

Siguió el recitador:

Quoth the Raven, "Nevermore".
Dijo el Cuervo: "Nunca más".

"Perdone usted", dijo con una vocecita una de las gemelas, mientras las dos se levantaban de las butacas y pasaban delante de mí sin poder retenerlas.

"Pues si no entienden lo que digo, me importa un bledo", gruñó el crítico desde su trono como si el público lo desafiase.

Cuando las hermanas atravesaron el pasillo hacia la salida, Mauro y El Petróleo, parados junto a la puerta, las miraron como hipnotizados.

Tras ellas, la mujer de los pantalones vaqueros deslavados, gafas baratas y bolso de mano deshilado, salió. Si era Manuela, alias El Águila Arpía alias La Venus de Oro, tal vez las estaba investigando para ver si eran dignas de ser secuestradas.

¿Qué estaban haciendo los guaruras? ¿Empuñaban debajo del saco sus pistolas? ¿Iban a dispararle a la araña para hacer saltar las luces de la sala a tiros? ¿En la oscuridad que provocarían, mientras la gente abandonara el recinto, pisoteando vidrios y pedazos de yeso, dirigirían el fuego amigo hacia mí? Pero yo era más listo: Me tiraría al piso, esperaría a que el peligro pasara y, boca arriba, miraría a la luna ebria por la ventana rota.

Then the bird said "Nevermore".
Dijo el pájaro "Nunca más".

Cuando salimos del Instituto Nacional las calles estaban desiertas. El Zócalo era un gigantesco tablero de ajedrez cuya siniestra arquitectura parecía urdida por un Giorgio de Chirico alucinado por un ataque de migraña. Mauro, El Petróleo y yo, yendo por la explanada, parecíamos piezas de un ajedrez espectral: un caballo, un alfil y una torre jugados por un jugador despiadado.

29. Pizza a la mexicana

"El señor procurador quiere invitarlo a cenar esta noche", Mauro vino a mi domicilio ese sábado. Serían las siete de la noche.

"¿Dónde?"

"A un restaurante italiano en la Condesa. No se preocupe, nosotros lo llevaremos. Hay buena picza."

"Se dice pipza", lo corrigió El Petróleo.

"Ah, será con esposa, con la de él", aclaró Mauro. Por favor, esté listo, saldremos en quince minutos."

"¿Cómo te sientes? Debemos tutearnos, ¿no?", a la entrada del restaurante salió a mi encuentro Pedro Bustamante. Traía traje gris y chaleco rojo sangre, corbata Hermès y zapatos Bally hechos a mano. Su esposa, Celia Barranco, llevaba capa irlandesa color azul marino con forro verde claro. La blusa de seda era blanca; la falda, color café. Al sentarse mostró unos muslos que por la suavidad se parecían a la piel de un perro xoloescuintle. A su pelo castaño se le veía el precio de un peluquero de moda.

"Mi marido detesta el perfume de lavanda y hoy, precisamente hoy, se me ocurrió ponérmelo", rió ella, tensa.

"De hecho, la señora me ha mareado con ese olor desde que nos conocimos", él jaló la silla hacia atrás para que ella se sentara, no sin antes explorar con ojos paranoicos el espacio del restaurante. Se reservó para sí la silla junto a la pared. "¿Sabe? En este oficio nunca hay que dar la espalda a la calle."

"Huele rico", ella husmeó los olores de la cocina.

"A mí me huele a carne humana quemada", bromeó él.

"Pedro ha tenido una semana muy pesada, llena de secuestros, ejecuciones, emboscadas, decomisos de droga, ¿fuma?"

Él señaló un letrero en la pared.

SE PROHIBE FUMAR

"Esta noche aquí todo se permite", ella indicó las mesas vacías.

RESERVADO

"Para nuestra comodidad alquilamos todo el restaurante. Así podremos platicar tranquilos", aclaró el procurador.

"Con unos orejas", dije.

"Los agentes que ocupan las mesas de la entrada tienen órdenes de mantenerse mudos, sordos y ciegos durante la cena."

"Les recomiendo la pizza a la mexicana, está buenísima. Con esos jalapeños, chiles de árbol y chipotles sobre una costra de tres quesos, llorarán de contento", irrumpió el mesero.

"Tráiganos una triple… y una botella de Chianti, pero que no vaya a ser vino barato", ordenó él.

"¿Cree el procurador en lo que está haciendo?", pregunté.

"Caramba, ayer estuvieron a punto de matarme, ¿y todavía me lo preguntas? Vivo a salto de mata, ¿no ves?", desconfiado, peinó la calle con los ojos y luego se secó la frente con una servilleta, que arrojó sobre sus anchas piernas.

"¿Le sirvo a la señora una ensalada Caprese?", el mesero esbozó una sonrisa servil mientras servía las copas de vino.

"¿Por qué no?", con displicencia, Celia bebió el vino de un trago.

"¿Ha sabido algo sobre las amenazas?", le pregunté a Bustamante. "¿Quién las ha hecho y por qué?"

"¿Le preocupa saberlo?"

"Me preocupan mis guaruras. ¿Usted no estaría preocupado si estuviera en mi lugar?

"No me diga, yo vivo preocupado, como preocupado, viajo preocupado, duermo preocupado y cojo preocupado, ¿no es verdad, mi amor?"

"¿Le había dicho mi marido que soy pintora?", ella me miró coquetamente.

"De hecho, Celia está preparando una exposición en San Antonio, y le honraría que escribieras el texto del catálogo."

"No podré hacerlo, porque entre mis muchos defectos no tengo aquel de ser crítico de temas que no conozco", me defendí.

"Bueno, eso no implica que no puedas visitar su estudio y darle una opinión."

"Con mucho gusto lo haré, pero sin compromiso."

"Ya organizaremos una cena en casa y podrá ver mis cuadros", ella trató de disimular su molestia. Apuró su segunda copa de vino.

"Eso es peligroso, Celia, porque si a Miguel no le gustan tus pinturas tendrás que usar tus lienzos para prender la chimenea."

"Es un chiste de mal gusto, Pedro", el coraje encendió los ojos oscuros de Celia. "Ya no soy la chiquilla que conociste en Puerto Vallarta para que me hagas esos comentarios ofensivos."

"Caramba, te estás volviendo sensible."

"Son las diez de la noche, Pedro, tenemos otro compromiso", ella se levantó de la mesa.

"Caramba, se me había olvidado", Bustamante se puso de pie.

"¿Y la cuenta?", pregunté.

"La pagó un ayudante."

"No se vayan, señores, están listas las pizzas", acudió el mesero, mientras los guaruras hacían a un lado las sillas.

"Déselas a los niños de la calle", Celia le dio la espalda.

"En verdad siento que no puedas escribir sobre sus cuadros, la estimularía tanto un comentario tuyo."

"Ya nos veremos pronto, prontito, y cambiará de opinión", ella se esforzó por ser amable conmigo.

"Con nosotros vendrás más seguro, la Suburban está blindada. Mauro y El Petróleo nos seguirán en el carro de atrás", dijo él.

"Agradezco el aventón", salí con ellos del restaurante.

El procurador aguardó unos minutos parado junto a la puerta. En la acera de enfrente esperaban tres grandes camionetas negras, todas iguales, todas blindadas, todas con vidrios polarizados, todas sin placas. Cubrían la entrada para que no se viera en cuál de ellas subiría él.

"No es el agua la que ahoga al hombre, sino el miedo", dije.

"No hay fuerza que pueda calmar el temor que siente un hombre marcado, para calmarlo es preciso que el temor salga de las entrañas que lo producen", Bustamante se lanzó a la calle con un resoplido. "Vamos."

Instalado en la camioneta de en medio, me sorprendió el cambio en sus facciones: la expresión bondadosa de su rostro se volvió dura. En sus ojos cálidos apareció una mirada sanguinaria.

"Este es el procurador que critican por sus vínculos con los cárteles de la droga y por su protección a las bandas de secuestradores", Bustamante se abrió el saco gris y sacó de debajo del chaleco rojo sangre una pistola. "Traigo escoltas, pero nadie me cuida mejor que esta perrita."

"Va a llover, hace mucho calor y está nublado", Celia, en el asiento de atrás, se puso unas gafas con vidrios espejeantes. Bustamante le sirvió una copa de champán de una botella que sacó de una hielera.

"Hay huracán en Cancún", dije.

30. Las piñas

"También el cielo sufre de la próstata", dijo Mauro, pues el día estaba nublado como queriendo llover sin poder.

El Petróleo se había quedado recorriendo las calles del barrio para investigar a los vecinos.

"A veces me siento como un mal olor encerrado en un retrete. Pero otras me creo el rey de los guaruras, tanto me amo", Mauro ese día estaba muy platicador. En Constituyentes me recetó la frase de un gobernador de Chihuahua, ex jefe de su padre:

"Si metemos a la cárcel a los corruptos, ¿quién cierra la puerta?"

Con los ojos ocultos detrás de gafas negras, mientras atravesábamos el bosque de Chapultepec, dijo:

"Disculpe que insista en el código de la orden de los guaruras, pero como un aymara del lago Titicaca nosotros los guaruras estamos sin estar, vemos sin que nos vean y, ante el escrutinio de la gente, somos y no somos. Nuestra humildad es como una olla exprés: explota bajo la presión del vapor reprimido."

Se pasaba los altos, se metía en sentido contrario y transgredía las señales de tránsito mientras musitaba:

"En el Instituto Nacional de Guaruras había competencia entre nosotros para ver quién era el más servicial y el más controlado. Pero en la preparatoria abierta para uniformados que quisieran realizar estudios de nivel superior, aprendí ciertos principios: Uno. Ser obediente, como un rottweiler. Dos. Controlar la cólera que roe las entrañas, como un hindú. Tres. No hacer daño a los demás, como un cristiano. Cuatro. Aspirar a ser alguien más que yo mismo, como mis compañeros."

"Fíjese", le reñí, "estuvo a punto de atropellar a un albañil."

"¡Pendejo!", le gritó al posible atropellado.

Eso no se hace. En vez de disminuir la velocidad la aceleró; en vez de pedir al peatón disculpas lo insultó.

"Nunca mire a un escolta a los ojos, la mirada puede resultarle mortal", me advirtió cuando en Avenida Chapultepec miré de frente a un enorme guarura en un Mercedes Benz.

"Vayamos por Florencia", le pedí.

"El otro día me topé con un hombre de pelo gris y traje gris, y tan respetable de modales que quise darle de bofetadas", me contó mientras una furiosa agua mineral que salió a borbotones de una botella corría por sus manos: "Lo seguí por la calle con la intención de pegarle por la espalda. Pero cuando se volvió hacia mí descubrí su superioridad física y su determinación de enfrentarme, y me dio miedo. ¿Por qué se lo cuento? Ah, ya sé, la otra noche soñé que le daba de balazos y al despertar hallé junto a mi cama su zapato perforado."

No sé qué decirle.

"La calle de Amberes está llena de locas. Todos se llaman Marissa, Marta o Marijuana. Nada más vislumbre a esos gays que acaban de salir de un bar de género."

"¿Le despiertan agresión?"

"Una poca. Vislumbre esos pollos rostizados. Parecen Lupitas en cueros. Dan vueltas en el asador hasta que alcanzan la temperatura perfecta."

"Nunca había oído una comparación semejante."

"Vislumbre a esa vieja, a pesar de las razzias, las palizas y la enfermedad, no se le quita lo puta. Con muletas y una pata coja, tiene unas piernas y un culo que ya quisiera La Venus de Oro."

"Qué ocurrencia."

"¿No está contento de que su custodia esté en mis manos?"

"Si en sus horas libres no se convierte en secuestrador."

"Vislumbre, nada más vislumbre."

En la calle de Florencia una pareja formaba el animal de dos espaldas. Eran hombre y mujer, hombre y hombre, mujer y mujer, no pude saberlo. En ese momento se desabrazaban. Él o ella, con labios blancos; ella o él, con ojos enrojecidos, cogieron direcciones opuestas. Pero antes de alejarse para siempre de su lado, dando uno la vuelta en Varsovia y otro pasando de largo por Londres, al voltear para mirarse no lo hicieron al mismo tiempo y nunca supieron de esa mirada.

"¿Me permite comprar unas piñas?", preguntó Mauro.

"¿No compró ayer?"

"Las que compré están madurándose."

"¿Cuántas piñas come al día?"

"Tres, una en la mañana, otra al mediodía, otra en la noche. Me fascina su pulpa carnosa, su jugo amarillento. Estoy loco por las piñas. Empieza a preocuparme mi obsesión.”

    “No se preocupe, a mí también me gustan.”

    “Entonces lo invito a casa para que se harte de piñas, tengo un cuarto lleno.”

31. La ausencia del hombre tigre

En la colonia San Miguel Chapultepec todas las mañanas sonaba la campana de Juan. Era el momento en que los residentes debían sacar la basura. El camión verde se paraba en la esquina de Gelati y General Cano. Se bajaban Juan, El Chotis y El Apache para llevarse las bolsas de los vecinos con desechos inorgánicos y orgánicos. Pero del edificio donde yo vivía no salía nadie con bolsas de papeles, cartones y plásticos, ni con desechos de cocina. En el edificio de enfrente, por la ventana dos sombras verticales escrutaban la calle, hasta que los vecinos se metían y el camión se alejaba. Entonces las sombras desaparecían y en la ventana quedaba un vacío soleado.

Tampoco de la casa de Lidia Valencia sacaban la basura. Mas el silencio en su interior era aparente. Porque Sonia, la gata negra, vagaba por el patio. No producía sonidos sino ruido visual, con esos ojos refulgentes como carbunclos verdes. Sólo por un momento, porque se esfumaba. O porque subía por la escalera a la azotea. Avanzaba sobre el techo como si saltara de una casa en movimiento. O como un cisne negro reposaba sobre el pasto.

Nunca hubiese pensado que las ratas subiesen y bajasen por las hiedras. Hasta que vi a Sonia atraparlas y llevarlas a la cama de Lidia. Pues con un trofeo en la boca (pájaro, pichón o lagartija) se paraba en la repisa de la ventana de su ama mirándola con ojos hipnóticos.

El Petróleo, que tenía talento para imitar el maullido de los gatos y los tics de sus jefes, emitía sus propios maullidos para confundirla. Agazapado en la azotea. Al verlo, Lidia venía a reclamarle que no molestara a su gata. Pero al vislumbrar a Lidia cruzando la calle, se escondía.

Del lugar que infaltablemente se apartaba Sonia era del cuarto del hombre tigre, quien solía espantarla con saltos bruscos y exhibición de garras. A tres meses de distancia de su último ataque, ella, aún creyéndose amenazada, salía corriendo.

Una vecina me dijo que vio a Napoleón abordar una camioneta negra sin placas y vidrios polarizados, en cuyo interior se sentaba un personaje sombrío. Ella supuso que se lo había llevado a Torres de Bengala (un sanatorio para enfermos mentales). Pero otro vecino aseguró que el hombre tigre se había ido a vivir a Los Tuxtlas con su "nagual".

Mauro oyó de labios de un hombre en *Las Flautas de San Rafael* que dos enfermeros lo habían sacado a la fuerza de la casa envuelto en una piel de felino y lo habían arrojado al piso de una camioneta blanca, pero que por Tlalpan se les había escapado. El Petróleo decía que estaba muerto y el supuesto funeral iba a tener lugar en el Panteón de Dolores. Por eso le pedí que me llevara.

"Reluctante lo acompaño, tengo fobia a los muertos", dijo.

"Qué tal si le heredó centenarios de oro."

"Qué tal si me dejó nada."

De mala gana vino conmigo. Sólo para descubrir que Lidia no estaba presente y que una urna con cenizas recibió Carlos Agustín, su sobrino.

"La tarde está de pelos", dijo éste, vestido con pantalones de mezclilla, blusa blanca y arillos en la nariz.

"Mi más profundo pésame", le expresé.

"No guardo luto y no recibo condolencias", respondió.

"El muerto al hoyo y el vivo al pollo", El Petróleo señaló a las jóvenes lesbianas, una fresa y otra proletaria, cogidas de la mano. Eras amigas del sobrino y no habían tratado a Napoleón.

El tesoro fúnebre, ese espacio económico que contenía la existencia total del hombre tigre, se los llevaría él, pues no tenían valor sentimental para La Dama de los Gatos.

"Mi más sincero pésame", me paré delante de la puerta de Lidia.

"No sé de qué muerto me habla", me cortó ella.

"Del suyo."

"¿Del mío?"

"Me refiero a Napoleón."

"Ah, pues fíjese, que como no quiero saber nada de él no deseo recordarlo. Finito, ¿lo entiende?"

"¿No quiere saber nada de su hermano?", me asombré.

"¿Es por eso que recibo llamadas y visitas? ¿Es por eso que la gente no deja de molestarme preguntando si rento cuartos o vendo muebles? Tendré que cambiar la chapa de la puerta, ese loco no haya perdido la llave."

"¿Se murió o lo secuestraron?", le pregunté.

"No sé que necio podría pedir rescate por ese pelele."

"A lo mejor El Águila Arpía."

"No creo que alguien tenga tan mal gusto. Para serle franca, yo no pagaría cien pesos por él."

"¿No le parece cruel decir eso de su hermano?"

"Me parece peor tener que vivir con él. Venga conmigo", me condujo por un pasillo con piso de ladrillo y paredes escarapeladas. Me hizo entrar a la recámara principal, con acabados en pésimo estado y cielos rasos de tela abombados por la humedad y la falta de mantenimiento.

"No quiero ver la urna con las cenizas de su hermano."

"Qué pésimo sentido del humor tiene." Lidia me metió en un salón donde la yesería del techo había caído sobre el piso. Los lienzos de las paredes (sus pinturas) representaban paisajes y cuerpos retorcidos. Sin inhibición alguna, me mostró fotografías salaces (de su cuerpo desnudo), publicadas en la revista *Foto Nahui Ollin* treinta años atrás. En la serie, La Venus Lidiadora aparecía en diferentes posiciones. En una foto se veían sus senos. En otra, su hombro derecho en close-up. En otra, un seno y un brazo. En la secuencia titulada Los Cuatro Elementos se revelaba su sexo, su boca, sus ojos y sus orejas. En El Desnudo Danzante, su sombra se proyectaba en el piso. En Lo Natural y lo Industrial su cabeza emergía de un bote de basura. Las fotos la documentaban desde la adolescencia hasta la adultez. Versos de Nahui Ollin hablaban de su boca con clara connotación sexual:

> boca sensual
> purpúreo abismo
> donde llamean todas las hogueras

boca que se abre
al calor del deseo
como la rosa al sol

Al tenerla a mi lado, me di cuenta que Lidia se sentía
la reencarnación de Nahui Ollin. Percibí que trataba
de seducirme con imágenes de su juventud y de encan-
tarme con sus ruinas. Su pasado lascivo buscaba acti-
var mi presente. Eso se hizo evidente cuando pasó al
cuarto de baño y dejó la puerta abierta para que yo la
oyera orinar. Luego ingresó en la recámara principal
y, mirándose en el espejo con visible deleite, empezó
a probarse brasieres y pantaletas, pantalones y blusas
para ver si combinaban. Aparentemente, se había ido
de compras días antes.

    Acto seguido salió con el pelo cepillado, bilé en
los labios, tobilleras de niña, trenzas sobre el pecho,
flecos sobre la frente y con la falda alzada. Sus zapatos, uno rojo y otro negro, tocaron las puntas de los
míos. Entonces, fascinado por su apariencia juvenil,
creí estar delante de la mujer que había sido ella en
otra época. Sobre todo que, mientras yo observaba su
cuerpo, ella me observaba con descaro y vanidad. Al
descubrirme sus piernas (esbeltas), sus senos (breves),
su monte de Venus (rasurado) y su trasero (redondo),
evidentemente trataba de seducirme con el fantasma
de su carne, con esas fotos polvorientas buscaba influir
una biografía del deseo. Hasta que apagó la luz. Y en
la oscuridad que nos envolvió, su cuerpo se pegó al
mío. Pero al prender yo la luz de inmediato, el presente
brutal me devolvió a la verdadera Lidia Valencia.

    "Pasemos a la galería de fotos. Iba a sacar al sol
en la pared, pero no te concentras", molesta me con-

dujo a la salida. Sin que en lo sucesivo ni ella ni nadie mencionara al hombre tigre. Excepto el vendedor ambulante que pasaba gritando por la calle: "¡Tamales, tamales calientes de Oaxaca, don Napoleón!"

32. La gata negra

"La noche huele a mujer. ¿Ha pensado que esa garra en celo es una Tongolele reencarnada?", Mauro se frotó las manos, pues en el patio donde el hombre tigre daba sus paseos Sonia la gata negra venía a comer geranios y a retozar bajo el sol.

"Es Madonna", dije.

"La persigue una cohorte de admiradores salvajes. Qué fiesta de orina, saliva y heces se darán hasta que salga el sol."

"Por la sanchopanzona Sonia los gatos machos se lanzarán unos contra otros."

"Vislumbre, nada más vislumbre", Mauro oyó con atención los maullidos roncos, los arrumacos arrastrados, los ronroneos dolientes de la gata negra. "Esa gata domina a todos."

En efecto, Sonia rodaba sobre su espalda, orinaba sobre las losetas, producía olores por secreciones glandulares, se alejaba de los campos de pluma y frotaba su cuerpo sobre el cuello de Lidia.

"Prefiero los gatos a la gente sencilla. No hay mayor misterio en el mundo que un minino", ella, sentada en un banco verde, acariciaba a los recién nacidos. Con su traje escolar, sus trenzas atadas con moños azules que descendían sobre sus hombros como rizos de oro, parecía una niña.

"Oh, fiera apocalíptica", me dije, al clavar Lidia los ojos en los míos con extraña intensidad. No sólo porque en ellos había desafío sensual, sino porque percibí a alguien que tenía la costumbre de seducir a los hombres con su infancia.

"Los gatos como los guaruras en un costal se arañan", Mauro estaba fascinado por los machos que, disputando por Sonia, iban y venían por las paredes con el pelo erizado, el hocico abierto, los dientes mordientes, las uñas defensivas.

El escogido de la noche era Menelik, el gato negro de ojos verdes tan grandes que parecían salírsele de la cara.

"El elegido no puede consumar la boda", dije, ya que ella, demorando el momento de la unión, aún lo rechazaba.

"¿Ha pensado en el uso eléctrico del gato? ¿En que los rayos de calor que emite podrían retransmitirse para beneficio de la industria eléctrica?", balbuceó Mauro.

"¿Cómo se le ocurren esas cosas?"

"El gato se alimenta con rayos de calor que se convierten en desórdenes nerviosos que lo impulsan a saltar hacia delante. Cuando vemos temblores en su piel, espasmos en sus miembros y su tercer ojo caído, significa que está cargado de energía. En el Cisen realicé el estudio *Posibilidades eléctricas del gato*."

Me quedé dudando. Él continuó:

"El miedo en el gato puede transformarse en energía. Cuando su corazón late a doscientas pulsaciones, sufre una descarga brutal de adrenalina y todos conocemos el efecto de la adrenalina sobre la actividad muscular. Una vez vi cómo la noche se iluminaba por los ojos fúlgidos de un gato. Vislumbre nada más: un millón de gatos asustados produciendo electricidad, alumbrando Mexico City."

"La idea me parece horrible."

"Irresistible. ¿No ha notado que cuando el gato teme por su vida se tiende en el suelo listo para saltar? ¿No se ha fijado que cuando se levanta con los dientes afilados, el pelo tieso, las pupilas dilatadas, el lomo arqueado, las orejas hacia atrás, todo esponjado, quiere dar la impresión de ser más grande de lo que es? Entonces bate el aire con la cola como un dragón, listo para producir energía."

"¿Energía?"

"La fuerza electromotriz del gato debería medirse en kilovoltios. Vislumbre lo que los países del norte se ahorrarían en calefacción y la plata que los del sur ganarían exportándola."

Como si pudiese oírlo, la gata negra se quedó suspensa. Pero, espantada por el timbre de su voz, se echó a correr.

Menelik la siguió por las terrazas y las paredes de las casas vecinas. Latigueó la cola entre las macetas. Emitió estertores desde detrás de un tanque de gas. Posicionado junto a una puerta, atraído por sus tetillas, sus meneos, sus garras arañando el suelo, su cabeza abajada y su trasero parado, la acometió ferozmente. Con fruición la mordió, hasta aquietarla.

La gata negra se echó a rodar.

Menelik lamió su miembro como si puliera un coral erecto.

La gata, extendida en el suelo, se hizo la muerta.

Menelik la hizo suya.

Menelik marcó su sumisión con una mordida en el cuello.

La cosa no terminó allí, el cortejo duró cuatro días. Hasta que Menelik, exhausto, escapó saltando sobre un muro.

33. Los operativos

Continuaban los operativos para capturar a Montoya después del intento de aprehenderlo en Cuernavaca, pero fallaban. El jefe de la banda de secuestradores seguía moviéndose en cinco ciudades: Cuernavaca, Puebla, Toluca, Acapulco y el Distrito Federal, pero la policía concentraba su búsqueda en Ciudad Moctezuma. Las llamadas anónimas de gente que lo había visto en tal o cual colonia aumentaban al paso de los días, pero eran falsas. Por eso el lunes, cuando alguien notificó que Montoya se escondía en el número 742 de la calle Gabriel Mancera y un comando de elementos del Ejército Mexicano y de judiciales al mando de Alberto Ruiz se desplazó a la casa, nadie se sorprendió de no encontrar ni huella de él.

Frustrado, Alberto Ruiz convocó a una conferencia de prensa para explicarnos que su grupo investigaba a la banda de Miguel Montoya desde junio de 1996, precisamente desde el día en que Manuela Montoya, su hermana, había sacado de un antro al joven Lorenzo Fernández. En un hotel de paso en la calle de Talismán, mientras se desnudaba, le cayó la banda encima. Secuestrado, se pidió por su pellejo dos millones de dólares.

"Fernández fue encontrado muerto por la Policía Judicial en Ciudad Moctezuma, en una casucha donde se le mantuvo cautivo treinta días. Dos integrantes de la banda fueron detenidos y proporcionaron la dirección de un domicilio donde posiblemente se encontraba Montoya. Sin embargo, Montoya escuchó del operativo a través de la frecuencia de radio de la policía y escapó."

"No es novedad sospechar que elementos de la Policía Judicial están involucrados con la banda", interrumpió Laura Morales.

Dijo Ruiz:

"Mientras examinaba en dicha casa documentación de cuentas bancarias y fotografías de Manuela Montoya, en las que ella aparecía acompañada por agentes policiacos, escuché por una frecuencia de radio de la policía la siguiente amenaza: "Te voy a cortar la cabeza, puto."

En ese momento entró el procurador a la sala de prensa, custodiado por escoltas armados. Se sentó y dijo: "A mediados de 1997 se confirmaron las sospechas de corrupción policiaca al ser aprehendidos en Cuernavaca dos secuestradores especializados en microempresarios. Ruiz recibió una llamada telefónica de José Suki Sito, coordinador de la Policía Judicial de Morelos, quien lo invitó a interrogar a los arrestados. En Cuernavaca el comandante Artemio Martínez Salvado le preguntó (a Ruiz) si quería que vendaran a los detenidos antes de sacarles la sopa. Le pareció raro que insistiera y que él mismo no quisiera entrar al interrogatorio. '¿Sabe por qué no entró el comandante Martínez Salvado? La semana pasada nos birló medio millón de pesos y una camioneta nueva con todo y documentos', denunciaron los detenidos. Informado el Cisen de esta situación, se procedió al arresto de Martínez Salvado. El comandante, preso ahora en Almoloya, está acusado de torturar y asesinar a los dos secuestradores en los separos de la Policía Judicial."

Ruiz agregó: "Montoya me llamó dos veces por celular. Por una supe que se dirigía a Veracruz; por la otra, que se hallaba en la zona metropolitana. Los enlaces telefónicos fueron breves, y solamente él habló, pues cuando quise preguntarle algo apagó el teléfono."

"Montoya sabe cómo despistar a la policía. En los hoteles se registra con nombres falsos, cambia de auto a menudo, no permanece más de un día en el mismo sitio, recibe mensajes por biper, usa teléfonos públicos para comunicarse con su gente y se esfuerza por no dejar huellas por donde pasa. Nuestra meta es no permitir que Montoya reagrupe a los miembros de su banda, dispersos momentáneamente. Hemos desmantelado su capacidad para golpear, pero aún puede hacer daño", resopló Bustamante.

"Vivo o muerto, pero lo hallaremos. Estamos cerrando el cerco policiaco. Sabemos que viaja en una camioneta Pathfinder verde y en un auto Camaro rojo convertible acompañado de su amante Rosario Vargas. La mujer es rubia, de estatura regular y tendrá unos treinta años de edad."

"He preparado un organigrama de la banda de Montoya", Ruiz proyectó sobre la pared el organigrama. "La organización cuenta con sesenta miembros activos y tiene contactos en la justicia para operar con total impunidad. Cada miembro es responsable de una función específica y no debe fallar: secuestrador, sicario, vigilante, cobrador, protector o mutilador. Todos están bajo el mando de Montoya, el dueño del negocio y el único que puede tratar con las familias el pago de los rescates. Estamos hablando de la más eficiente empresa de secuestro en la historia del país, con domicilios, teléfonos, funciones, parentescos y contactos de cada uno de los integrantes en cinco estados. La banda ha funcionado mediante células de trabajo, con una logística de distribución de actividades. Los hombres que se dedican al plagio no se involucran en el cuidado de los plagiados. Los que recogen el dinero, no se meten en la vigilancia. Los integrantes de las células tienen a veces parentesco entre ellos o amistad cercana."

"Manuela Montoya alias El Águila Arpía alias La Venus de Oro se ocupa de elaborar el perfil económico de los posibles secuestrados y de vigilarlos cuando son plagiados. También les proporciona lo necesario para vivir. La célula que debe cuidar de los raptados la integran Manuela Montoya, El 666, El Tecolote, El Baboso y El Mudo. Los dos últimos fueron capturados. Manuela Montoya es una pieza clave para encontrar a Miguel. Lo que es difícil, por su capacidad para disfrazarse y pasar desapercibida. Miguel y Manuela evitan reunirse hasta donde pueden. Cada quién actúa por su lado y sólo se juntan en una casa de seguridad o en una fiesta para celebrar el pago de un rescate."

Afirmó Bustamante:

"Miguel Montoya, aunque no interviene directamente en los secuestros ni en los cobros de rescate, negocia personalmente con los familiares de las víctimas a través del teléfono. El Niño, uno de sus hombres de mayor confianza, tiene la facultad de ejecutar secuestros y recoger rescates. Pero la célula ruin de la banda la integran elementos de las corporaciones policiacas que le otorgan protección."

"Agentes de la PGP aseguraron en una entrevista que Miguel Montoya podría ser detenido en unos días", dijo la Durán.

"Tomo la pregunta", dijo Ruiz. "Montoya está acorralado, no tiene quién le ayude: garantizo que pronto caerá en la cárcel o muerto. Fátima García, su esposa, desde las instalaciones donde la tenemos recluida, lo llamó por teléfono pidiéndole que se entregue. 'No sigas haciendo más daño a tu familia', le dijo. Pero cuando tomé el celular, él reiteró su amenaza: 'Estoy bien informado de lo que está pasando, que balearon a mi hijo; fue una acción de cobardes, por eso van a saber de mí muy pronto'."

Intervino Bustamante:

"Fátima García declaró que desde 1985 sabía que su marido se dedicaba al robo de autos, pero no fue hasta los años 90 que se dio cuenta que estaba involucrado en algo más. 'Llegaba a casa con grandes cantidades de dinero y decía que estaba haciendo algunos negocios, y que no me metiera en sus asuntos. Era muy macho y no dejaba que le preguntara más. Yo insistía en preguntarle sobre sus actividades, pero no quería decirme nada. Y no fue hasta que El Niño le dio unos documentos que supe que él se dedicaba al secuestro."

"Tenía que pasar", presentada ante la prensa, prorrumpió en llanto Fátima García: "Yo y toda la familia estábamos conscientes de que iba a llegar el día de su detención."

34. *Salón Malinche*

A la medianoche, Alberto Ruiz y yo llegamos al *Salón Malinche*, un antro muy popular entre jóvenes fresas y hombres casados buscando teiboleras importadas de Sudamérica y de Europa del Este, y prostitutos masculinos tipo brasileño. Pasando la entrada azul metálica y dos puertas de cristal, nos formamos en el vestíbulo para la revisión en busca de armas y de drogas. Entonces, una recepcionista en minifalda nos condujo al salón de mesas y pistas, la número uno en forma de luna negra. Al final de cada lado de la pista estaban los tubos y dos plataformas, una que subía a otra planta y otra que conducía a los privados, cuartos pequeños donde las mujeres prestaban sus servicios sexuales.

Abrazada a un tubo Miss Caracas bailaba al ritmo de música tecno. Llevaba peluca roja y maquillaje dorado, tanga y brasier rojos, y un liguero blanco que le sostenía las mallas rojas. Mientras entrábamos, luces rojas, azules y rosas la seguían por la pista.

"Eeeeeh, ¿a qué horas cierran?", preguntó un joven ebrio a una mesera en cueros de vaquera.

"Es Tony de Silva, el hijo del dueño de una cadena hotelera, Manuela Montoya anda tras de sus huesos", me susurró Ruiz, quien, enterado de que en ese antro podría agarrarla con las manos en la masa, me había pedido que lo acompañara. "Sin guaruras, por razones de seguridad."

"Les dije que cenaríamos en *El Perro Andaluz*, y estaría bajo su custodia."

"El *Salón Malinche* está abierto de las cuatro de la tarde hasta la madrugada", contestó la mesera formalmente, a pesar de su atuendo provocativo. "Tenemos tres escenarios con dos pistas con pisos de pura acción. Lo único que se recomienda es venir bien vestidos y traer un milón."

"¿Cuántas chicas hay?"

"Cuarenta o cincuenta, más las ganadoras del concurso Miss Table Dance."

"¿De todos tamaños, sabores y colores?"

"Si van a los privados, se asombrarán de lo que pueden hacer allí."

"Eeeeeh, las meseras rascuachas como tú, ¿también le entran?"

"Somos de buen ver, pero mejor no tocar."

"No le busques, güey, hace rato me dijeron que un cabrón se murió de un paro cardiaco en un privado", rió el acompañante de Tony, más borracho que él.

"Eeeeeeh, ¿cuánto cuestan las nenas y las nenonas, las mamadas y las mamomas?", preguntó Tony.

"Depende."

"Eeeeh, y por retratar a niñas sexy hablando sexy ¿también cobran?", el hijo del dueño de la cadena hotelera indicó a una modelo juvenil con la blusa desabotonada hasta el ombligo.

"Ya no es niña, ¿no ves que tiene cara de adulta en cuerpo de adolescente?", replicó el otro.

"Eeeeh, ¿cuándo ponen música más chida como rock pop en inglés y rolas colombianas?"

"Al ratito", la mesera se fue a atender otros clientes.

"Qué fiestesota", se exaltó Tony al ver pasar a mujeres disfrazadas de enfermeras, monjas y policías con tanga y brasier, zapatillas transparentes con tacón de aguja y medias de red.

"Cuidado con esas, son bien perras", advirtió su acompañante.

"El sexo en exceso es malo para uno, pero un pedazo de pastel no le hace daño a nadie."

"Hemos hecho una lista de los giros negros que frecuenta Manuela Montoya como Águila Arpía o como Venus de Oro, y de los que es cliente Tony de Silva", reveló Ruiz.

"¿La Venus de Oro es su *nom de putain?*"

"Elaboramos un mapa de burdeles, discotecas, bares y antros del perímetro Roma-Juárez-Condesa-Cuauhtémoc, pero el *Salón Malinche* es donde ella opera más a su gusto."

"¿Cuánto tiempo les llevó establecer su territorio?"

"Semanas. Visitamos *La Tortillería de Tomasa, La Boca Baja, El Puf Puf, Las Apariciones de la Matriz, El Vientre de Verónica, La Jungla de Júpiter* y *El Bien Jodido*. No se imagina las noches salaces que pasamos buscándola", Ruiz se distrajo mirando a una mujer que bailaba delante de nosotros.

"¿Se admiten cámaras?", pregunté, pero la mesera me ignoró.

Ruiz dijo:

"Las de los ojos. Las otras están prohibidas bajo estrictas medidas de seguridad. Como en las películas donde aparecen huesos pelados, en estos templos del sexo se encuentran rotos trípodes, micrófonos, dientes y cámaras. Los guardianes de las damas que viven en los antros esculcan a los parroquianos debajo de las gabardinas para detectar armas, cámaras y drogas."

"Tomaré notas."

Ruiz sonrió: "¿Ve a esa mujer con chaquetilla negra, copete blanco, reloj Cartier, pintarreajada hasta más no poder? Es Manuela Montoya jugando el papel de La Venus de Oro. No la mire de frente, porque si nota que la estamos siguiendo se pela."

"Se dice que los jóvenes cachondos que escapan de las trampas que ella les tiende realizan una hazaña comparable a la de los que salvan sus orejas de las tijeras de Montoya."

"Ella no es la única que detecta jóvenes fresas. En aquel poste falso están recargadas sus subsidiarias: La Laredo, la Miss Caracas, la Reina de los Juegos Florales, La Puerto Peñasco y La Río de la Plata, todas cazan sexo y sacan comisiones de la banda de los Montoya. No sabe cuánto me gustaría que una de esas sexys palomitas me chupara la sangre en un abrazo mortal. ¿Ya vio a Manuela, digo, a La Venus de Oro, digo, a El Águila Arpía?"

Ella estaba en la barra. Solitaria. Vestida de negro, con un copete de plumas blancas en la cabeza, buscando a su conejo. No podía vernos entre tanta gente que fumaba y bailaba entre ella y nosotros.

"La autoestima y la confianza en uno mismo son imprescindibles en este trabajo", Ruiz puso sobre la mesa un montón de cristales relucientes. Como si fueran glaciares diminutos los miró por un momento. Luego vertió el polvo blanco sobre el dorso de su mano descolorida. Sus dedos temblorosos se alzaron para tocar su cara calavera y esnifó la cocaína. En pocos minutos sus ojos brillaron, su ansiedad desapareció.

"¿Sufre de paranoia transitoria o de paranoia perpetua?", le pregunté.

"A veces padezco locura dermatozoica, ese delirio en que uno siente que hay insectos moviéndose debajo de su piel."

"Una sensación semejante me la causó una araña apodada La Venus de Oro", repliqué.

"¿Quiere probar coca, nieve, perico? ¿O prefiere crack, roca, bazuco? Si es así le presto mi pipa de vidrio."

"No, gracias."

"Hola", Ruiz se fue a saludar a Manuela.

"¿A mí me hablas?", una muchacha argentina, más alta que él, se le atravesó en el camino.

"No a ti, a ella."

"Mmmmhhh", mugió El Águila Arpía o La Venus de Oro, mirándolo fríamente por encima de su plato de bistec a las brasas y papas fritas.

"Te invito un trago."

"Tengo compañía", mintió ella.

"¿Se le ofrece algo, señor?", vino a preguntarle el jefe de seguridad.

"No, gracias", Ruiz pretendió ignorarlo.

"Le pregunté si se le ofrece algo", el hombre, amenazante, sacó las manotas de la chamarra.

"Le dije que no."

Manuela dejó la barra y empezó a bailar con el acompañante de Tony una, dos canciones, hasta llegar al hijo del dueño de la cadena hotelera. Asida a él movió sensualmente las caderas. Los pechos se le desbordaban por el escote.

"Él cree que la está seduciendo, pero es ella la que lo seduce. Él creerá que la está fornicando, pero es ella la que se lo está cogiendo. Si tiene suerte, Tony de Silva se pasará un par de semanas atado al pie de una cama en un hotel de cinco estrellas, no precisamente acostado con ella, sino acompañado por El Tecolote y El 666", dijo Ruiz.

"La desaparición de Tony de Silva será noticia de primera plana en *El Tiempo*, tendré la exclusiva."

"Esa puta asesina se siente un ángel vengador plagiando al hijo de un hotelero repugnante."

"¿Baila?, vino a preguntarme Miss Caracas, mientras Manuela como Venus de Oro abandonaba el antro con el joven ebrio.

Ruiz y yo hicimos a un lado a Miss Caracas y nos dirigimos rápidamente hacia la puerta.

"¿Adónde creen que van con tanta prisa? ¿Pagaron la cuenta?", el jefe de seguridad nos estorbó el paso.

"Está liquidada", respondió Ruiz. "Si no te quitas, tus dientes lo lamentarán."

"Si vuelven aquí les irá mal."

"Veremos", Ruiz apartó la cortina de terciopelo negro y se lanzó al vasto estacionamiento, seguido de cerca por el jefe de seguridad y dos pistoleros.

"El Águila Arpía o La Venus de Oro ya no tendrá que ir de tugurio en tugurio esta noche, ha cazado su presa", dije.

"Si podemos agarrarla con los genitales de Tony en las manos, la acusaremos de ejercer la prostitución con fines delictivos y, como carambola, llegaremos a su hermano", Ruiz trataba de alcanzarla entre los coches del subterráneo del *Salón Malinche*.

"Veremos", dije, porque en ese momento ella abordó una camioneta van blanca dejando con un palmo de narices a Tony.

"Allá va La Venus de Oro acompañada de El 666 y El Tecolote, a cien kilómetros por hora", Ruiz acarició la cacha de su pistola. "Ojalá tuviera licencia para dispararle."

"Eeeeh, nena", el joven, parado entre los coches con un vaso de ron en la mano, vio con asombro el vehículo con la mujer alejándose velozmente por Avenida Chapultepec.

35. La vida secreta de los gatos

La muerte urdió su trama siniestra aquel Viernes Santo cuando Lidia Valencia tropezó en sus brazos. Posiblemente se había ayudado con gas, pues el lunes ella había pedido a Gas Expreso tanques llenos.

"Murió de un infarto al miocardio", aseguró su viejo médico, quien tenía su consultorio a dos calles de su casa. No había por qué cuestionar su dictamen.

Lidia no se fue sola: un día antes despachó a sus gatos usando gas. Previamente realizó una congregación peluda. Los encerró en el horno de la estufa. Con toallas negras y cintas adhesivas tapó puertas y ventanas. Entonces abrió las llaves del gas. Salió al patio. Regresó cuando tuvo la certeza de que sus mascotas ya no respiraban. De la cocina los sacó en costales de harina. La policía halló a Menelik a sus pies. Evidentemente ella se había preparado desde hacía tiempo para entrar en compañía felina al paraíso.

"Está defunción está de pelos", declaró su sobrino Carlos Agustín Carrillo, cuando apareció en la recámara de la difunta con pantalones de mezclilla, blusa blanca y arillos en la nariz. Sus amigas lesbianas se estaban abrazando en el corredor.

Carlos Agustín fue el primero en descubrir el cuerpo en la cama. Aunque luego le interesó más calcular el precio del autorretrato colgado en la pared. Por el trazo fino y el uso del color algunos críticos de arte creían que era obra de un discípulo del

Doctor Atl más que una creación realizada delante del espejo.

El examen de los peritos del Ministerio Público llevó horas. Pero lo que más impresionó a los señores de la Injusticia no fue La Dama de los Gatos, sino los cadáveres de los mininos hallados aquí y allá. Uno estaba en un baúl envuelto en un suéter rojo. Otro apenas sacaba la cabeza de un canasto de ropa sucia. Otros dos aparecieron en una caja de chocolates y en una cubeta de agua con un trapeador encima. Al pie del muro, sobre el cual se derrumbaba una bugambilia, un gatito estaba despellejándose. Del closet, como en el cuento de Edgar Allan Poe, emergió una gata emparedada. Cinco o seis se encontraron muertos de hambre.

Lo que nadie sabía es que el lunes en la noche yo había visto a Lidia bajo la luna sentada en una banca del patio. Un personaje vestido de negro la acompañaba. Si no fuese porque era inimaginable pensarlo, tal vez se trataba del mismo Almirante RR. Ella tenía un gato en el regazo y los ojos llenos de lágrimas. La figura a su lado parecía indiferente a la muerte de Menelik. Pero, ¿quién lo había aventado desde la azotea hacia el otro mundo? ¿Mauro? ¿El Petróleo? ¿El hombre a su lado? ¿Ella?

A Lidia se le llevó al Panteón de Dolores. Menelik iba en su ataúd. Se tenía el propósito de sepultarla en el nicho de los Valencia, pero por disposiciones del sobrino, no ocupó un sitio en la joya de piedra y mármol de la sección de los alemanes ni de los italianos, tampoco un lugar entre los seis millones de difuntos que descansaban allí, sino sería despachada en uno de los siete hornos crematorios que funcionaban las veinticuatro horas del día. ¿En cuál de ellos? A Carlos Agustín le importaba un rábano.

Por deseos de la occisa, el camino del cadáver de la casa al Panteón de Dolores debía hacerse siguiendo un viejo plano de la ciudad, por una ruta del pasado: la del tranvía amarillo que otrora partía de la estación de Indianilla. El séquito, en dos coches, recogería el cuerpo. Luego seguiría la red de vías.

Mauro, El Petróleo y yo aguardamos el arribo del cuerpo cerca del lote adquirido a perpetuidad por su bisabuelo Nicolás Valencia. No lejos de los bancos y las tumbas donde los perros callejeros se echaban para dormir la siesta.

"Los recorridos por el Panteón de Dolores son gratuitos. La perpetuidad es exclusiva de unos cuantos. No se pierda uno de los grandes placeres del domingo en la capital: páguese un paseo por el Panteón de Dolores", decía la *Guía de la Ciudad de la Frustración y de la Risa*. E informaba: "Al primer difunto que se incineró en el horno grande fue el señor Domingo Vargas, fallecido en el Hospital General. Su cremación se realizó a las cinco y media de la mañana el 11 de enero de 1909. Duró dos horas." Mas el autor anónimo no pudo anticipar lo que sucedería al cadáver de Lidia Valencia, cremado en minutos. Lo que sí mencionó fueron las ventajas de la cremación sobre la inhumación:

"1. La acción purificadora del fuego y su fácil aplicación son más acordes con los tiempos que corren."

"2. Las cremaciones disminuyen la superficie necesaria para disponer de los restos humanos."

"3. Las cenizas pueden conservarse cómodamente en la casa o en el panteón."

De regreso del panteón, al hurgar el sobrino en la recámara fétida del hermano tigre, descubrió tres gatos: Uno, amarillo, envuelto en una vieja piel imitación leopardo. Otro, siamés, empaquetado en una caja de pastelitos Napoleones. Un tercero, en el bolsillo de una vieja bata de Lidia.

Así que esa noche los noticieros de televisión mostraron imágenes del patio, las recámaras, el clóset y la caja de zapatos donde se habían hallado cadáveres de mascotas.

La información tuvo su carga de veneno y su nota escandalosa. Se filmaron los lugares de la casa que habían utilizado como cementerio doméstico; los rincones donde ella y/o Napoleón habían dado sepultura a canarios, gorriones, pichones, tordos y a un perro labrador. Según los medios, los hermanos habían practicado rituales funerarios ilegales a espaldas de los inspectores de Sanidad Animal y de las sociedades protectoras de animales.

En los días siguientes se filmó a las personas asiduas a la casa. Y a las que tuvieron de alguna manera contacto con Lidia Valencia: el cartero, el policía de calle, el taxista de sitio, el carnicero que le vendía pellejos. Un psicólogo elaboró un perfil de La Dama de los Gatos, calificando su manía por los felinos como locura senil, aberración sexual y culto satánico. Todo junto.

Nacionalmente se propagó la imagen de La Dama de los Gatos como la de una vieja extravagante sentada en un banco rodeada de felinos vagabundos con las costillas descubiertas y comiendo de su mano. Y hasta se llegó a decir que esa fetichista frustrada inexplicablemente había motivado a su padre inmortalizarla con los pastelitos Lidiadores.

"Hay gente que dice que los hombres nacen aristotélicos o platónicos, pero yo creo que la humanidad se divide entre gatófilos y perrófilos", escribí en *El Tiempo*. "Los gatos hallados en la residencia de Lidia Valencia, por extraños, temibles y hasta por divinos, podrían compararse con los gatos de la diosa Bastet."

"Ah, esa mujer era muy guapa. Salía a la calle y la gente se paraba para verla", me dijo un hombre afuera del horno crematorio. "Soy Jesús, propietario y gerente de Mudanzas Valdés. Mi negocio está ubicado en Calle de José María Tornel 42-1."

"¿La conoció?", pregunté.

"No sólo la conocí, sino que la sigo viendo."

"¿Qué quiere decir?"

"Que la sigo frecuentando en el más allá. O más acá, como quiera. Ella sigue viva, no como el muñeco que acaban de incinerar, el cual apenas se parecía a ella, sino como la persona que anteayer llevé en mi carro a la terminal de Autobuses de Occidente. Con su perico en una jaula. Partió de vacaciones a un lugar de la memoria. Un día volverá… para obsesionar nuestra mente."

36. Una visita guiada

Cuando uno está amenazado de muerte lo que menos quiere es llamar la atención sobre sí mismo. Cuando uno peligra en cierta calle, lo que menos desea es ver a fotógrafos de los medios acechándolo desde cada puerta. Pero como la foto de los gatos muertos había aparecido en *El Tiempo*, por instrucciones del jefe de redacción me integré al grupo de reporteros que haría una visita guiada de la casa.

"¿Están listos? La tarde está de pelos", Carlos Agustín abrió la puerta. Vestido con sus habituales pantalones de mezclilla, blusa blanca y con arillos en la nariz, lo acompañaban sus amigas lesbianas, la fresa y la proletaria, cogidas de la mano.

"Estamos listos", Guillermina Durán, la reportera que tenía los ojos de distinto color, lo miró a él con un ojo gris y a mí con un ojo negro.

"Arranca la visita", el sobrino nos condujo al patio, el territorio de los paseos vespertinos de Napoleón, señalando su retrato barbón, con ojos desafiantes de carnicero. "Todos saben de la locura de mi tío, que se sentía hombre tigre."

"Al verlo pasear la gente creía que era viejo, muy viejo, así como cuando uno ve los retratos de León Tolstoi tiene la impresión de que el escritor nunca fue niño, que aun en su infancia anduvo con barbas de chivo sobre el pecho", dijo una de las lesbianas, atrayendo la hostilidad de la Durán.

"Al vaciar un bolso de mi tía encontré el cadáver de Meztli dentro." Carlos Agustín mostró el viejo bolso negro.

"¿Puedo tomar una foto?", pregunté.

"Ahora destaparemos esta cazuela donde se conserva el cadáver de Sonia la gata negra", dijo en la cocina.

"En esas vitrinas, ¿qué hay?", preguntó Laura Morales.

"Vajillas de la época de Maximiliano de Habsburgo que pertenecieron a la familia Valencia. Los moldes que un día sirvieron para hacer chocolates y galletas en forma de gato los adquirió don Federico en Suiza. Con ellos elaboró los famosos Napoleones y Lidiadores", dijo, y de una olla a presión sacó a un gato hervido con elotes tiernos, agua de tequesquite, piloncillo, chile y una ramita de hojas de Santa María. Impertinentemente, la Durán introdujo la uña en los granos para ver si los elotes estaban cocidos.

"Allí ella guardó una pareja macho-hembra, o macho-macho, no sé", Carlos Agustín indicó el aparato electrodoméstico. "En aquel horno de microondas estaba una pareja hembra-hembra. En esa cacerola hallé a tres mininos recién nacidos. Uno parecía haber muerto viendo al diablo. Los otros dos dormían como si hubiesen sido sedados. En los marcos de las ventanas y de las puertas aún es visible la tela adhesiva que empleó mi tía."

En la sala, llamó mi atención que los muebles antiguos, cubiertos con telas grises, tenían las patas cojas, y los espejos, del siglo XVIII, estaban desportillados. Las mecedoras, desfondadas, parecían desechos de una tienda de chácharas. Lo curioso es que alguien había derramado helado de vainilla sobre el tapete persa.

"La verdad es que mi tía murió de insuficiencia renal. Quien diga lo contrario, miente. La mía es la única versión autorizada. ¿Les molesta si fumo?", Carlos Agustín encendió un cigarrillo.

"Pasa lumbre, güey", una amiga le arrebató el fuego.

"A Menelik, al que nunca se le quitaron las malas costumbres de la calle, murió en su regazo. A Menfis, el celoso, lo enterró en el sótano. Maya, a la que le gustaba tanto esconderse en el ropero, se escondió tan bien que para siempre se quedó escondida."

"En esas macetas, ¿qué hay?", preguntó la otra amiga.

"Germinan Mesalina, Marieta y Magda. Y Domingo Vargas, el gato de angora. Mi tía le puso ese nombre en recuerdo del primer incinerado en el horno de Dolores." Antes de abandonar la sala, el sobrino se arrodilló sobre un sofá para ver de cerca la reproducción enmarcada de una revista del siglo XIX. En ella aparecía una turca acusada de adulterio. Sus verdugos estaban a punto de meterla en un saco con un gato vivo. Juntos en el saco, serían echados al agua hasta ahogarse.

"A semejanza de las fotos que tomaron en mil novecientos veinte los fotógrafos Antonio Garduño y Edward Weston de Nahui Ollin, La Dama de los Gatos quiso retratarse en poses provocativas", en la recámara principal Carlos Agustín exhibió las fotos de Lidia en cueros. "La Loca del Sol ejerció una fuerte influencia sobre mi tía, que quería liberarse de la esclavizante sociedad machista."

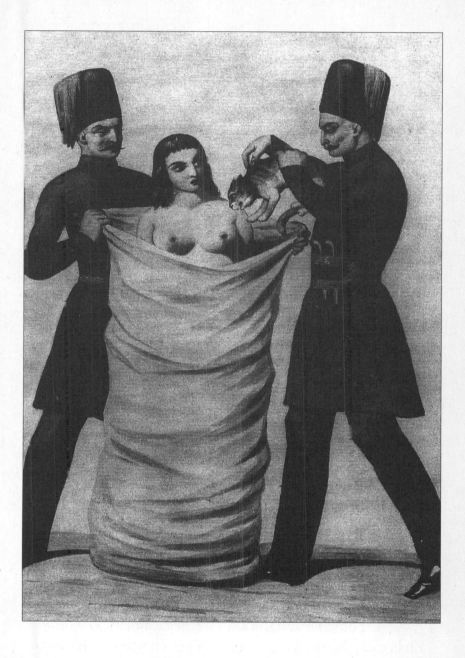

Nos llamó la atención un retrato de ella desnuda sobre la cama. Con trenzas sobre los pechos y flecos sobre la frente, con expresión de niña morbosa, miraba a la cámara. O mejor dicho, se mostraba desafiantemente erótica. Sus ojos verdes fulgurantes parecían atravesar edades y paredes.

"Miren esto", el sobrino sacó a un gato recién nacido de la boca de un calcetín sellado con clips.

"¿Es Menelik el que está en el autorretrato?", me referí al gato negro en miniatura que aparecía en la pintura.

"¿Lo conoció?"

"Lo oí maullar algunas noches."

"El estudio al que entraremos ahora revela la profunda relación que Lidia tenía con los felinos", Carlos Agustín, delante de la puerta de una habitación oscura, dio la impresión de querer introducirnos a una gatería de imágenes. "Miren su impertinencia", indicó las ilustraciones de la ópera *L'énfant et les sortileges* de Maurice Ravel, las estampas de la *Historia Natural* de Buffon y de Grandville, y la de *Penas del corazón de una gata inglesa* de Balzac. "Esta es la mujer que se transforma en gato, inspirada en la fábula de Lafontaine. Este es *El gato negro* de Poe, según Leroux."

En el baño, el sobrino pasó de largo frente al cadáver de un gato gris sepultado bajo pesadas toallas en un canasto de ropa.

"Sobre la ventana de la recámara principal, que da la calle, ella pegó la foto de un gato negro enseñando los dientes. Quería ahuyentar a los ladrones, pues desde que le robaron las joyas de la familia tuvo tanto miedo que intentó espantarlos con imágenes de gatos malvados. La visita ha terminado", anunció Carlos Agustín.

"¿Qué es esto?", de una cómoda cogí un video en formato beta: *La vida secreta de los gatos. Realizado al alimón por Lidia y Napoleón Valencia.*

"No lloro, una basurilla se me metió en los ojos", dijo el sobrino al salir al patio.

En eso se oyó un chillido estremecedor, como el de un gato al que le pisan la cola. Y música tecno. Al levantar la cabeza vislumbré la silueta de Mauro.

Debajo de nubarrones amarillentos como vientres polutos estaba él, vestido de negro, escudriñando el ir y venir de los reporteros.

"¿Por qué estará allá arriba?", me preguntaba, cuando percibí detrás de los reflejos de sus gafas negras sus ojos homicidas.

"¿Quién anda allí?", el sobrino subió rápidamente la escalera. Pero Mauro ya se había ido.

37. Un niño tranquilo

"Operaciones quirúrgicas clandestinas cambiaron el rostro de Miguel Montoya. Y la forma de sus orejas. Curiosamente, los cartílagos que conformaban los pabellones del órgano de la audición eran considerados por el secuestrador como claves para ser reconocido. Más que los ojos, más que la nariz, más que la boca y el cuerpo, las orejas eran las partes de la cara que más llamaban la atención." Así comencé mi artículo para *El Tiempo*

"Lo sorprendente es que en el barrio donde creció, a Montoya no se le conoce como El Cortaorejas, sino como El hijo de don Rosa y El chofer de Nico.

"La calle Mario en los setentas era de tierra y polvo, sin agua y sin drenaje, con casas de ladrillo, lámina y cartón. Por esa calle anduvo ocioso y sin un centavo el futuro secuestrador. Los vecinos todavía no dan crédito cuando oyen que Miguel Montoya, quien 'no daba muestras de maldad' es ahora el plagiario más buscado del país."

"La familia Montoya habitaba una modesta casa sin número, con dos cuartos de ladrillo y dos de lámina. Para mantenerse, la familia trabajaba pepenando basura en el Aeropuerto de la Ciudad de México. Don Rosalío Montoya, su padre, fue un visionario que supo sacarle provecho a la basura."

"Miguel Montoya fue un niño tranquilo", manifestó José el Carnicero, su amigo de entonces. "Su pasión era jugar al trompo, al balero, a la rayuela y a los volados. Hacía bailar el trompo como nadie, para el trompo tenía talento."

"Pero la calle Mario era violenta. Las pandillas se juntaban por las noches en las esquinas y se peleaban con muchachos de otros barrios. Fue en la adolescencia que Miguel abandonó la Escuela República de Honduras y empezó a juntarse con los hijos de los carniceros. Entonces, se volvió mariguano y peleonero.

"La pandilla de Los Carniceros la integraban los hijos de los comerciantes de vísceras de puerco y de pellejos de Ciudad Moctezuma. Aunque Miguel Montoya no pudo reemplazar a José El Carnicero como jefe de la pandilla, se dio a conocer por traficar con mariguana y por sus arrebatos de cólera. Su hermana Manuela a menudo lo acompañaba en las fechorías que cometía en la Calle Mario.

"Para sacarlo del lodazal, don Rosa le halló trabajo como chofer de don Nico, un albañil que tenía algo de dinero y un coche viejo. Todos los días Miguel lo llevaba a las obras y de regreso a casa, hasta que Nico lo sorprendió robando y lo despidió.

"Sin empleo, Miguel se casó con Fátima García, su vecina, una estudiante de enfermería que quería ser doctora. Vivió con sus suegros en la calle Mario, a dos puertas de la casa de don Rosa. Allí permaneció, hasta que descubrió el dinero."

"A mediados de los ochenta, la fortuna sonrió a los Montoya", según José El Carnicero. "Miguel empezó a desaparecer del barrio durante semanas para hacer trabajos en Ciudad Moctezuma con gente bronca. Amigos de Miguel nos dimos cuenta que algunos pandilleros de la calle trabajaban con Miguel en robos y secuestros y que de la noche a la mañana andaban con carros de lujo y dinero en efectivo. Poco tiempo después, El Pacheco fue arrestado por secuestro, y El Consuelo cayó en manos de la policía por asalto a cuentahabiente."

"Fue entonces que Miguel entró a la Policía Judicial Militar. Comisionado al estado de Guerrero, se relacionó con Raúl Reyna, un judicial que se dedicaba al plagio de ganaderos y al robo de autos. Aprehendido y encarcelado, Reyna salió libre después de sobornar a un juez y siguió secuestrando. Hasta que lo capturaron de nuevo y lo recluyeron en un penal de alta seguridad. Preso Reyna, Montoya se convirtió en el jefe de su banda. Por ese tiempo, la casa paterna, de ladrillo y lámina con piso de tierra, se convirtió en una residencia de dos plantas. Los vecinos comenzaron a sospechar que Miguel se dedicaba al secuestro y al robo de coches, pero nadie podía probarlo. Con esa riqueza mal adquirida, Miguel se llevó a su familia de la calle Mario. Salvo don Rosa, que prefirió quedarse en su cuarto de lámina, al otro lado de la residencia."

"¿Qué piensa de su amigo?", le pregunté a José El Carnicero.

"No podía creer que Miguel andaba cortando orejas, hasta que vi en la televisión que la policía lo buscaba y que mostraban su fotografía junto a la de un comandante cómplice", dijo él.

"¿Por qué se quedó a vivir en este barrio?"

"En los ochentas mejoró la calle Mario. El suelo se pavimentó y las casas fueron de concreto. Algunas familias salieron de la pobreza. Los hijos de los carniceros nos hicimos comerciantes. La colonia no fue tan peligrosa. La única cicatriz abierta que quedó en la calle Mario fue Miguel Montoya."

"Leí su artículo sobre la calle Mario", me dijo Alberto Ruiz en las oficinas de la PGP.

"Yo también lo leí, pero lo que me sorprende es que Montoya ande paseándose con su joven amante, Rosario Vargas Martínez, la hermana de Vicente Vargas. Tal parece que la persecución policiaca no le hace mella", irrumpió Laura Morales.

"Investigada por el Grupo Antisecuestros, tenemos información de que Rosario no sólo dispone de tarjetas de crédito con diferentes nombres y hace compras en centros comerciales de la zona metropolitana, sino también tiene a su nombre cuentas bancarias, casas y vehículos de la organización criminal."

"En *El Tiempo* nos enteramos que en compañía de su amante, Miguel Montoya viaja por la ciudad a bordo de una camioneta último modelo Pathfinder color verde o en un Camaro rojo convertible. Y que la tal Rosario, hasta hace unas semanas estudiante de actuación en la Academia Nacional de Actores, sirve al jefe de la banda, como su familia le sirvió en su momento, para esconder el dinero de los plagios", dije.

"Tengo pruebas de que cuando Montoya termina una operación de secuestro, se escapa con Rosario a los antros de Garibaldi para pasar el fin de semana", arremetió Laura Morales.

"En efecto, en un operativo reciente hallamos un llavero de plástico que de un lado tenía una alacrán güero de Durango con la leyenda México Venenoso, Plaza de Garibaldi, y del otro lado llevaba una fotografía de Rosario."

"¿Es cierto que en dos casas cateadas se encontraron relojes marca Bulgari, Omega, Rolex Oyster

Perpetual y Jaeguer-Le Coultre, así como joyas Da-
miani y Roberto Coin, ropa de marcas importadas y
aparatos electrónicos que, presuntamente, Montoya
habría robado o comprado para su joven amiga?"

"Acosado día y noche por oficiales del Ejército,
el Cisen y la PGP, Montoya ha perdido capacidad de
operar. Su adicción a la heroína lo convierte en un
hombre marcado. Puedo decirles que no descarto la
posibilidad de que, violento como es, intente resistirse al arresto y no sea capturado vivo", Alberto Ruiz,
aplastando el cigarrillo en el piso, volvió la lámpara
del proyector hacia la pantalla blanca. La luz deslum-
brante atacó la efigie del secuestrador, desvaneciendo
su imagen.

38. Perfil de un guarura

Desde la muerte de Lidia Valencia, la casa, cerrada por la policía, había sido saqueada sistemáticamente. Joyeros, centenarios de oro y exvotos del siglo XIX habían desaparecido junto con cuadros y retratos suyos.

"De noche, el señor Mauro roba en la residencia sabiendo que nadie echará de menos lo que falta", dijo María tímidamente. "Mientras el señor Carlos Agustín busca oro en cajas de zapatos y latas de café él se embolsa todo."

"El sobrino no sólo reclama toda la herencia, sino quiere llevarse hasta su polvo", dije. "Dos veces ha viajado a Celaya con Mudanzas Valdés. Vino más para saquear que para conservar, pues la tía murió intestada."

"Siento que los hurtos de relojes, plumas, pinturas y colecciones de monedas antiguas se deben al señor Mauro, ya que la casa y la azotea de su edificio se comunican."

"En estos días, no sé si Mauro anda de vacaciones o lo han corrido del Cisen."

"Señor, el viernes que se fue de aquí se llevó dos bolsas, creo que con objetos de la casa."

"Lo recuerdo con su traje gris rata reluciente. Recuerdo que le dije: 'Qué traje tan elegante'. Y él me contestó: 'Hoy en día hasta los millonarios compran trajes Robert's'."

María se retiró a su cuarto y me quedé pensando sobre la última visita del guarura. "¿A qué se debe su presencia?", le pregunté. "Temo sufrir un *accidente* de trabajo. Mis colegas son expertos en *accidentes* que no dejan huella. Vislumbre, el otro día El Petróleo le habló a Lupita para decirle que había oído que me había accidentado y si sabía en qué hospital me iban a operar."

"No creo que corra riesgos de sufrir un *accidente* en carretera." "Tengo planes para cruzar la frontera. Ando a salto de mata. Temo ser atropellado por un jeep o por un camión de carga, y hasta por un sapo. ¿Supo lo de El Buzo?" "¿Quién es El Buzo?" "Un colega mío que se quedó tieso como jamón en sándwich". "¿Lo atropellaron?" "Lo prensaron entre dos camiones. Vislumbre."

"¿Qué puede sucederle a usted? No hay dos *accidentes* iguales."

"No se crea, temo que me atropelle un tren en una vía por la que no ando, que me suiciden en un cuarto de hotel en el que no me hospedo, que me arrojen de cabeza del noveno piso de un edificio en que no vivo." "Pero si aquí no hay trenes." "Allí está el detalle", cantinfleó. "Se lo suplico, présteme ayuda, no sea malo." Entonces me tendió un folleto de banco:

Protección Integral contra Accidentes.
¡Ellos estarán bien!
En caso de fallecimiento por accidente tus beneficiarios recibirán:
* Indemnización en efectivo.
* Rentas mensuales por un año.
* Pago de gastos funerarios por cualquier accidente o enfermedad.

Se lo devolví.

"Aplica a mi situación, asegura la supervivencia económica de mis Lupitas", trató de convencerme.

"Pero no aplica a mis bolsillos, el seguro debe pagarlo su empleador, el Cisen."

Ya se marchaba cuando Matilde me entregó un telegrama.

Por su bien, tome precauciones. Lo estamos vigilando.
Almirante RR

"¿El Almirante RR lo mandará realmente? ¿Es un anónimo? ¿Cómo habrá hecho Mauro coincidir su presencia aquí con la llegada del telegrama?"

"A lo mejor él mismo lo escribió y él mismo lo trajo."

"Llámelo."

"Va a ser difícil, ya se fue."

"Busque a El Petróleo."

Matilde marcó el número. Nadie contestó.

"¿Qué es esa bebida roja sobre la mesa? ¿Agua de jamaica? Déme un vaso. ¿Por qué se queda allí como soñando?"

"Pienso en Mendoza en un avión rumbo a Tijuana", Matilde entornó los ojos.

"¿Acompañado de los sicarios del Barrio Logan?"

"¿Desea que busque sus antecedentes en los archivos?"

"Su personalidad me intriga tanto como me inquieta: en los últimos días ha sido saqueada la casa de Lidia Valencia."

"Hablé a Locatel para solicitar información sobre Mendoza. Me pidieron una foto para identificarlo. Se las envié. Contestaron que no lo conocen."

"¿Cómo es eso, si ellos lo enviaron?"

"El banco de información da cuatro alias suyos: El Murciélago, El Diablo, El Adelita, El Demóstenes.

"¿Podemos verificarlos?"

"¿Comenzamos con El Murciélago? Asalta a muchachas en Coyoacán, a las que viola y muerde con los labios untados de polvo blanco."

"El Diablo."

"Opera en Cuernavaca, es miembro de una banda de secuestradores que suele pedir rescates cuando ya mató a las víctimas. O arranca los dedos y las orejas de los rehenes que secuestra y se los envía a los parientes para presionarlos."

"¿El Adelita?"

"Exporta mariguana de esa marca a los Estados Unidos."

"¿El Demóstenes?"

"Como es medio tartamudo le gusta meterse monedas en la boca, que mastica mientras hurga en las partes íntimas de las mujeres secuestradas. Su lema es: *Dime cómo mueres y te diré quién fuiste.* Unifica a los alias su afición por la música tecno."

"¿La oyó en su carro? Yo la escuché en el Periférico la noche del *accidente*, y supuestamente también la escuchó Solórzano."

"La información revela que Mendoza, o como se llame, pertenece a ese universo del folclor nacional en que un policía actúa como criminal, o viceversa. Su credo es: *Un ciudadano es culpable hasta que no de-*

muestre lo contrario, y una mujer es puta hasta que no pruebe su virginidad."

"Qué lógica torcida."

39. Los dos Medinas

"Hallé esto en el fólder de *Cartas a la Dirección*, con la palabra *Confidencial* escrita con tinta roja. El remitente es Mendoza antes de Mendoza", la desgarbada Matilde entró a mi oficina.

"¿Está ofendido porque en un artículo comparé a los guaruras con los perros guardianes que se vuelven contra sus amos?"

Esto decía la carta:

> Señor Director,
> Me dirijo a usted con el fin de refutar los conceptos degradantes que ha vertido sobre mí el señor Miguel Medina, colaborador de ese diario. Como podrá adivinar, soy guardaespaldas de oficio, y yo, como muchos colegas, estoy dispuesto a dar la vida en defensa de las personas que protejo llámense Pedro o Petra. En nuestra ocupación la muerte es unisex, no tiene edad ni clase social, así que podrá suponer que lo único que nos importa es que el hombre o la mujer, el viejo o el niño que tenemos bajo nuestra custodia esté a salvo y pueda salir ileso de los peligros que lo acechan. No espero agradecimiento de nadie. Pero le reitero, tengo el derecho de defender mi oficio como usted defendería el suyo.

Anexo mi CV para que vea que no exagero los logros que he obtenido a lo largo de mi carrera como guardaespaldas profesional. No obstante que existan algunos medios nacionales, como el suyo, que malévolamente lo malinterpreten.

Antes de concluir esta carta, quiero advertirle al señor Miguel Medina que no desdeñe el oficio de guardar, proteger, custodiar y acompañar a una persona en peligro de muerte, porque un día podrá necesitarme.
Su Seguro Servidor,
Mauro Mendoza Méndez

PD. Aunque esta carta me la escribió en una vieja máquina Olivier un escribano en la Plaza de Santo Domingo, la redacción es mía.

"Otra perla", Matilde me mostró una aclaración posterior. Leí:

Señor Director,
El señor Miguel Medina persiste en su campaña de difamación de mi persona. Le reitero que aunque soy un sobreviviente de la publicitada escaramuza entre pistoleros del cártel de la Costa y el cártel de la Quebrada ocurrida aquel fatídico 17 de febrero, en Acapulco, soy un agente limpio. Esa noche, como bien sabe, murieron cinco escoltas que operaban bajo el mando del capitán Domingo Tostado, ilustre campeón olímpico de tiro al blanco. Con ellos fallecieron doce sicarios

de ambos cárteles. Para su diario este evento fue una nota de primera plana, pero para nosotros fue una pérdida de amigos y una derrota táctica. Sobre todo a mí, el hecho me provocó heridas indelebles tanto físicas como mentales, y un trauma del cual todavía no me repongo. Nada más le digo que esa experiencia fue tan terrible que desde entonces sufro de pesadillas.

Su Seguro Servidor,
Mauro Mendoza Méndez

PD. Como la máquina del escribano en la Plaza de Santo Domingo estaba descompuesta, él me la escribió en letras de molde. La letra es suya, el contenido mío.

"Mire esto", Matilde puso en mis manos otra carta, fechada tres semanas después.

Señor director,
En sus artículos el señor Miguel Medina insiste en mencionar mi nombre en actos de corrupción que nunca he cometido, asociándome con el capitán Domingo Tostado. Tal vez sea porque este servidor y el capitán nos reunimos cada día viernes en el Club Zodiaco, Callejón del Perro Barbas de Chivo (el nombre de la dirección es una broma, se trata del Bulevar Venustiano Carranza), sin fin de lucro ni de conspiración, sino con el propósito de pasar un buen rato. En dicho club, en un privado situado en la parte de atrás, doce

guardaespaldas y yo nos reunimos para jugar dominó y beber cerveza. Nos atienden dos Lupitas, madre e hija, unas féminas rurales de curvas agraciadas y facciones desgraciadas. Con las cuales, lo digo categóricamente, si mantengo encuentros sexuales es cosa que al señor Medina no le importa.

El capitán Tostado y yo anudamos relaciones desde nuestra juventud en el Cisen, cuando en nuestros delirios de grandeza soñábamos en convertirnos en comandantes de policía, directores de tránsito y jefes de escoltas de un gobernador, un ministro y hasta de un presidente (lo máximo para alguien que no cuenta con dinero propio para promoverse, ya que estos cargos, como usted bien sabe, además de representar protección contra posibles venganzas de amigos y enemigos, ofrecen fortuna económica y posición social).

¿Qué tiene de malo, que me demuestre el señor Miguel Medina, que alguien aspire a subir la escala social cuando se encuentra a nivel de banqueta? Como dijo un gobernador: "Si aquel que se encuentra en la punta de la pirámide roba, ¿qué tiene de malo que lo haga el que está en la base?" No me va a negar usted que la corrupción nacional es una democracia pervertida.
Su Seguro Servidor,
Mauro Mendoza Méndez

"Descubro que Mendoza ya me conocía y desde hace tiempo me sigue la pista", dije. "Páselo a mi oficina, quisiera hacerle unas preguntas."

"Mauro no ha llegado."

"Ya debería estar aquí, son las cinco."

"Dijo que acompañaría a su esposa a una cita con el médico."

"Busque a mi esposa por el celular."

"Su esposa dice que como él no llegó a tiempo, se fue sola."

"Comuníqueme con el Cisen, allá sabrán dónde está."

"La mujer policía asegura que no conoce a nadie con ese nombre."

"Cómo que no, vuelva a llamar."

"La mujer, una grosera, dice que ya dijo que allí no trabaja nadie con ese apellido."

Tomé el teléfono para llamar a El Petróleo.

Nadie contestó.

Entonces llamó una voz que quería sonar como la mía.

"Bueno."

"¿Es Mauro?", pregunté.

"¿Con quién quiere hablar?", preguntó él.

"Con el señor Mendoza."

"No lo conozco."

Hablé a mi casa.

"No estoy en este momento, pero deje su mensaje con nombre, número de teléfono y motivo de la llamada. En cuanto me sea posible le contestaré", respondió una máquina. Aunque luego alguien levantó el auricular.

"Quiero hablar con Miguel Medina."

"¿Quién es usted?"

"Miguel Medina."

"Miguel Medina soy yo."

"No sabía que había alguien más con ese nombre."

"¿A qué número estoy hablando?"

"¿A qué número quiere hablar?"

"A mi número."

"Es el mío", la voz trató de imitarme.

"¿No es el…"

Hubo un silencio.

"Le pregunto si no es el…"

"Correcto, pero disculpe, ahora vuelvo, está silbando la tetera en la estufa."

"No se mueva, voy para allá."

"Correcto, pero, ¿quién es usted?"

"Miguel Medina."

"Yo soy Miguel Medina."

"No sabía que tenía un homónimo."

"No me diga que es de Guadalajara, España, porque yo soy de Guadalajara, México."

"Déjese de cuentos, ¿dónde se encuentra en este momento?"

"En casa."

"¿En la mía?"

"No, en la mía. Y usted, ¿dónde está?"

"En el periódico."

"Voy a colgar, tengo cosas que hacer."

"Antes quiero que me explique por qué está usando mi celular y mi tarjeta bancaria en hoteles y restaurantes, y en Suburbia. Retiró ayer tres mil pesos de un cajero automático en Pabellón Polanco."

"Adiós."

"No cuelgue."

"Usted no es nadie para darme órdenes."

"Alguien me robó mi celular, lo está usando."

"¿Es por eso que un hombre a cada rato me habla preguntando por Cristina y como no está me deja mensajes de voz insultantes?"

"Deje de pretender que es Miguel Medina, yo soy Miguel Medina."

"Aunque lo conozca y trabaje con él, no llegue al extremo de querer ser él."

"¿Es usted Mauro Mendoza?"

"No me moleste con preguntas estúpidas."

"Espere."

"Adiós, y no vuelva a llamar, en este momento salgo en busca de mi esposa, está con el médico."

40. El Almirante RR

"Beatriz, ¿dónde está?", en un sueño intercepté a Mauro en la calle.

"¿Le ha pasado algo?"

"No, nada, sólo quiero saber dónde está."

"A propósito, venía a verlo, quiero pedirle una prórroga, una hora más de permiso."

"¿Para quién?"

"Quizás ella regrese una hora más tarde de lo acostumbrado."

"Pero si hace una semana dijo lo mismo."

"No calculé bien, necesito más tiempo con ella."

"Hace una semana…"

"Con una horita más me bastará."

"Bueno", dije, pero al asomarme por la ventana vi que él se alejaba por la calle, hasta que no fue más que un traje gris rata en la muchedumbre. "Tengo que llegar antes que él a mi casa. Seguramente va en busca de Beatriz, si es que no la tiene ya asegurada en otro lugar." Pero viendo que por la puerta caída de mi casa él salía con Beatriz, y que la cogía del brazo con mi mano, le contaba secretos con mi voz y la besaba con mis labios y que, quizás, la amaría hasta el alba con mi cuerpo. "Hey", le grité.

"Qué absurdo sentir celos de mí en otro hombre", me puse a reflexionar. Pero la vista de ellos dos, él como yo, ella como ella, se me hizo insoportable y tuve intenciones de matarlo.

Despierto, me asomé a la ventana. Un remolino de luz sanguinolenta corría calle abajo como una criatura despavorida, mientras el sol poniente les daba a las montañas que rodean el valle de México un toque extraterrestre.

"Detrás del neblumo está el Iztaccíhuatl. Atravesando miríadas de paredes, el volcán está en sintonía conmigo", pensé. "Desde mi infancia siento devoción por la Mujer Dormida. A sesenta kilómetros de distancia, solía subir a su cima con los ojos y pasear mi mirada desnuda por su cuerpo. Sin embargo, debo sentarme a escribirle una carta al Almirante RR. Nadie lo conoce y me lo imagino feo, arrugado, maricón y solitario, ubicuo y hasta siniestro. Tengo la fuerte sospecha que es un hermafrodita que se hace el amor a sí mismo, un monstruo cuyos genitales se desangran todos los días… mientras él decide quién vive y quién muere."

Una vez que Mauro me mostró una foto suya sólo sirvió para aumentar el misterio de su físico: la imagen no podía ser más borrosa. Un fuerte resplandor detrás de su cabeza había difuminado su cara y sólo podía percibirse una mancha negra con ojos redondos como los de Mictlantecuhtli, el Señor de los Muertos.

"Ese insaciable personaje sólo abre la boca para tragar la sangre de los muertos en guerras de bandas", observé.

"Mi jefe, el Almirante RR, piensa que el Cisen es como una iglesia del espionaje que conserva los valores patrios en una sociedad corrupta", observó Mauro. "El Cisen encierra, como el hielo, una cápsula moral: el concepto de nación. Él es como nuestro dios del Espejo Humeante, nuestro señor Tezcatlipoca."

A ese personaje desconocido, me puse a escribirle:

Señor Almirante RR,
Soy Miguel Medina, periodista de *El Tiempo*, como usted recordará. Desde hace meses ocupo un domicilio de seguridad y vivo protegido por dos escoltas, los cuales me fueron asignados por el Cisen a su digno cargo. Uno de ellos es Mauro Mendoza Méndez. El otro es Peter Peralta, conocido como El Petróleo. La presencia de ambos a mi lado se debe a que recibí en noviembre y diciembre del año pasado amenazas de muerte por motivos que hasta ahora me son desconocidos y que ellos están investigando.

Como usted podrá suponer por las columnas que escribo, no acostumbro quejarme de mis jefes ni de mis colaboradores, sino al contrario, siempre estoy dispuesto a reconocer sus méritos profesionales y sus amabilidades conmigo. Mucho menos lo haría de escoltas de un centro de inteligencia como el que usted dirige. ¿O me equivoco? Mas impelido por una serie de circunstancias, me atrevo a participarle las dudas que me desvelan: Mauro Mendoza Méndez escolta comisionado para protegerme y para vigilar mi domicilio en la calle que el Cisen escogió para ocultarme, de un tiempo a esta parte se ha vuelto sospechoso de un doble juego: Simplemente ya no sé si es un guarura o un gandalla, pues le ha dado por usurpar mi personalidad usando mi tarjeta de crédito y mi teléfono celular para hacer compras y llamadas en mi nombre. Hasta ha llegado a hablar de mi esposa, con quien no vivo por razones de seguridad, como si fuera suya. Su conducta, por abusiva, debe ser investigada por el Centro.

Sobre El Petróleo, el otro escolta asignado para cuidarme, quisiera reportarle que es sospechoso de participar en extrañas actividades que tienen lugar en la planta baja del edificio de enfrente del domicilio donde resido. Cada noche, en la madrugada, suele llegar una camioneta de tintorería con el pretexto de entregarle ropa. Las ventanas del vehículo están cubiertas con trajes y vestidos envueltos en bolsas de plástico. Todo para impedir que la gente vea hacia el interior. La cochera se abre automáticamente y la camioneta entra. Después de permanecer dentro un par de horas, sale vacía. ¿Qué vino a descargar o a cargar a esa hora? Nadie sabe. Excepto él, quien más tarde abre la puerta a un Volkswagen azul, dejando que se introduzca en la cochera. A la hora parte. Lo raro es que en la planta baja del edificio las luces están prendidas día y noche, y, aunque se supone que hay gente trabajando allí, no se ve a nadie entrar ni salir. ¿Por qué los que laboran en ese lugar lo hacen con tanto sigilo? Misterio. El inmueble debe ser inspeccionado.

Atentamente,

Miguel Medina

Al leer la carta, dudé en mandarla. "¿Qué tal si el Almirante RR no sólo está enterado del asunto sino es el jefe de la banda de secuestradores, y en vez de investigarlos los alertará y pondrá en mi contra? Hay ciudadanos que han denunciado delitos cometidos por la policía y la policía ha actuado de inmediato: en su contra. O, en el mejor de los casos, ha prestado nula atención a sus denuncias."

Camino del correo, custodiado por Mauro, seguí reflexionando. "¿Qué tal si después de echar la carta en el buzón él regresa a recogerla alegando que es agente del Cisen y quiere esa carta para hacer una investigación?"

Para despistarlo, pretendí dirigirme al bosque de Chapultepec, pero volví al departamento. Decidí comunicarme con el Almirante RR por correo electrónico. A solas, cuando la misiva desapareció en el espacio virtual y apareció la palabra *send*, sentí alivio, como si detrás de la carta me hubiese arrojado yo mismo a la nada imaginaria, y nadie, nadie en el mundo fuese capaz de hurgar en ese refugio abstracto, impalpable y desconocido que me ofrecía Eudora.

Por la tarde entré a un cine para ver el documental de largometraje *Niños de la calle*. Mauro se sentó tres asientos atrás. Estólido y malencarado, no quitó la vista de las espectadoras que tenía a su lado. Comió palomitas como si fuesen sesos.

Al terminar la función bebí café con leche y comí bisquets en un café de chinos, mas estaba tan nervioso que no me di cuenta qué tragué.

Regresé al departamento. Abrí la puerta, alguien había metido por debajo un correo:

Estimado Sr. Medina,

Conozco mejor que usted la zona donde vive y los vecinos que la habitan. Asimismo, estoy enterado de las amenazas de que ha sido objeto y de la razón por la que hemos comisionado a dos agentes para cuidarlo. No dude de ellos, porque ellos, en caso de peligro de muerte, no dudarán un instante en cambiar su vida por la suya. Mauro Mendoza Méndez y Peter Peralta son leales, profesionales y disciplinados.

Sobre el mal uso que ha hecho MMM de su tarjeta de crédito y de su celular, no se preocupe, lo hace para desviar la atención de su persona conduciendo a los posibles agresores hacia él. Cualquier daño le será reparado puntualmente. Respecto a las actividades nocturnas de PP en la planta baja del edificio, debo aclararle que el escolta ya las había notificado y después de una minuciosa investigación descubrimos que allí no pasa otra cosa que una poca de picaresca. Si está de humor, la próxima vez que vea llegar la camioneta de la tintorería para entregar ropa fina, salga de su domicilio y toque a la puerta: a lo mejor lo invita una bella dama a la fiesta. El único chasco que puede llevarse es que cuando a medianoche llegue la camioneta a recoger ropa fina, la entrega no se haga afuera sino adentro, y la bella dama le resulte un trasvesti.

No sospeche de mis agentes, se lo digo
con el mismo tono de confianza con que hablo de mis hijos.
Saludos,
Almirante RR.

Eso no era todo, sobre la cama me esperaba una corona de muerto. Con tinta roja estaban escritas las
iniciales MM.

"¿La envía Miguel Montoya o Mauro Mendoza?", me pregunté.

41. El Señor de los Secuestros

Fue un grito de batalla que subió al edificio por las escaleras y abrió las puertas a patadas. No una, sino todas. Serían las ocho de la noche del martes. O quizás las ocho y media. Lo que era claro es que en la oscuridad incipiente los murciélagos camuflados como golondrinas evitaban chocar contra postes y paredes.

Hasta ahora sabía que el edificio había sido considerado por una corporación policiaca como el escondite ideal para delincuentes. Y que desde hacía años los miembros de esa misma corporación tenían licencia para entrar sin permiso a revisarlo. Pero nunca habían encontrado dentro a nadie de cuidado.

"Cuando veo policías parapetados en las azoteas, agazapados detrás de los coches, vigilando entradas y salidas, y un helicóptero dando vueltas, salgo a la calle y pregunto: ¿A quién buscan?", me dijo la semana pasada un vecino de nombre Dionisio Vázquez.

"Lo que buscamos es cosa que no te importa. Pero si quieres saberlo, aquí, delante de tus narices, se esconden delincuentes", le contestó un comandante.

"Lo único que van a encontrar aquí de clandestino es a doce oaxaqueñas trabajando en una fábrica de ropa. De los costales de cocaína van a sacar hilos de coser y botones", replicó él.

"Una persona habló anónimamente para informar que aquí andaba un secuestrador y lo vamos a encontrar", dijo el comandante.

"El problema de la policía es que aunque nunca encuentra nada, siempre le cree al mono que les habla", el vecino se alejó riendo.

Pistola en mano los guaruras tomaron por asalto el edificio. En una habitación sorprendieron a una mujer y a una niña desnudas, recién salidas del baño. A María, que iba subiendo las escaleras con un trapo en la mano, pues estaba limpiando unos cristales, la detuvieron en el pasillo.

"No se mueva", ordenaron a un viejo, cuyo bastón golpeaba el suelo como pata de palo.

Entre la grey reunida por los policías avisté a una señora preñada, a una adolescente por cuya blusa se traslucían tetas incipientes, a un señor vestido de etiqueta, a un mozo de restaurante que venía a entregar una pizza, y a la Señora Global, tan obesa que con sólo ver a los demás agitados se quedaba sin aliento. Para los guaruras, vestidos o desnudos, todos eran iguales. Sospechosos de ser o de poder ser criminales, fueron arrebañados en los descansos de las escaleras. Incluso las familias católicas: Padre, Madre, Espíritu Santo y Amante.

Levantado de la cama, sin ganas de abrir las cortinas de mis párpados, me asomé a la ventana. Delante estaban dos trabajadores de Luz y Fuerza del Centro colocando cables de alta tensión como víboras eléctricas. Con uniformes azules, parados en una escalera extensible, atisbaban en los cuartos, mientras mujeres los atisbaban.

"Revisaré los pisos de arriba", oí decir a El Petróleo.

"Tenga cuidado, puede haber gente armada", apareció Mauro fuera de mi puerta.

"¿Está Cristina?", preguntó una voz sin género por el *speaker* del teléfono.

"Cristina, tu madre", colgué, sintiendo un fuerte impulso de llamar a Esquizofrénicos Anónimos al 5655 5841 (o al Instituto Nacional de la Senectud al 5523 8680) para saber cuál era su opinión sobre la llamada recibida.

"¿Cómo sabía el Fulano que me encuentro aquí?", me pregunté.

"Manos arriba", un policía gritó en la segunda planta.

"Usted puede tener las suyas abajo", Mauro me hizo una concesión. "Salgan al pasillo. Los trabajadores de Luz y Fuerza, con sus uniformes azulitos, bájense de la escalera y entren al edificio."

"¿Otro *delirium tremens?*", preguntó un poeta borracho de rostro aporcado, pelo entrecano y ojos color gargajo. "Qué falta de respeto, cuando concluyo un poema me hacen salir descalzo y en calzones."

"Otro delincuente suelto", lo encañonó El Petróleo.

"Joder", el poeta regresó a su cuarto.

"¿Tiembla?", se cimbraron lámparas y vidrios. Pero no por un temblor, sino por el portazo que dio el poeta furibundo.

Los alemanes del piso de arriba estaban contra la pared. Autodesignados presidente y vicepresidenta del Club de Admiradores de Antón Bruckner, solían escuchar la Novena Sinfonía a todo volumen. Animando la música con saltos lúcidos sobre mi techo, cuando concluyó el último movimiento el hombre, cogido por un frenesí bruckneriano, y la mujer, tuerta por un parche en el ojo, bajaron las escaleras y se lanzaron a la calle.

"Alguien vio entrar a Miguel Montoya al edificio", afirmó Mauro. "Lo supimos por una llamada anónima."

"Revisamos todos los departamentos, en particular el 29", reflejos azulinos dieron al rostro de El Petróleo un tinte aceitoso.

"¿Lo agarraron?", pregunté.

"Escapó."

"Lo buscamos en el 29, ese departamento tiene mala reputación, en él se reúne gente rara, se escuchan golpes de machete en las paredes", explicó Mauro.

"Estamos esperando al jefe del Grupo Antisecuestros", El Petróleo miró hacia abajo mientras el portero subía las escaleras.

"¿Entró alguien sospechoso?", le grité al portero.

"Un individuo de estatura regular, barba untada y ojos opacos. Con un brazo enyesado. Y los dientes fracturados, como si fuera adicto a masticar hierros. Ahora, si me lo permiten, voy a ver quién está en la puerta", antes que los guaruras pudieran detenerlo el portero ya descendía.

"¿Pueden soltar a la gente?", pregunté a El Petróleo.

"Si la gente quiere irse que se vaya, es libre de hacerlo."

"Es Alberto Ruiz en el celular. ¿Me permiten un momento?", Mauro se pegó a una pared para contestar.

"¿Qué te pasa, carnal?", le preguntó El Petróleo cuando lo vio lívido.

"Ruiz me dice que alguien le hizo terrible daño a mi Lupita", balbuceó el escolta. "Esta tarde, a sus diecisiete años, fue asesinada cuando se dirigía de la escuela a la estación Talismán del metro. Su padre, chofer de un taxi turístico, y su madre, empleada del Servicio Postal, pidieron ayuda al Grupo Antisecuestros, pero mientras los plagiarios llamaban a la familia pidiendo quinientos mil pesos de rescate, un testigo vio que ella era bajada de un Volkswagen sedán azul sin placas y la baleaban en la vía pública. Como estaba embarazada, una ambulancia la llevó a una clínica y nació el hijo por cesárea. Ella murió, pero el niño se salvó."

"¿Quién es el padre?"

"Yo."

"Pero, Mauro, ¿qué le hizo usted a ese hombre para que se vengue de esa manera?"

"Es un secreto que me llevaré a la tumba."

En eso reapareció el portero:

"El intruso dejó pegado en una puerta un papel." El mensaje, escrito con cinta roja en una vieja máquina eléctrica, decía:

Los murciélagos salen a la hora del crepúsculo. Pero los míos salen a cazar de madrugada.

Le pido a cierta persona que no se atraviese en su vuelo porque puede salir lastimada.

Nos vemos en la Basílica de Guadalupe.

Si no acudes a la cita, allá tú.

El Señor de los Secuestros

PD. Cuidado con pasarte de listo. No trates de engañarme. No se te olvide, yo pongo las condiciones.

42. Soy Miguel Montoya

"Soy Miguel Montoya. Tengo a tu esposa. Si no pagas el rescate le doy en la madre."

"¿Quién habla?", pregunté.

"No te hagas pendejo."

"¿Con quién quiere hablar?"

"Contigo, hijo de puta."

"¿Qué quiere?"

"Ya te lo dije, cabrón, que pagues el rescate de tu vieja."

"¿Cuánto?"

"Con calma, pendejo, las preguntas las hago yo."

"Mi esposa está en casa, miente para extorsionarme."

"¿Qué está en casa tu puta vieja? Debe ser otra la que estás viendo, pendejo. A la tuya la tengo atada de las patas a una cama. Venía manejando un Chevrolet Malibú 1980 y la bajamos a empujones. Le tapamos el hocico para que no gritara y la metimos en una camioneta negra. Está con nosotros quietecita."

"¿Dónde la tienen?"

"Qué preguntón eres."

"¿Quién es usted?"

"Ya te lo dije, cabrón, Miguel Montoya."

"¿Quién es Miguel Montoya?"

"No te hagas pendejo, cabrón, ¿te acuerdas del secuestro de Raúl Reyes Rosas, el comerciante de la

Central de Abastos que fue asesinado porque su familia no pagó los tres millones de dólares de rescate? Yo organicé su secuestro y yo le di en la madre", el desconocido se refería al asesinato de un hombre de negocios cuyo cuerpo había aparecido en la calzada Ignacio Zaragoza envuelto en cobijas. "El tipo fue campeón de deporte ecuestre, tenía 38 años de edad y tres hijos. No le sirvió de nada su condición física. Ponte a pensar, idiota."

"Voy a colgar, me repugnas."

"Ni lo hagas, papacito. ¿Supiste del secuestro del Señor de los Ajos en *La Huerta?* Su familia no presentó denuncia en el Ministerio Público. Ni pidió a la policía investigar el caso. Las negociaciones se hacen conmigo."

"¿Qué pasó?", le pregunté para hacerlo hablar más.

"Cinco hombres armados raptaron al Señor de los Ajos delante de sus peones. Nos lo llevamos en su Ford negro. Pedimos el rescate. Un millón de pesos, güey, no me digas que no sabes. Infórmate de quién soy y de lo que soy capaz, vas a necesitarlo si quieres volver a ver a tu esposa."

43. Las cuatro bandas

"Cuatro grandes bandas operan en el país, además de la de Montoya", me dijo Ruiz, a cargo de la investigación del secuestro de Beatriz. "Las cuatro se disputan el territorio del crimen."

"Me interesa saber cómo van los operativos para hallar a mi esposa."

"La persecución de El Cortaorejas continúa, pero el hombre más buscado del país sigue prófugo. Si lo detenemos, llegaremos a la casa donde mantienen cautiva a su esposa."

"¿Está viva?"

"Hasta donde sabemos."

"¿Qué hay de las llamadas anónimas que aseguran que Miguel Montoya anda en compañía de dos hombres conduciendo un automóvil color negro?"

"Los rumores sobre su paradero están a la orden del día, y también las pistas falsas."

"Se dice que el jefe de los secuestradores sigue gozando de la protección de jefes policiacos."

"Sólo puedo decirle que El Niño, el encargado de recibir el dinero del rescate de los secuestros, se pasea por la ciudad con un millón de pesos en efectivo."

"¿Es él quien lleva alimentos al secuestrador en sus escondites y el que le paga la protección a los policías?"

"El mismo."

"¿Disponen de un perfil?"

"Tiene 20 años de edad. Mide un metro 56 centímetros de estatura. Padece problemas hormonales que le han detenido el crecimiento. En una pasarela de gays de Ciudad Moctezuma, Montoya lo reclutó por chaparro, flaco y bizco. Reunía las condiciones de resentimiento necesarias para tenerlo en su banda. Su relación afectiva de Montoya es más fuerte desde que murió su perra Pelusa."

"¿Hay posibilidades de atrapar a Montoya?"

"Está atrapado en su escondite. Su refugio es una cárcel. Su banda está desintegrada. Sus cómplices están presos o trabajan para la policía. El problema es que por lo que sabe, si los policías corruptos lo agarran antes que nosotros tratarán de matarlo."

"Me dijo que hay cuatro bandas de secuestradores, que el negocio del secuestro no es exclusivo de Miguel Montoya."

"Una es la de Carlos Sandrini, un ex asaltante de bancos que se fugó del Reclusorio Oriente y se integró a la banda de El Marino, un desertor del Ejército. Al morir El Marino en una balacera con federales, Sandrini formó su propia banda. Preso por homicidio, se fugó del penal de Puente Grande. Procesado seis años después por asociación delictuosa y asalto, volvió a escaparse. Desde entonces, su actividad principal es el secuestro."

"He oído que Sandrini es sádico como Montoya."

"Por si se topa con él en la calle, sus señas son: uno ochenta de estatura. Cuarenta y tres años de edad. Cuando negocia los rescates amenaza con matar a los secuestrados. Trabaja cada víctima como si fuera una mercancía. Pide por liberarlos entre dos y cuatro millones de pesos, y no baja el precio."

"La banda de El Señor de los Murciélagos es la más feroz. Pero no sabemos quién es él. Se sospecha que puede ser un gobernador o un alto mando policiaco, y hasta se ha llegado a mencionar al Almirante RR (no lo repita). Nunca hemos podido establecer su identidad. Cuenta con treinta o cuarenta miembros tan despiadados que cuando la policía los sorprende en algún ilícito se lanzan al ataque con rifles de alto poder. Se desplazan en motocicletas, por eso también los llaman Los Motociclistas; levantan gente en carreteras, ciudades y pueblos. Capturamos el año pasado al comandante Johnny Alejo, uno de los jefes, pero a las pocas horas otros policías lo dejaron ir. Para despistar, la banda usa camionetas Suburban y uniformes de agentes de la Policía Judicial Federal con insignias de mamíferos voladores. Mantienen a los secuestrados en cuevas tan oscuras y apartadas que algunos se mueren de frío. Sólo le hablan a la víctima cuando la alimentan. Al comunicarse con los parientes del secuestrado son parcos: 'Entrega el dinero o tu familiar regresa en un ataúd'."

"Espero que no sean ellos los que se llevaron a Beatriz."

"Yo también."

"¿Qué sigue?"

"El Chimal, acribillado hace diez años en Sinaloa, produjo una camada de plagiarios, Los Chimales. La comandan los hermanos Heriberto y José Limón, unos tipos bastante violentos que en su trato con los familiares les infunden terror psicológico, pues a gritos amenazan con matar a las víctimas. Son originarios de Playa Segunda. De allá eran los integrantes de la banda que secuestró al empresario japonés de la Sanyo, Mamoru Konno, en Tijuana, en agosto de 1996."

"Gracias por la confianza, con esa información dormiré a pierna suelta", intenté despedirme.

"Los Hijos de la Culebra operan en Tlayca, un pueblo de las costas del Golfo de México. Tlayca, con 500 habitantes, es conocido como *el pueblo de los secuestradores*. Allá los niños no sueñan con irse a Estados Unidos, como en otras comunidades rurales, sino con ser secuestradores. La entrada a Tlayca está restringida, y cuanto policía se asoma es recibido a balazos."

"¿No hizo famosa a Tlayca La Culebra, el maestro de Montoya y Sandrini?", pregunté.

"La Culebra murió hace cinco años en un enfrentamiento con la policía, pero quedaron los culebritas: El Ronco, El Rojo, El Reidor y El Culebrón, temporalmente preso."

"¿Sigue siendo Tlayca un nido de secuestradores?"

"Se estima que en el pueblo hay cuarenta jóvenes que se dedican al secuestro, con la protección de la policía y de la familia. Son secuestradores natos, secuestran hasta por un quítame allá esas pajas. Creen que arrebatarle el dinero a un rico es bueno. En una oficina de la Policía Judicial de la región hay un mapa marcado con chinches de colores para señalar los pueblos y ranchos que son refugio de secuestradores."

"No quisiera pensar que mi esposa pudiera estar en Tlayca."

"Su esposa no se aparta de nuestra mente", Ruiz me acompañó hasta el elevador.

"Señor, ¿Ruiz le dijo algo de interés?", abajo Mauro salió a mi encuentro.

"¿Sabe la policía dónde tienen los secuestradores a su esposa?", me preguntó El Petróleo.

44. Camino del cementerio

Tarde del domingo. Finca *El Frenesí*. Funeral de Felipe Félix, el cantante de narcocorridos. Asesinado al finalizar su concierto en una feria, después de festejar las fechorías de Miguel Montoya. Cuando iba en su camioneta Suburban color negro, tres gatilleros a bordo de Suburban negras le cerraron el paso.

El famoso intérprete de narcorrridos murió instantáneamente a causa de las ráfagas de metralleta. El tiro de gracia que le dieron fue superfluo, pues ya estaba muerto. Los dos músicos que viajaban con él salieron ilesos.

Los espectadores que presenciaron la ejecución vieron cómo los asesinos dejaban en la Suburban del cantante un letrero:

> *Esos pollos ke se meten con el gran gallo akaban como gallinas degolladas.*

La gente del pueblo formó el cortejo fúnebre. Camino del cementerio, la esposa y cuatro jóvenes, que decían ser sus mujeres, llevaban niños de la mano.

Ambos lados de la carretera estaban adornados con velas y flores. Nadie había recogido los setenta casquillos de tres calibres que le dispararon. Sobre el féretro que llevaba la carroza la esposa colocó el sombrero de Félix. Su reloj con extensible de oro lo puso en un cenicero de vidrio con un alacrán incrustado. La banda de sus giras, vestida de azul, interpretó el narco corrido que le dio fama, *La Venus de Oro*.

Mientras el féretro era depositado debajo de una carpa de lona en el jardín local para que la multitud pudiera darle el último adiós al narcocantante, Alberto Ruiz me salió al paso.

"No sabe lo encabronado que estoy por este asesinato inútil, ahora mismo quisiera matar a los sicarios", levantó la metralleta al aire.

"¿Hasta cuándo mujeres como la mía y cantantes como Felipe Félix deben ser víctimas de esa sarta de criminales?"

"¿Sabe de quién estamos hablando? De Miguel Montoya, el alacrán más malvado que han parido estas tierras fértiles en alacranes."

"No quiero oír más explicaciones", caminé delante de él.

"Le daré dos noticias, una mala y una buena", me alcanzó. "Primero la mala: una de las últimas víctimas de Montoya fue Raúl Reyes Rosas, a quien le cortó las orejas cuando estaba vivo. Después de darle un balazo en el tórax y verlo agonizar, se atrevió a cobrar el rescate a su familia. La necropsia reveló que el cuerpo del comerciante de la Central de Abastos yacía en estado de descomposición en el piso de una casa de seguridad de Montoya."

"¿Cuál es la buena?"

"Montoya liberó al Señor de los Ajos luego que su mujer pagó un rescate de 264 mil pesos. La liberación ocurrió cinco días después de que la policía rescató al gerente de la Chrysler, Eliot Margoli Freedman."

En eso le llamó por el celular una mujer. Ruiz me puso el aparato en la oreja para que la oyera.

"Soy María del Valle, una de las secuestradas por Montoya."

"Mucho gusto, señora", le dije.

"¿Capturaron al hombre que me cortó las orejas? ¿Es el que apareció en los noticieros de televisión? ¿Lo mataron o anda suelto? No puedo vivir tranquila por miedo a que me haga daño. Sólo viéndolo muerto dejaré de pensar en ese desgraciado que cuando me tenía secuestrada juraba que era guadalupano y que haría cualquier cosa por sus hijos. El maldito ese cobró a mi padre dos veces el rescate, pero me cortó las orejas."

"No, no es a Miguel Montoya al que agarramos, sino a Miguel, su hijo y socio", Ruiz me quitó el celular. "Bueno, señora, confíe en nosotros. Sé bien que nos falta agarrar a Montoya, pero ya caerá, ya caerá."

En ese momento sonó el celular de nuevo. Se oyó la voz de Montoya:

"Vayan a recoger el cuerpo de Plutarco Pineda."

"¿Adónde?", preguntó Ruiz.

"Al canal de Chalco."

"Pero si la esposa pagó el rescate."

"Sí, pero los pinches policías se quedaron con el dinero."

"Noticias muy alentadoras, me voy tranquilo después de este sepelio y de las conversaciones que he oído. Sin duda Beatriz se encuentra en buenas manos", ironicé.

"No se enoje, Miguel, quiero asegurarle que la policía está en alerta roja por el secuestro de su esposa. Haremos lo posible por rescatarla viva."

"Gracias, pero hábleme cuando haya sido liberada", entré en el coche, donde me esperaba el fotógrafo de *El Tiempo* para emprender el retorno a la Ciudad de México.

Detrás de nosotros la banda de Felipe Félix volvió a interpretar *La Venus de Oro*.

45. El seudo Montoya

"¿Cómo te llamas?", El Petróleo estaba interrogando a una niña afuera de *Las Flautas de San Rafael*.

"Eréndira."

"¿Quién te puso ese nombre?"

"Mi mamá."

"Eres muy fuerte, ¿sabes?", El Petróleo le alzó los brazos, le rozó las tetitas. "En unos cinco años vas a poder levantarme con una mano. Vas a ser un cuerazo cuando crezcas. Cuando quieras venir para una sesión de fotos, búscame aquí en *Las Flautas*."

La niña se alejó corriendo por la calle.

"¿Lo interrumpo? Acompáñeme."

"Bueno", el guarura, molesto aún por la carta que había enviado al Almirante RR, accedió a escoltarme, manteniendo su distancia.

"¿Hay noticias de Mauro?"

"El señor Temístocles Maldonado dice que tal vez el Almirante RR lo envió a vigilar unos campos de coca en Perú. Pero Alberto Ruiz supone que anda investigando a la banda de Sandrini", mintió El Petróleo.

"*El Tiempo* publicó que el cadáver que se vio *nadando* en el Río Balsas, a la altura del pueblo de San Lucas, era el suyo. Hasta que se supo que pertenecía a Jaime Estrada, El Rey de los Psicotrópicos, medio hermano del supuestamente fallecido El Barracuda", dije.

Pero Temístocles, el primero en reconocer a Miguel Medina como el cabecilla del comando armado que asaltó la camioneta blindada que transportaba valores de una casa de cambio en Calle República de Bolivia, nunca aclaró que se trataba del escolta desaparecido y no del periodista del mismo nombre (yo), fomentando la confusión. Ignorando yo el porqué del equívoco entre mi persona y el delincuente interesaba al Almirante RR. Asimismo, los testigos del atraco que presenciaron al tal Medina disparar a los custodios de la empresa Securitec jamás habían establecido las diferencias entre el atracador y yo.

"Es un hecho que en la camioneta tipo van venía Miguel Medina", propagó Temístocles, sin que yo pudiera quitarle decibeles a la sospecha de que mi escolta estaba utilizando mi nombre con fines turbios y que, probablemente, en sus ratos de ocio se dedicaba al secuestro exprés y a emboscar vehículos transportando dinero.

Por eso escribí en *El Tiempo*: "Lo extraño del caso del Centro Histórico es que el comando que sorprendió a los custodios para robarles las bolsas de lona con 2.5 millones de pesos en efectivo, quería dejar bien claro que el cabecilla era yo. Lo peor de todo es que en la balacera que se suscitó entre los asaltantes y los custodios, asistidos éstos inesperadamente por los tripulantes de una patrulla de Seguridad Pública, que haciendo su rondín se toparon con los delincuentes, el hombre que hirió de bala a peatones, padres de familia y comerciantes ambulantes, podía ser yo."

"Miguel Medina se parapetó entre las estructuras metálicas y empezó a tirotear a los custodios", declaró un testigo.

"Allí estaba escondido… y tiraba como loco", manifestó una vendedora de ropa que vio todo desde las puertas de la escuela primaria Sara Manzano.

"En el encuentro, los delincuentes tirotearon a los policías, y los policías se tiraron al suelo junto a su patrulla. Con las armas en la mano, evitaron contestar el fuego, pues a esa hora pasaban niñas uniformadas camino de la escuela. La campana acababa de sonar. Temerosas, las colegialas se taparon la cara con las mochilas", dijo una maestra.

"Dispararon cincuenta veces. Al oír las sirenas de las patrullas y las ambulancias, Miguel Medina y los otros delincuentes corrieron hacia la calle Girón, donde hubo otro enfrentamiento", recordó una madre de familia.

"Todos se metieron en la camioneta blanca marca Ford Ecoline, placas SXO4045 del estado de Querétaro, reportada como robada, y se fugaron. En el vehículo se hallaron una mochila con un chaleco antibalas y cartuchos de diferentes calibres. Miguel Medina, uno de los presuntos atracadores, pretendiendo ser periodista y estar lesionado en un brazo, escapó en un taxi. La policía no detuvo a nadie. Los peritos de Averiguaciones Previas recogieron esquirlas y casquillos calibres 9, 38 súper y 7.62", reportó Temístocles en un boletín de la PGP.

Como la noticia del atraco llegó a la redacción cuando me encontraba allí, no fue necesario explicar a mis colegas que un homónimo mío andaba suelto, pero, no obstante, salí disparado con mi fotógrafo hacia el Centro Histórico para cubrir la nota y para probar que Mauro Mendoza cometía fechorías en mi nombre.

"Íbamos llegando y nos recibieron a tiros quince rateros con cuernos de chivo. Apenas nos dio tiempo de cubrirnos", evocó Rosalba Hernández, policía preventiva.

"No cabe duda, el falso Miguel Medina anda suelto", aseveró Temístocles, comiéndose con los ojos a una comerciante callejera de películas pornográficas que tenía un tendidillo con títulos como *Monja, casada, virgen y puta* y *La décima golfa*.

"Ese es el gordo que salió en la televisión con dos focas hablando de secuestros", dijo en voz alta un vendedor de discos piratas. "El mamón no dejaba de chulearlas."

Al regresar al periódico me encontré con la noticia de que la Policía Judicial había detenido a un homónimo del secuestrador Miguel Montoya; que al cabo de dos días de búsqueda, siguiendo una vereda que circunda una parcela de maíz en el poblado Llano de la Unión, había hallado sentado en una silla de palma, tomando el sol delante de su casa, a Miguel Montoya... Sánchez, un anciano de 75 años de edad, homónimo del plagiario.

El director de Combate a la Delincuencia acababa de reconocer ante los medios que siguiendo una línea de investigación había acudido a Llano de la Unión, donde la mayoría de los vecinos se apellidaban Montoya.

"De los cien habitantes de Llano de la Unión, ochenta se llaman como él, por lo cual procedimos a arrestar a Miguel Montoya Sánchez."

"Yo no sé nada, todos los Montoya de aquí han sido hombres honrados, algunos partieron a los Estados Unidos, pero nunca hemos robado. Si un Miguel

Montoya anda volando bajo, pues que lo agarren y le corten las orejas", aseguró el seudo Montoya, sentado en su silla de palma.

46. El ángulo muerto

"Cuando los conquistadores tomaron Tenochtitlan, legiones de nativas sedientas de sangre los atacaron: los mosquitos hembras", escribía en un cuaderno cuando percibí a Mauro subido a una silla tratando de alcanzar mosquitos en el techo. Con el foco desnudo junto a su cabeza, la sombra de su cuerpo crecía en la pared. De vez en vez daba un manotazo. O con un periódico en la mano giraba hacia otra dirección. En vano: El mosquito ya estaba en otra parte.

"No soporto a esos chupadores de energía", decía él, con cara de desvelado.

En mi cuarto no había mosquitos. Por la sencilla razón de que en la época de lluvias cerraba las ventanas antes de que cayera la noche. O porque con una toalla mojada me libraba de ellos en el momento en que los veía. Pero esa noche no podía dormir, por la rabia que me causaba el último atentado contra la vida de José Luna. Esa tarde, Ana me había hablado desde Tijuana para decirme que sicarios del Barrio Logan de San Diego, presididos por un nuevo Barracuda, lo habían emboscado a las puertas de su casa cuando estaba a punto de abordar un vehículo para acudir a una cita médica. Con dos balazos en la cabeza, el periodista estaba en coma en el Hospital Jardín. Los sicarios habían dejado un mensaje: "Para que aprenda a respetarnos. José Luna estará disponible para visitas las 24 del día. Firma: MMM."

Para apartar de mi mente la visión del periodista postrado en una cama de hospital reclamando una justicia que nunca llegaría, me puse a observar los muebles, los cuales, bajo la luz dudosa del alba, parecían crecer de tamaño, mientras los techos mostraban su edad, los pisos su fealdad y las patas del sillón sus arañas embarradas. Como escribió Alejo Carpentier: "Sólo desde el suelo pueden abarcarse totalmente los ángulos y perspectivas de una habitación. Hay bellezas de la madera, misteriosos caminos de insectos, rincones de sombra que se ignoran a altura de hombre."

"Me acaban de llamar por el celular. Tenemos cita con Miguel Montoya en la estación de San Lázaro. Querrá hablarnos del secuestro de su esposa", cuando todavía estaba acostado, se me presentó Mauro.

"¿Dio algunas señas?"

"Pidió que al mediodía lo aguardáramos al borde de la escalera."

"¿Vendrá El Petróleo?"

"No, sólo iremos usted y yo", Mauro se aseguró una pistola debajo del cinturón. "Se hace tarde, más vale que nos vayamos."

Un tren acababa de llegar a San Lázaro. Otro partía. Una muchedumbre subía las escaleras. Otra aguardaba en los andenes. Por los grandes ventanales entraba una luz melosa. Todos pasaban a nuestro lado sin fijarse en nosotros, excepto una mujer.

"¿Se le ofrece algo?", le preguntó Mauro.

"No", ella agitó una bolsa de hilo. Tenía las uñas pintadas de rojo.

"Señorita, hábleme a la cara, no estoy en el suelo."

"Váyase al diablo."

"¿Por qué el enojo?"

"Me robaron mil pesos en el metro y ahora usted quiere fregarme", mostró ella su monedero abierto con un cuchillo.

"¿No es usted el contacto?"

"Qué contacto ni qué madres."

"Qué pase buena tarde."

"Buena, su madre", ella se metió en la multitud como si se metiera en una niebla humana de rostros morenos y pies cansados. Un brillo amarillento salía hacia la calle: por un momento vacía, en otro momento llena.

Mauro pisó el acelerador del coche. Habían cambiado el lugar de la cita. En una hora estaríamos en la esquina de Dante y Tolstoi, frente a la taquería del encuentro.

Una muchacha vestida de blanco freía en una sartén piezas de pollo. Parecía una joven Parca. Hígados, cabezas, muslos, patas, alas y pescuezos, como si fueran partes del cuerpo desmembrado de la diosa Coyolxauhqui, rotaban en la sartén. Un hombre corpulento, sentado de espaldas entre dos luchadores enmascarados, tenía tatuados en los brazos el número 666. Estaban conscientes de mi presencia, aparentando no verme.

"Un señor les dejó un recado. Dijo que les dijera que El Ganso vendrá por ustedes", la muchacha levantó con el tenedor una cabeza del pollo, que sirvió al hombre.

"Tranquilo, no se alarme", alguien, por detrás, me tapó la cabeza con un capuchón.

"Se va con El Ganso. Yo lo sigo", me sopló Mauro.

"Usted se espera aquí", chilló el sujeto.

"Hay otro pasajero en el coche."

"Soy El Barracuda, Mauro, ¿no te acuerdas de mí?", dijo el sujeto desde adentro.

"El Barracuda murió en Tijuana", afirmé.

"Eso se dijo, pero El Barracuda nunca muere, soy su reencarnación", el sujeto rió y arrancó el coche, yo adentro. Dio vuelta a la manzana, percatándose que no era seguido.

"No es aquí, es allá", dijo El Ganso, cuando el auto se paró.

"Bájese", ordenó el supuesto Barracuda.

"Suba", El Ganso me hizo ir con él a la segunda planta.

Al entrar a un cuarto corrieron el cerrojo de la puerta. Me sentaron. Los brazos del sofá estaban arañados. Se oyeron ruidos. Una pareja hacía el amor o se estaba peleando en la habitación contigua. El Ganso y El Barracuda hablaron sobre mi cabeza:

"¿Qué estarán haciendo esas pinches locas?"

"Disputando por otra loca."

"Anoche la araña de Manuela se llevó a un pendejo a su telaraña. El caliente se metió en un lío del que no saldrá ni pagando un millón de pesos."

"Al Águila Arpía se le pegan los babosos como moscas. Creyendo que le agarrarán las nalgas caen en manos de su hermano."

"Mira bien el cuarto para que sepas dónde regresas, si fallas, te mueres", El Ganso me quitó el capuchón. El lugar tenía el techo bajo y la puerta estrecha. El linóleo iba de pared a pared como una cáscara quebrada. En las paredes había fotos de teiboleras del *Salón Malinche*. De un espejo desportillado colgaba una toalla sucia. La ventana daba a una pared de cemento.

"¿Dónde dejaste el Pontiac?", preguntó El Barracuda.

"En avenida Chapultepec", prendió un cigarrillo El Ganso.

"Ve a ponerle monedas al parquímetro."

"Mejor que vaya él. Aquí esperamos a Miguel. Vendrá por la mosca que le agarró Manuela."

El llamado Barracuda me puso el capuchón. A empujones me condujo a la puerta.

"Ponle monedas al parquímetro. Vuelve pronto, cabrón, no te vayas a equivocar de calle. Y que nadie te siga."

"No se te vaya ocurrir pelarte, no llegarás a la esquina", El Ganso me agarró con la manaza el hombro derecho.

"Échale cinco pesos."

"No traigo cambio."

"Aquí están las monedas."

"¿En qué parte de la calle está el coche?"

"Frente al *Hot-dog*. Es un antro. Tiene sellos de Clausurado. Allí detente."

"¿Cómo se llama este hotel?"

"*Ángulo Muerto*."

Encapuchado me hicieron bajar las escaleras, salir a la calle, el dinero en la mano.

"No voltees, porque te mato", profirió El Barracuda.

"Das vuelta en la esquina, cuentas hasta cincuenta y te quitas el capuchón", El Ganso mascaba chicle.

"Está borracho", oí decir a una niña.

"Anda drogado", oí decir a una mujer.

De repente sentí que andaba solo. El Ganso y El Barracuda habían contado hasta cincuenta. Yo, no.

Me quité el capuchón delante del *Hot-dog*, con sellos de Clausurado.

"¿Desocupas el lugar?", vino a preguntarme un tipo de baja estatura con un moretón en la cara como si estuviera golpeado. Había descendido de un Volkswagen azul, mientras un hombrecito mal encarado aguardaba al volante.

"No", puse las monedas en la máquina.

"Lárgate, pendejo", el tipo se enfureció.

"No lo provoques, carnal, mejor vete", me dijo en voz baja un hombre que por los mechones sobre la frente parecía un tecolote cornudo.

"Ya nos veremos la caaaara, carnaaaaal", el tipo se fue arrastrando las palabras. Dio vuelta en la esquina.

"Jo-jo, ¿sabes a quién desafiaste, carnal?", el hombre que parecía tecolote cornudo me clavó los ojos amarillentos. "A Montoya. Ni más ni menos que a Montoya, jo-jo."

"¿A Miguel Montoya?"

"No repitas ese nombre, el tipo es un cabrón, y que no te vean conmigo", el tecolote cornudo dio vuelta en la esquina donde se había desvanecido el supuesto Montoya.

Quise seguir a Montoya, pero él se subió al Volkswagen y partió. Quise volver al hotel, pero no sabía dónde estaba. Pensé: "Si Montoya no me reconoció, no imagina quién soy."

"¿Sabe dónde está el *Hotel Ángulo Muerto?*", pregunté a una mujer vestida de negro, con gafas negras, mallas negras y zapatos negros. Su atuendo repelía la luz.

"Ni idea", la mujer se fue caminando hacia Insurgentes Sur.

"Se nos hace tarde, Manuela", los dos luchadores enmascarados que estaban en la taquería vinieron por ella.

Buscando el *Hotel Ángulo Muerto*, pasé delante del restaurante *Círculo del Sudeste*. Dejé atrás tiendas de refacciones para automóviles, la *Papelería Unión*, la Notaría 109, un negocio de alfombras, tapices, losetas y pisos laminados. En la calle de Bucareli, con casas decrépitas, una manta anunciaba:

FIESTA TODOS LOS VIERNES
¿BUSCAS PAREJA?
Punto de Encuentro

"¿Quieres un bar con chicas?", me preguntó un repartidor de tarjetas, cerca de un jardín entre las calles de Enrico Martínez y Tolsá. "Hay vaqueras, gays, lo que quieras. Están allí para ti y para eso."

"¿Te gusta Jennifer?", un policía barrigón me indicó a una niña de siete u ocho años sentada con las piernas abiertas sobre el cofre de un coche. Llevaba overol de mezclilla, calcetas rosas, el pelo teñido color sangre.

"¿Jennifer?", el nombre me sonó conocido. Por un instante creí que podría tratarse de la misma criatura que había sido hallada en el paraje del Cerro La Esperanza en la Sierra de Guadalupe, y que el plagiario mató por haberlo reconocido. "¿Eres Jennifer?"

Como ella se me quedó mirando, el policía la bajó del coche y la metió en una casa de portón verde.

"Hey, regresa", le dije, infiriendo que el secuestrador había suplantado su cuerpo con el de otra niña.

"¿Se te ofrece algo, cariño?", del portón salió un hombre con una peluca rubia, el rostro maquillado, las uñas pintadas con esmalte dorado, las pestañas falsas y los pantalones apretados. Llevaba de fuera calzones azules. Se me acercó, como queriendo arañarme la cara.

"Busco el *Hotel Ángulo Muerto*."

"Está muy lejos, cariño, aléjate de aquí, toma el metro hasta Jamaica. De allí vete al mercado de La Viga."

"El hotel debe estar cerca", me alejé de él.

"Regresa al rato, cariño", el travesti hizo resaltar sus pechos bajo el sostén blanco, sus dedos como garras.

"¿Sabe dónde está el *Hotel Ángulo Muerto?*", entré a una tienda de ropa para niño para evadir su acoso, pues parado en la esquina no me quitaba la vista de encima. No sólo eso, el hombre corpulento lleno de tatuajes que estaba comiendo tacos en la calle de Tolstoi y Dante, y el hombrecito que estaba en el Volkswagen azul, ya estaban a su lado.

"¿Cómo se llama el hotel?", respondió una mujer con cuerpo de pescado y cara de diosa del vacío.

"*Ángulo Muerto*."

"Nunca lo he oído."

Me fui por la calle de Lucerna. En una esquina apareció el hotel, pero sin nombre.

"Busco a El Ganso", dije en la recepción.

"Aquí los clientes no dan nombres", el muchacho me dio la espalda, más interesado en la televisión que en mi persona.

"Tienen registrados a tres Alfredos, dos Arturos, a un capitán Tostado, pero a nadie con ese apodo." En eso apareció Mauro, diciendo: "Aquí no es la cita."

Mauro cerró con el control la puerta del coche, y, siguiendo el linóleo gris del corredor, juntos desembocamos en la cafetería del Hospital Pediátrico.

"Espere afuera", le pedí.

Me hizo tanto caso que a los pocos minutos se sentó a una mesa cercana para beber un café de máquina. Bajo el tubo de luz neón, miró lascivo a la mesera.

"¿Por qué tardaste tanto?", un hombre flaco, de unos cuarenta años, le dijo a una mujer. De cabello lacio y frente chica, tenía una cicatriz de cuchillo en el brazo derecho junto a la muñeca.

"No quiero tener prejuicios, pero el hombre flaco no me gusta", me dije.

"Traje las medicinas. La niña está histérica, si no se calma tendremos que darle unos buenos calmantes."

"¿Desde cuándo te compadeces de esa gente?"

"Bueno, tengo que irme."

"Quédate un rato, vamos a discutir el pago de la tenencia."

"Nos vemos en la noche", la mujer partió.

"Señor, ¿le traigo su torta de jamón?", vino a preguntarle la mesera al hombre flaco.

"Van a operar a Lucinda de un riñón. Está en el cuarto 19, si quieres darte una vuelta", dijo por el teléfono público un hombre con un parche sobre el ojo derecho.

"Mauro, ¿había estado antes en un hospital pediátrico?", le pregunté.

"Me gusta la atmósfera."

"¿No le molesta la tristeza?"

"Me agrada que nadie haya reparado en nuestra presencia y que, cuando nos vayamos, nadie notará nuestra ausencia. Es bueno para las citas."

"Mauro, nos dejaron plantados."

"No se crea, si mira bien, en el espejo de esa pared hay un ángulo muerto: El Señor de los Secuestros pudo haber estado cerca de nosotros, pero fuera del campo de visión."

"No lo vi."

"El hombre flaco, mientras platicábamos pagó y se fue, nada más vislumbre."

47. Truenos y tiros

Los dedos huesudos de la muerte urdían su trama siniestra. La noche estaba bañada por una lluvia verde. Los árboles de la calle brillaban cargados de semillas glaucas y hasta el asfalto parecía oliváceo. En la oscuridad se escucharon fogonazos. Pasos huyendo. Luego nada. De repente apareció el guarura. Como depositado por un relámpago se movió detrás de mí. Afuera había lluvia de rayos. Uno tras otro surcaban el firmamento como árboles electrificados.

Llovía torrencialmente. Una cortina de agua cubría la ventana. El viento sacudía las palmeras. El anuncio de neón *Viva Roma* era rojo, verde y amarillo, según los bikinis de las mujeres anunciadas. Los faros de los coches alumbraban precariamente las banquetas mojadas. Entre truenos escuché tableteo de ametralladoras. Bajo la lluvia vislumbré al sicario. Vestido de gris rata se había bajado de un taxi y avanzaba disparando a figuras invisibles.

El sicario trató de escapar porque otros sicarios, inadvertidos desde la ventana, seguramente lo acosaban. La metralleta brillaba en su mano como serpe metálica. Ráfagas de proyectiles atravesaban la lluvia. En la esquina acechaba una patrulla con las luces apagadas. Dos policías estaban en su interior, agazapados.

En la calle surgió un cuerpo luminoso. Líneas de luz colgaban de sus manos. Eran hilillos de sangre. Rayos color uva incendiaron su cara mientras se esforzaba por alcanzar la puerta de una camioneta color gris plata atravesada en la calle. El chofer, inerte, había recibido dos balazos.

Cuando la silueta del sicario se perdió en la calle, los de la patrulla prendieron las luces. Con destellos del faro giratorio alumbraron la camioneta. Dispararon al aire. Como para ahuyentar a los mirones. O como para decirle al sicario que escapara.

Se oyó el rayar de un coche, que salió disparado. Hacia la oscuridad, como internándose en la noche. Bajo los relámpagos, la patrulla persiguió al taxi, robado en la calle de Víctor Hugo, colonia Polanco.

Llegó una ambulancia. Bajo la lluvia, los camilleros se llevaron dos cuerpos. Uno, del herido que estaba tirado en un charco de sangre revuelta con agua; otro, del chofer en la camioneta color plata.

A veinte metros de distancia la policía halló el arma usada por el sicario. Un agente dijo luego que en el charco el herido aún se movía. Y que él le dio la mano. Y que cuando llegó la ambulancia expiró. Y que entonces un perro negro vino a echarse en el charco. Y que la lluvia caía.

En el cuarto de baño me recortaba los pelos de la nariz cuando noté una raya de luz debajo de la puerta. Un hombre emergió de la lluvia.

"Señor", profirió, sumiso.

Pero no era bienvenido. Yo, en bata, no deseaba visitas.

"¿Me daba por muerto?", Mauro se limpió las gotas de la cara con la mano. Estaba muy mojado, como si hubiese venido manejando un coche con las ventanas bajadas o como si hubiese venido caminando bajo la lluvia. "Ha llovido tanto que las calles parecen lagunas."

"¿Cómo entró? Las puertas del edificio están cerradas."

"Le robé un manojo de llaves a su secretaria."

"No es cierto."

"Bromeaba, abrí la puerta con una llave maestra."

"Cuando se vaya de aquí salte por el balcón."

"Está muy alto."

"¿Estuvo involucrado en la balacera de la calle?"

"De ninguna manera."

"¿Tiene noticias de mi esposa?"

"Ninguna. Los secuestradores quieren presionarlo."

"¿Dónde estuvo usted todo este tiempo? Unos diarios lo daban por muerto, otros aseguraban que usted es el "Rey del Cristal", el narco que invadió el país con metanfetaminas y cocaína."

"Ojalá me la hagan buena."

"Se dijo que aunque usted trabajaba para el Grupo Táctico, encargado de combatir a criminales de alto impacto, en vez de perseguirlos los protegía."

"Qué imaginación."

"Una revista publicó la foto de tres cadáveres en la cajuela de un taxi. Dos de los hombres fueron identificados como El Murciélago y El Ganso, pistoleros de la Mafia Mexicana de San Diego. El tercero era usted."

"Tres cadáveres en una cajuela, qué apretados estaríamos, ¿no cree? El problema principal es que si me hubieran incluido en ese grupo de notables no estaría aquí. Además, El Ganso y El Murciélago, vivitos y coleando, trabajan para el procurador."

"Lo dijo *El Tiempo*."

"Lo dijo mal. Quiero aclararle que no desaparecí, sino que me fui a Tijuana."

"¿El motivo?"

"El Almirante RR me mandó a Monterrey para investigar el caso de las niñas drogadas en *El Adelita*. En ese bar hacían promociones por radio como ésta: "Los sábados, las niñas entran gratis hasta las 10:30", y el antro se llenaba de jóvenes fresas ganosas de experimentar pasiones fuertes."

"Ignoraba que era un ángel de la guarda de la virtud ajena."

"No yo, el Almirante RR."

"¿Lo ha visto alguna vez?"

"Nunca, pero por mi jefe él me hizo saber que una noche en que él mismo se encontraba en *El Adelita* vio a su hija dirigirse al baño. Al notar que ella lo saludaba, un mesero le dijo: "¿Qué onda, jefe, la quieres? Por quinientos pesos te la duermo." El Almirante RR le preguntó cómo lo haría. El mesero le mostró unas pastillas somníferas. "Lo pensaré", respondió. Y al día siguiente me mandó a pescarlo in fraganti y darle una paliza."

Sabía que mentía. Le pregunté:

"¿Cómo se llama la hija del Almirante?"

"Lola Dolores."

"Lola y Dolores son lo mismo."

"Así como suena: Lola Dolores."

"¿Dónde está El Petróleo?"

"Me lo encontré hace unos días con el pelo teñido de gris plata. Parecía un burócrata de la tercera edad. Le pregunté si lo hacía por una misión, me contestó que lo hacía para escapar de un amigo que lo perseguía. ¿Sabe una cosa? Abusaron de él de niño."

Seguía mintiendo. Lo interrumpí:

"Le pedí a *El Tiempo* no publicar una línea sobre su posible paradero para no dar pistas a sus enemigos."

"Me hallaba con una de mis Lupitas en un retiro espiritual."

"Su caso no está resuelto."

"Los medios hallarán otro hueso que roer."

"Oí voces, señor, ¿se le ofrece algo?", preocupada por mí, la muchacha de servicio salió de su cuarto.

"Nada, María, deja la luz prendida para que cuando se vaya el señor encuentre sin dificultad su camino hacia la calle."

"Buenas noches, estaré atenta por si necesita algo."

"¿Le sorprende mi presencia?", volvió él a la carga.

"Algo."

"Supongo que le asusta el hecho de ignorar el tiempo que llevo aquí", con un movimiento de mano se abrió el saco, evidenció la pistola debajo del cinturón.

"Para serle franco, creí que era un fantasma recargado en la lluvia."

"¿Estaba cocinando un bistec?"

"¿Cómo lo supo?"

"Por el olor a carne quemada."

"El siseo de la carne asada viene del departamento de mi vecino. No como carne, me causa náusea el gusto de la sangre de animal muerto en la boca."

"Espero que las indagaciones en torno de Mendoza se acaben con la presencia de Mendoza"

"¿Cómo sabe que indagaba sobre usted?"

"Por intuición."

"En el Cisen lo niegan."

"Tengo cuatro homónimos. ¿Preguntó por Mendoza La Cucaracha?"

"No."

"Ahí está el detalle", cantinfleó.

"Hablaré a la oficina del Almirante RR."

"No lo haga, me va a poner mal con mi jefe. No se lo agradeceré. La Cucaracha es mi nombre de batalla", delante de la ventana se mostró amenazador.

"O El Murciélago", le señalé al mamífero volador que en ese momento se figuraba en la luna que aparecía en una parte del cielo desgarrado.

48. Propuestas existenciales

"Vine a pedirle que me firme su libro *La Santa Muerte* para mi mamá, Lupe Méndez. Es devota de La Flaca", Mauro dirigió la vista a mi computadora. "¿Qué escribe?"

"*Las vidas de los guaruras ilustres.*"

"¿Soy un personaje?"

"Evito meter a conocidos, podrían reconocerse y no les gustaría verse como yo los veo."

"¿Juega ajedrez?", observó la mesita con un tablero.

"Conmigo mismo."

"No sé qué me pasa, pero de un tiempo para acá me siento embargado por una tristeza grande. Me duermo tratando de no fumar y despierto con un cigarrillo en la mano."

"¿Cómo cree que me siento yo en esta ratonera?"

"Peter y yo no siempre lo estamos observando: Unas veces nos dormimos, y otras nos escapamos para visitar a la Santa Muerte."

"Delante de la muerte me asalta un apetito voraz por la vida."

"A mí me entran ganas de matar a alguien."

"Mauro, tengo cosas que hacer en la mañana", le indiqué la puerta.

"La humedad se me metió a los huesos."

"Comience con quitarse ese trapo mojado que llama corbata. Para calentarse, váyase a su cuarto y camine sobre una parrilla."

"Ofrézcame algo para el frío."

Vino conmigo a la cocina. Siguió el movimiento de mis manos al abrir y cerrar la despensa. Saqué un frasco de café soluble.

"Necesito una piña", cogió de la mesa una de gran tamaño. Le arrancó la corona, la partió en dos, contempló la pulpa amarillenta, comió con fruición una rodaja. Observó la sartén con restos de pollo y frijoles refritos. "¿Comió tacos? ¿Se ha bebido toda esa leche?", paseó la mirada por las botellas vacías.

"Sí, desde niño me gusta la leche."

"He venido a hacerle unas propuestas existenciales. La primera sería: Ayudarle a rescatar a su esposa. La segunda: Desaparecer de su vida como si nunca hubiese sido. La tercera: Renunciar a mis derechos laborales en el Cisen. Cuarta: Firmar un convenio de no agresión con usted."

"La segunda me suena a viaje al cementerio."

"¿La tercera?"

"A jubilación."

"¿La primera?"

"A rollo de policías. Una de mis peores pesadillas es que me entreguen muerta a Beatriz. Antes que se vaya, quiero pedirle que no se aparezca de nuevo de improviso. Y que no abra mi puerta con llave maestra", firmado el libro, lo conduje a la salida.

"Como supondrá, en mi larga carrera de escolta he sido responsable de algunas muertes... La injusticia es ciega... He tronchado la vida de gente inocente... Un par de niñas aquí, un par de señoras por allá, una secretaria acullá, un mendigo en el Periférico, un colega policía en la colonia Roma, una puta que se me atravesó en la calle. Lo peor es que ninguna de esas muertes me remuerde la conciencia."

"Cuénteselo a su perro, o vaya con un cura o un siquiatra."

"He engañado a Lupita con Lupita, y con otras Lupitas. Cada vez que encuentro a una mujer con ese nombre no puedo resistirme a engañar a mi Lupita. A veces con una Lupita en la cama sueño que hago el amor con otra Lupita en un burdel lleno de Lupitas ganosas."

"Qué original."

"Eso me humilla, porque a menudo esas Lupitas son viejas o poco fotogénicas, menos atractivas que mi Lupita. Las amo a todas por vicio, aunque no estén a mi nivel."

"Y, ¿qué hace su Lupita?"

"Una tiene un negocio de gafetes en la calle de Medellín; otra los vende a hoteles, restaurantes, oficinas y comercios para congresos y promociones."

"Es la una de la mañana, Mauro. Mi muchacha está acostada en la habitación de al lado. No la dejamos dormir."

"No es de mal ver su Lupita."

"No se llama así."

Mauro sacó del bolsillo un papel doblado: "Antes de marcharme quisiera discutir con usted mis propuestas existenciales, las cuales son, a saber: Una. En caso de su deceso, yo sería su heredero universal y el único beneficiario de sus bienes, los cuales, aunque no muchos, podrían darme alivio y seguridad económica. Dos. Por la posibilidad de que pudiese presentarse muerte súbita, por ataque al corazón, accidente o violencia física, usted debería hacer un testamento a mi favor con un notario de mi confianza. Tres. Para esto, deberá revelarme su fortuna personal: cuentas de cheques, depósitos bancarios, joyas y centenarios guardados en cajas de seguridad, inversiones en la bolsa y propiedades en la ciudad y en el extranjero. Cuatro. Deberá hacerme una relación de sus colecciones: tanto de armas blancas, monedas antiguas, grabados y cuadros de artistas ilustres, máscaras mexicanas, piezas prehispánicas, objetos raros, libros y muebles de época, alfombras persas, tapices belgas, soldados de plomo (soy aficionado a las batallas históricas). Cinco. Deberá recomendarme con el Almirante RR para un ascenso, pues soy un escolta profesional, comprometido y leal."

"Voy a pensar sus propuestas", miré en la ventana del edificio de enfrente la silueta de una persona. Mostraba los pechos desnudos al alzar las manos para abrir la ventana. Se parecía a El Petróleo.

"Tómese el tiempo que quiera", sonrió forzadamente. "Ah, le traje un Vino Rosado Durazo. Una de las últimas botellas que me quedan de las que rescaté cuando el general fue capturado."

"Gracias."

"¿Qué me dice de mis propuestas existenciales?"

"Lo pensaré, pero no se haga ilusiones", le dije la verdad para engañarlo.

"Sabía que iba a salirme con eso, pero sin presionarlo, le recomiendo que lo piense dos veces antes de darme su respuesta", Mauro se dirigió a la puerta, sin poder disimular su enojo.

En la calle se escucharon gritos de mujer, chi-
rridos de llantas de un coche al frenarse, sirenas de carros de policía. Las banquetas relucían por la lluvia.
El cielo estaba anubarrado. Una tormenta, que pro-
vocaría inundaciones en los barrios pobres de la zona
metropolitana, estaba en camino.

49. El demonio del mediodía

En la ventana del edificio de enfrente, como en la página tres de un tabloide vespertino, apareció una mujer desnuda. Una rubia de importación con grandes pechos y piernas largas, como las que promovían las empresas comerciales en revistas y videos pornográficos. Al principio me sorprendió esa visión al mediodía, sobre todo porque ella a toda costa quería llamarme la atención y, si no me equivocaba, insinuarme algo.

"¿Estoy soñando? Parece un Rubens, pero no es un Rubens. Un Renoir, pero no es un Renoir. Más se acerca a una Tongolele", me dije. Y aunque cerré los párpados como si cerrara la ventana, al abrirlos de nuevo, la mujer desnuda todavía estaba allí. "¿Estoy soñando delante de esta tentación sexual ya vista y vivida por generaciones de humanos? ¿Acaso violadas y violadores no forman parte de la misma trama que tejen los dedos huesudos de la muerte? En tiempo real o simple, los guaruras y yo nos vigilábamos, no sólo de edificio a edificio sino en lugares públicos y privados, comiendo o durmiendo, y hasta con la vista perdida en la nada de la pared (cuando uno localiza al otro, el otro, al ser descubierto, pretende no ser él, no estar allí, o mirar hacia otra parte), pero esta es la primera vez que sufro de alucinaciones."

Creo que empezaba a sufrir de esa enfermedad que los padres del desierto llamaron acidia. Ese tedio del corazón o perturbación de los sentidos que afectaba a los monjes errantes y a los eremitas; esa fiebre de desasosiego que invadía el espíritu del solitario y se presentaba como un Demonio del Mediodía. En esas condiciones de abatimiento la intimidad más grande la ofrecían unas luces apagadas en un cuarto vacío, y un silencio en los ojos abiertos. Pero, ¿esa intimidad, esas tinieblas, ese silencio no eran semejantes a la muerte?

La verdad es que no sólo sentía hastío por mi vivienda, aversión por los colores que me encerraban, devaluación de los principios que me habían llevado al estado actual, sino creía que ese estado servía de nada, de absolutamente nada. Y como tenía prohibido recibir visitas, correo o llamadas telefónicas, y ni siquiera podía abrir la puerta, el aislamiento me asfixiaba.

Supuestamente Mauro y El Petróleo estaban todo el tiempo allí, en el lugar donde estaba la mujer, con la ventana abierta, observándome mientras yo los observaba. Si no son ellos en carne y huesos, es su sombra la que aparece en la ventana. De piernas para arriba. Sin cráneo y sin frente. Hasta la altura de los ojos. Uno o el otro apuntándome con una cuerno de chivo. Sólo para asustarme o para marcar su superioridad sobre mí, aunque bien podían soltarme un balazo y nadie supo nada.

"Así debe ser el infierno del guarura", me dije aparte, como en el teatro. "Una eternidad pasada entre muebles feos, programas aburridos de televisión, una panza que no discierne atiborrada de alimentos chatarra, largas horas vacías delante de una puerta, un poste, un coche o una ventana. Una existencia gastada esperando a alguien que no llega. Y si llega masculla algo y pasa de largo."

"Las cosas se van de las manos, el centro está desunido, los criminales gobiernan el mundo", Mauro me llamó por teléfono, seguro leyendo un texto escrito por otro. "Vivimos en el siglo de las putas controladas por los cárteles de la droga y por las campañas de publicidad. Aunque estamos llenos de sexo, sabemos de dónde viene el odio pero no de dónde viene el amor. El odio debe surgir para que el amor se active. El paciente odia al médico por haber abierto la herida y se odia a sí mismo por permitir que se la toquen. La revelación no lo sanará, sino abrirá más heridas. El doctor tiene que perseguir al paciente hasta que comience a odiar. Cuando uno odia no sale tan lastimado como cuando ama."

"¿Por qué me dice eso?", le pregunté, pero él había cruzado la calle.

Él dormía con la luz prendida, temeroso de la oscuridad. Yo discernía su figura en las tinieblas. No parado frente a la ventana, sino parado en su propia noche. Cuando trataba de localizarlo con binoculares con visión nocturna, él desaparecía. No obstante, Mauro estaba siempre presente, disfrazado de perchero y ropero, traje vacío, lámpara de pie y de cortina. ¿O intentaba hacerme creer que estaba, pero no estaba? Conociéndolo, sabía que el bulto y la sombra podían ser de otra persona.

¿Sabía lo de la carta al Almirante RR? ¿Me ocultaba su reacción? ¿El Almirante RR se había tomado la molestia de leerla? Todo el mundo sabía que su brazo vengativo alcanzaba grandes distancias y que sus ojos sagaces hurgaban toda oscuridad. Su prestigio dudoso era el de haber participado en varios accidentes-asesinatos en los últimos años. Sin dejar huella de su mano negra. "El Almirante RR le quiebra la espina dorsal a cualquiera", me había dicho el procurador Bustamante.

Sabido era que al Almirante RR lo protegían docenas de guaruras. Y también era sabido que cuando tenía una cita al último momento no llegaba o enviaba a un ayudante. Los ayudantes siempre eran distintos, pero la sola idea de que una persona se encontrara con él ponía a temblar de miedo a cualquiera, ya que era grande su fama de impartidor de injusticia.

El sábado en la noche, en el restaurante *Los Dos Vascos* me topé con el Almirante RR. Pero él no llegó en coche blindado ni fue precedido por guaruras ni ayudantes. Llegó solo y por su propio pie, pues no se fiaba de nadie. Mucho menos de sus propios escoltas. Así era el Almirante RR.

A esa hora todas las mesas estaban ocupadas. Excepto una, reservada para él. Pero nadie volvió la cabeza para verlo, tan desconocido era para todos. Yo tampoco hubiera reparado en su presencia si no es que El Petróleo no viene a soplarme al oído que ese hombre calvo y miope que estaba junto a la puerta era el Almirante RR. Al principio no le creí, porque nadie conocía sus facciones y porque él tenía la costumbre de hacer pasar a otros por su persona (más de un ciudadano tenía motivos para matarlo).

El supuesto Almirante RR estaba acompañado por una secretaria joven. Y era seguido por un ropero humano envuelto en una chaqueta de piel negra que le llegaba hasta las rodillas, quizás ocultando un arma larga. No me saludó. No tenía por qué saludarme. Posiblemente ni siquiera sabía quién era yo.

Creía al Almirante RR más alto y de maneras refinadas, pero era de baja estatura y tosco. De cincuenta años, pero pasaba de los sesenta. Atlético, pero era endeble. De cara oval, pero la tenía redonda, como masa cruda.

"Señor, ¿se acuerda de mí?", lo abordé, el corazón palpitante.

"Claro que sí", arrojó una larga bocanada.

"¿Cómo me llamo?"

"En este momento no recuerdo."

"¿Viene a menudo a este restaurante?"

"Nunca, vivo encerrado en mí mismo como un puño."

"¿Qué hace fuera del Cisen?"

"¿Cuál Cisen?"

"¿No es usted el Almirante RR?"

"Ni a marinero llego, mucho menos a almirante", cerró el diálogo como se cierra una puerta. Mientras en el restaurante un pianista ciego, como un Chopin salvaje, empezó a dar de manotadas al piano.

50. La Basílica de Guadalupe

Como cuando uno prende la luz en un cuarto oscuro y se produce una estampida de cucarachas corriendo hacia diferentes direcciones buscando donde meterse, así el tráfico parecía una plaga de cucarachas metálicas. Los insectos con ruedas, como las ubicuas *Blatta orientalis*, con sus marcas distintivas, sus carrocerías relucientes, sus tableros de mando, sus antenas filiformes, sus faros como pequeños ojos, sus llantas y sus pedales, palancas y brazos oscilantes, invadían o se atascaban, en grupos o solitarias, calles y callejones, banquetas y prados, cámaras subterráneas y terrenos baldíos, estacionamientos, cocheras y lugares húmedos y cada espacio de la gran ciudad.

Ciertamente, esa tarde todo hijo de familia andaba en la calle al volante de las cucarachas metálicas, las cuales, en múltiples tamaños y modelos, salían de cada bocacalle, de cada banqueta y de cada puerta de edificio provocando nudos gordianos y chorizos de cacofonía. Las cucarachas del siglo XXI, como sus ancestrales *Periplaneta Rex*, que se encontraron atrapadas en la resina fósil del ámbar, y como aquellas que sobrevivieron a las bombas atómicas de Hiroshima y Nagasaki, habían tomado por asalto la urbe que un día se dijo que parecía a las cosas de encantamiento que cuentan en el libro de Amadís.

En media hora, como conectado a la boca de una cafetera, me había bebido medio litro de café. No tanto porque cierta cita me había puesto los nervios de punta, sino más por el temor de pasar de un mal sueño a una pesadilla real. Los periódicos de la competencia no traían nada sobre el secuestro de Beatriz y los reporteros de la fuente criminal de *El Tiempo* evitaban mencionar el tema por precaución.

En la redacción del periódico nadie recogía el desafío de ese atroz personaje del que todos hablaban y nadie había visto de cerca, El Señor de los Secuestros. El mensaje que él había mandado exigiendo que yo fuera a discutir con él el asunto del rescate de mi esposa estaba sobre mi escritorio, como si la persona que lo había dejado allí hubiese querido cerciorarse de que lo vería infaltablemente.

Todos sabíamos que las bandas de secuestradores estaban protegidas por altos mandos policiacos y se movían de estado en estado con impunidad y hasta burlándose de las víctimas, las autoridades y los reporteros, y que el criminal más buscado del país no sólo se había dado el lujo de salir retratado la semana pasada con dos mujeres en el *Salón Malinche*, sino de desaparecer unos minutos antes del operativo para capturarlo. Alguien le daba los pitazos. Pues, como en la chismosa Morelia, apenas un marido piensa en engañar a su mujer que ella ya lo sabe, lo mismo pasa con la policía corrupta.

"Si quieres llegar a viejo hazte pendejo", era el refrán del pobre diablo policía que tenía que enfrentarse a los capos del crimen organizado mientras su superiores tenían fiestas en penthouses o comían en restaurantes de cinco estrellas con esos jefes de bandas que decían perseguir.

Un código no escrito aconsejaba a los reporteros evitar reuniones peligrosas. Y las condiciones para el encuentro con El Señor de los Secuestros no eran seguras. Primero, la cita tenía que ser a las 21 horas en un lugar apartado donde Montoya pudiera aparecer y desaparecer a su antojo. Segundo, se tenían que seguir sus instrucciones al pie de la letra, a riesgo de ser acribillado o raptado también.

Su mensaje era amenazador. El periodista llegaría a la estación del metro Tlatelolco, dirección Indios Verdes. De allí se dirigiría a la Plaza de la Basílica de Guadalupe. Si llegaba hasta ese punto en coche, el modelo y las placas del auto tendrían que ser mandadas a cierto número de fax con anterioridad. Con la foto y el nombre del chofer. Que podría ser rechazado si su perfil no era aceptable. Una persona anónima, que podría ser alguien caminando o pasando en una moto, daría el visto bueno. Si se notaba algo sospechoso, el encuentro se cancelaría. O el periodista no regresaría vivo.

Acepté el reto por un acto de machismo moral o por una perenne irresponsabilidad conmigo mismo más que por la esperanza de recobrar a Beatriz. Pues, ¿qué podría ganar un hombre amenazado de muerte buscando a un secuestrador psicópata que esconde a su cónyuge en un cuchitril con las orejas cortadas? Poca cosa. Excepto ser la gloria de un día en la primera plana de un periódico que tiraba cien mil ejemplares.

Desde el momento en que entré en el metro comenzaron los retrasos. Los trenes, imágenes fugaces de un delirio demográfico, pasaban repletos mientras miles de usuarios aguardaban en los andenes de la estación Balderas.

Entré a la sección destinada a hombres, pues el género femenino, protegido de manoseos anónimos, se desplazaba en vagones especiales, aunque había damas que se aventuraban a viajar en el tianguis del cachondeo. Un letrero, implementado por policías, señalaba:

MUJERES

Empujado, sopesado, abajado y pisoteado por una blanda masa humana, llegué a la estación Tlatelolco. Pero cuando busqué la salida, Mauro, rehabilitado por el Cisen, no estaba frente a la pizzería *Gloria de Nápoles.*

En la Plaza de las Tres Culturas tampoco estaba. Los multifamiliares, testigos mudos de la matanza de estudiantes del 68 y de los terremotos del 85, no tenían conciencia del pasado.

Resignado al plantón, temí encontrarme con Montoya y sus secuaces sin ninguna protección: el secuestrador podía llevarme cautivo al cuchitril donde mantenía a Beatriz. De repente, sorprendí al guarura recargado en una reja. Desde hacía rato me estaba viendo ir y venir. Las gafas negras las llevaba sobre la frente como otro par de ojos.

"Mauro", le dije, molesto.

"Señor", respondió, hipócrita.

"Se nos hizo tarde."

"Lo sé."

"¿Podremos llegar a las nueve?"

"Depende del tráfico."

"¿Cómo le ha ido?", subí al coche, estacionado en doble fila.

"Una Lupita me dejó. Otra Lupita me acogió."

"¿Qué la motivó a partir?"

"Vislumbre, celosa porque paso tiempo con usted, vendió el negocio y se fue a Tepic."

"Quiero aclararle, Mauro, que no soy responsable de su vida privada, y que el hecho de que lo hayan comisionado para cuidarme no quiere decir que nuestros vínculos vayan más allá de una relación institucional."

"Bromeaba. ¿Sabe? Cuando hablo a solas, me cuento mentiras. Llego a decirme: 'Mauro, aun al borde de la muerte serás un mentiroso'. Al hablarme a mí mismo, no me creo."

"Qué haremos si nos encontramos con Montoya."

"Veremos."

"Estoy angustiado por mi esposa."

"Yo también, por la mía. Oiga, ¿le gustan los murciélagos?", Mauro enfiló por una calle sin nombre. "Tengo doce."

"No sabía que le gustaban los mamíferos voladores."

"Me aburren los mamíferos humanos. ¿Conoce la figura de cerámica del Dios Murciélago, que está relacionado con el inframundo prehispánico? Es mi retrato mágico."

51. *Vampyrum spectrum*

"¿Qué quieres para cenar esta noche?", preguntó un hombre a otro en el vehículo rojo que se aproximaba por la calle.

"Pechuga de niña dócil."

"Pues al levantón", dijo el hombre, sin que pudiera vérsele la cara.

"Vamos, amiga", el otro frenó el carro junto a una mujer que caminaba cerca de la banqueta con su hija de la mano, se la arrebató y arrancó con ella a toda velocidad.

"Auxilio, me roban a mi hija", gritó la mujer, mientras vendedores ambulantes salían corriendo tras del vehículo rojo.

Era imposible distinguir sus placas entre los miles de carros que transitaban a esa hora. Marcas y colores bailaron delante de los ojos de la mujer sin que pudiera identificar al automóvil del rapto: Nissan Sentra, Mazda, Volkswagen, Jetta, Pontiac, Mitsubishi Lancer, Ford Focus, Honda, Renault, Jeep, Chrysler, Chevrolet, Susuki, Mercury y camionetas ocultaban al coche fugitivo que se llevaba a su hija. Modelos y colores conformaban las piezas que componían el laberinto móvil del tráfico urbano.

"Es un Cavalier rojo. ¿Podemos alcanzarlo?", balbuceé.

"Uh, ya se nos perdió", rezongó Mauro.

"Pobre mujer, nunca va a recuperar a su hija. Pasará su vida atormentada preguntándose para qué se la robaron. Si para la prostitución o para el mercado de órganos humanos."

"Los *Vampyrum spectrum* pueden resultar bellos si se les ve desde cierto ángulo. Los guardo en mi cuévano. Cuando me canso, los mato", la mirada de Mauro se perdió en la calle por la que había desaparecido el Cavalier rojo.

"La mujer debe estar destrozada."

"El que manda a sus mascotas soy yo, no ellas. Si no obedecen, les corto la cabeza."

"¿No lo conmueve el rapto de la niña?", me asombré.

"Los murciélagos son míos y yo decido."

"¿Cómo llegó a interesarse en los vampiros espectrales?", cedí a su conversación.

"Pregúnteme cómo llegué a quererlos. Mi madre, nacida al pie de Monte Albán, me enseñó que el murciélago es un dios."

"¿Vamos bien?"

"Si seguimos la ruta que tomó el Cavalier rojo llegaremos a la cita."

"Me pone nervioso no saber dónde estoy."

"¿Conoce la avenida Canal del Norte? Ahora pasamos por Topografía, Sericultura, Rotograbados, Marmolería, Litografía, Horticultura, Floricultura, Apicultura, Avicultura y Cantería."

"Veo que salimos a Carlos Marx, una calle cruzada por calles relacionadas con el dinero: Bolívares, Coronas, Dinares, Esterlinas, Dólares, Yenes y Euros."

"La noche sucia se nos mete a los ojos."

Atrás quedaron las calles con nombres de mujeres: Estrella, Graciela, Lidia, Martha, Otilia, Rebeca.

"Está durando mucho el viaje."

"Llegaremos en quince minutos."

"¿En tanto tiempo?" Sentía sed y deseos de orinar, pero no quise decírselo. Me daban náusea visual
los talleres mecánicos al servicio de automóviles y las
vallas publicitarias, delante de las cuales caminaban sin
prisa cuatro changas semidesnudas. Bajo las lámparas
que iluminaban anuncios de películas, coches, cosmé-
ticos y lencería, las prostitutas proletarias acechaban el
paso de peatones y automovilistas. Colocados delante
de casas, bardas, terrenos baldíos y estacionamientos
públicos, los tapiales publicitarios ocultaban las ventanas y las puertas de casas apagadas, quizás vacías,
quizás habitadas por inquilinos morosos.

"Mire, allá va la puta secuestradora", indicó
Mauro. "Vamos a levantarla, a lo mejor nos lleva adonde
tienen a su esposa."

"¿Es Manuela Montoya?"

"La misma. ¿Qué andará haciendo en Talis-
mán?", el guarura la fue siguiendo a través de callecit-
tas con nombres como Jade, Obsidiana, Ópalo y Rubí,
Turquesa, Amatista, Azabache, Brillante, Coral, Dia-
mante y Granate.

"Vamos a devolvernos, se nos perdió."

"Así son las putas, ahora no están, pero al rato
regresan. Chance y después nos topamos con ella", el
guarura se dio vuelta en U.

"Era importante no perderla de vista."

"Vislumbre, cuando regrese a casa voy a matar a mi murciélago *Centurio senex*", colocó sobre el
asiento su pistola.

"¿Por qué?"

"En la cueva inmunda del mundo no hay nadie inocente. Si un murciélago le desagrada, pues lo mata. ¿Ha visto la escultura del Dios Murciélago en el Templo Mayor?"

"Mauro, preferiría no hablar de esto ahora."

"Tengo una réplica del arrancador de cabezas en mi biblioteca."

"¿Volvemos a la Calzada de los Misterios? He visto tres veces esos edificios que servían de oratorios a los peregrinos."

"Si conoce el rumbo, ¿por qué anda tan perdido?"

"Conozco la historia, no las calles."

"Vislumbre, allí están el Parque del Mestizaje y el Cerro Los Gachupines. ¿Ve la Basílica de Guadalupe?"

"Sé que estamos tarde para la cita."

"El desgraciado ese tiene que esperarlo por el dinero que espera recibir de usted."

"Montoya o su enviado ya debería estar aquí.

"Desde algún punto de la oscuridad nos estará observando."

"Mire, la mujer que dio vuelta en la esquina puede ser Manuela."

"O un hombre disfrazado de ella. Sin zapatos, con la ropa desgarrada y sin gafas, parece que alguien la madreó."

"¿La ayudamos?"

"Noooo. Es un señuelo. Cerca debe andar su hermano."

"¿Llamamos a la policía por el celular?"

"Noooo, la policía es cómplice del secuestrador."

"¿No podemos hacer nada?"

"Naaada."

La posible Manuela se fue por la Calzada de los Misterios. Hacía señas a los automovilistas para pedirles un aventón o un entre. Un coche con tres hombres se detuvo. La subió y partió.

"¿Qué pasa?"

"La Montoya escapó delante de nuestras narices. Vislumbre."

Del coche que le dio el aventón descendieron tres hombres. Eran los literatos lánguidos que estaban en el Instituto Nacional la noche de *El Cuervo*. Algo ebrios, caminando a lo largo de las vallas publicitarias trataban de no caerse en las cloacas destapadas. El primero se frotaba los ojos enrojecidos. El segundo, delgado y alto, vestido de verde parecía cruza de saltamontes y avispa. El otro llevaba a Manuela del brazo.

"No hay un *chef* en el bulevar que haga los chiles rellenos como Dios manda, con chiles anchos, chipotles, pasilla y jalapeños", dijo el primero.

"¿Se fijó? Entraron al *Hotel Acuario*. Creen que van a hacer el amor con La Venus de Oro pero se hallarán con El Águila Arpía", Mauro estaba asombrado. "Los pescará el hermano con el cuerpo del delito en la cama."

En eso sonó su celular.

Mauro se puso atento.

Mauro se puso lívido.

Mauro me miró con ojos enloquecidos.

"¿Qué pasa?", pregunté.

"Es El Petróleo."

"Sí, pero, qué."

"Me dice que encontraron a Lupita… ejecutada en una tina… Su cuerpo desnudo estaba envuelto en un baño de sangre. Su cabeza flotaba en el agua con los pelos sobre la cara como una Gorgona… Vislumbre. Nada más vislumbre. ¿Por qué se ensañan con mi Lupita? Si yo tengo deudas que pagar que esos hijos de puta me las cobren a mí."

52. Loco por ti

"Si el río de la lujuria no tiene orillas y tampoco el miedo tiene, ¿por qué siento que el deseo se me revuelve con el temor? ¿Por qué la sensación de caer en el abismo de mí mismo? Cansado de vivir a medias y de pensar medios pensamientos, de tener medias ansiedades y recordar medios recuerdos, las ganas de salir me vuelven imprudente", me dije ese domingo en la tarde, pues los árboles cargados de lluvia me hacían evocar a las chicas del bosque de Chapultepec y quería verlas en vivo.

"Suba", me gritó El Petróleo por el interfono.

Desnudo bajo una bata negra de mujer, el guarura estaba esperándome junto a la puerta abierta.

"Voy a Chapultepec", dije.

"Lo sigo", en la espalda la bata tenía estampado un murciélago rojo. Llevaba aretes dorados en las orejas.

"Voy solo."

"¿No tiene miedo de que Miguel Montoya lo secuestre?"

"No."

"Me quedé dormido."

"Lo veo."

"Mauro se fue a comer con Lupita. No sé con cuál, a todas las mujeres las llama igual. Ahora mismo estará jugando con su hijo o su hija Lupe Primera, Lupe Segunda o Lupe Tercera."

En la habitación los calzones y las camisetas estaban en el piso. Por un cajón mal metido de la cómoda se asomaban recibos de pago de gas, teléfono y televisión por cable.

"Le he dicho a Mauro: Nunca te cases. Los coitos excesivos te quitarán fuerza y lucidez. La intensidad de la violencia debe ser tu lujuria."

En la pared estaba colgada una lámina con senos. Los cuerpos de las mujeres eran bocarriba, bocabajo, de costado, en decúbito dorsal, ventral, lateral, y sentadas. Todas enseñaban los senos. Había unas nadando, bañándose, amamantando. Los senos eran vistos desde arriba, desde abajo de una escalera, de soslayo, por atrás o a través de una blusa mojada. Los senos eran captados en la penumbra, mientras una adolescente caminaba, una joven bailaba o una vieja dormitaba. Los había alargados, picudos, ajados, marchitos, falsos, enfermos, planos y ocultos debajo de telas y suéteres. Había unos de viuda asomada a una ventana y unos postizos de escolta travesti.

"Ese póster es de Mauro, a mí no me interesan las chiches", dijo El Petróleo.

"Tocar con los ojos senos en la pared no es tocar senos de verdad, es tocar papel."

"Mauro y yo nos turnamos el sofá. Un día él duerme allí; otro día, yo. Hoy fue mi turno, mañana será el suyo. No me molesta, estoy acostumbrado a dormir en el suelo", señaló al sofá cama.

"Es bueno para la espina, pero más para la disciplina", encendió la chimenea, aunque no hacía frío. "Sólo por el placer de las llamas." Oprimió un botón en el aparato de sonido. El *Gloria in excelsis Deo* de *Gloria en D mayor* de Antonio Vivaldi retumbó en en el cuarto. "Me gusta la música clásica. El CD me lo regaló un amigo", con ojos exploradores me examinó. Se sentó, cruzando las piernas. "¿Quiere un tequila marca Loco?"

"Gracias, voy de paseo."

"No hay prisa, quédate", me tuteó. Y comenzó a ponerse unas medias negras, estudiando mi reacción, aunque le costaba trabajo pasarlas por las piernas gruesas. "¿Alguna vez te has puesto medias de mujer?"

"Nunca."

"¿No quieres saber cómo sienten ellas?", me escrutó con ojos vidriosos.

"No." Observé el fuego. Sobre la repisa de la chimenea estaba la llave de la puerta del balcón.

"La Venus de Oro me las regaló. Siéntate."

No me senté.

"Exorciza tus demonios, piensa en algo angelical, poético." Tenía las manos ocultas atrás.

"No hago exámenes de conciencia a pedido", creí que empuñaba un cuchillo.

"Nunca te he dicho que Mauro es un hombre tan limitado que por serlo a veces pesca a delincuentes limitados como él."

"Lo creo."

"Nunca te hablado de la fascinación que Mauro siente por mí. La descubrí hace poco. Como yo soy guapo y él es feo, malsano y carece de presencia social, me admira. Un día que estaba conmigo, me dijo: 'Peter, cuando te conocí tenías cara de amapola. Anhelaba ser como tú. En compañía de gringas quería presumirte'." El Petróleo se llevó a la boca un cigarrillo que no prendió. Se rascó la espalda desnuda: "Mauro fuma Tigres, una marca de cigarrillos que ya no se fabrica. Se robó un cargamento de un tráiler."

Permanecí callado, mirando por la ventana. Él, detrás de mí, continuó.

"En una época de su vida, Mauro tuvo problemas de masturbación. Pero cuando hablamos de eso, a Mauro le da mucha risa porque conoció a un escritor que se masturbaba tanto que hasta perdía el sentido."

"Interesante."

"Un día se puso furioso porque, queriendo impresionar a una muchacha, descubrí que se había robado unos versos de Dylan Thomas publicados en una revista:

Casi en la víspera incendiaria de varias muertes próximas, cuando uno al menos de tus más queridos y conocidos de siempre, tenga que dejar los leones y los fuegos de su respiro alado en la herida sin fin del polígamo Londres."

"No sabía que conocía a Dylan Thomas."
"Leí poesía en el seminario."
"No sabía que quería ser cura."
"No yo, mi madre."
"Bueno, nos vemos."
"No puede irse."
"¿Quién me lo prohíbe?"
"Yo."
"¿Desde cuándo?"
"Desde ahora. Siéntate, exorciza tus demonios", él se acercó a mí con las manos atrás, las medias puestas, los ojos enrojecidos. Desnudo bajo la bata.

Gloria in excelsis Deo

La música de Vivaldi sonó a todo volumen. El fuego ardía. Los leños chisporroteaban, retorcidos caían uno sobre otro. Se oyó el timbre de la calle. El Petróleo no reaccionó.

"Alguien llama", dije.

"Que se vaya."

Cogí en la repisa la llave de la puerta del balcón. Me asomé.

"¿Está Peter?", preguntó Mauro desde abajo.

"Dile que no estoy", exigió El Petróleo.

"Me vio."

"No me importa, que se largue."

"Voy a bajar", traté de abrir la puerta de salida, pero estaba cerrada. "Quiero la llave."

El Petróleo no se dio por entendido, subió el volumen de *Gloria*. Me miró con ojos agresivos, las manos atrás.

"Necesito la llave", tuve miedo de recibir una cuchillada.

"Mauro es pesado como un hígado, que se largue."

"La llave."

"Estoy loco por ti", la dejó caer en mi mano.

Bajé las escaleras.

"¿Está Peter?", Mauro salió a mi encuentro.

"Lo espera arriba."

"¿No sube conmigo?"

"Daré un paseo."

"No vaya solo, es peligroso", en el bolsillo derecho del saco gris rata Mauro agitó monedas sueltas.

"El peligro está en otra parte", le dije.

El Petróleo miró hacia abajo desde el balcón, como si se recargara en el vacío.

53. Tercera amenaza

Ese domingo 16 de agosto estaba escribiendo cuando a las 00 horas sonó el teléfono. Temeroso de contestar, dejé actuar a la máquina contestadora. Entonces una mujer, que pretendía estar drogada o borracha, dejó una amenaza de muerte.

> *Te vas a arrepentir, hijo de puta.*
> *Tus hijas son unas putas.*
> *¿No lo sabías? ¿Lo quieres comprobar?*
> *Las puedes encontrar en el metro Talismán.*
> *¿Y tú? Tú vas a morirte muy pronto.*
> *Hasta pronto.*

Por el identificador de llamadas supe que la llamada telefónica se había hecho desde el Hotel Acuario, Calle Poniente 112 Número 100, Colonia Panamericana.

Al día siguiente el general Pedro Huerta me entregó la lista de las personas registradas en dicho hotel: María de la Luz García, Mery López, Beatriz Salgado, Luis Prado, Víctor Reyes, Brígida Nogueiras, Manuel Ojeda, Juan Hernández, Armando Ruiz, José Luis Morales, Enriqueta Cruz y Susana Jumeli, Pepe Islas, Ángel Pérez y Ricardo Reyes Ruiz. Este último, que había llegado al hotel el 11 de julio acompañado de Guadalupe Guadarrama, una semana después trajo a su cuarto a otra mujer. Aunque más joven y bastante diferente de facciones, la había registrado con el nombre de la anterior. Una pareja de lesbianas, Consuelo y Manuela, y dos profesores de la Universidad Autónoma de Puebla, que andaban de escapada ese fin de semana, también estaban anotados.

"Aunque la mujer pretendía estar borracha o drogada, el mensaje fue escrito por profesionales de la intimidación", le dije al general.

"El error deliberado es que se mencione a sus hijas, cuando se sabe que ellas residen en el extranjero y ni siquiera tendrán idea dónde se halla el metro Talismán", replicó él.

"Aparte de los insultos, la primera y las últimas líneas son preocupantes, pues en ellas se expresa la agresión. Después de oír repetidamente el mensaje, estoy seguro de que la mujer no estaba borracha y de que las palabras fueron bien escogidas. Los principales sospechosos son los guaruras. Ellos son los únicos que estaban enterados de la posible visita de mis hijas a México. Ellos, y nadie más."

"¿Cómo iban ellos a saberlo, si desde hace una semana no acuden a su casa ni se aparecen en el domicilio de seguridad?"

"Cuando me comuniqué al Cisen preguntando por ellos, si habían sido comisionados en otro asunto o qué, una secretaria me dijo que allí no conocían ni a Mauro Mendoza ni a Peter Peralta. Así que mientras son peras o son perones, he cancelado el viaje a México de las hijas."

54. El Águila Arpía

"Vamos de cacería", Alberto Ruiz recargó contra la puerta del Escort la escopeta. Había convocado a los policías, los cuales cuarenta minutos después habían llegado con metralletas y Beretta en dos carros. Listos los cuerpos policiacos en la calle, descendimos de las oficinas y abordamos el Escort. El Topo iba al volante.

"¿A quién vamos a cazar?", saqué mi cuaderno de notas.

"Al Águila Arpía. Esa ave que en la mitología griega tiene garras afiladas, rostro de mujer y cuerpo de gallinazo, pero aquí es una secuestradora."

"¿A Manuela Montoya?"

"A la misma."

"¿Regresaremos al *Salón Malinche*?"

"No." Ruiz me tendió un álbum con fotos. "Lo llevo conmigo en caso de que tenga rápidamente que identificar a ese monstruo."

Mientras atravesábamos La Merced, cuyas inmediaciones estaban infestadas por prostitutas en minifaldas color rojo, botas negras de plástico y bolsos de mano, las cuales, en pasarela alucinante, eran acosadas por los clientes como en una plaza de toros, me puse a ojear las fotos tomadas clandestinamente a esa mujer cuya indumentaria cambiaba según la circunstancia y el lugar.

"En la primera imagen, captada en el *Salón Malinche*, se le ve de espaldas con un muchacho, a quien después condujo a un hotel de paso. Su cadáver, desorejado y acuchillado, apareció el domingo en una carretera. En la segunda, la sorprendemos observando la calle desde la azotea de una casa de seguridad en Lomas de Padierna. En la tercera se le ve entrando al *Hotel Acuario*, su trampa favorita, con un joven baboso al que, mientras ella le hacía el amor, Miguel le cayó encima."

"Infiero que Manuela es la pieza clave para atrapar a la banda."

"Es menos inteligente que su hermano, pero más peligrosa. Como también es una torturadora, le dicen Águila Arpía."

"¿Puedo ver su perfil?"

Manuela, tercera hija de la familia Montoya López, tiene 35 años de edad. En 1990, ella y su hermano Miguel recibieron un auto de formal prisión por robo de autos en Ciudad Moctezuma. Declarada culpable, a los cinco meses salió de la cárcel. Desde entonces, ambos hermanos se dedican al secuestro. Manuela planea los plagios, sirviendo de señuelo, y funge como carcelera de los secuestrados. Se le vincula con los homicidios del empresario Plutarco Pérez, que tuvo lugar el 7 de diciembre de 1995 y apareció muerto en un centro deportivo, a pesar de que sus familiares pagaron el rescate. Los policías que asistían a la familia en las negociaciones se quedaron con el dinero. Además, se cree que estuvo involucrada en el secuestro de Francisco Navarrete, un comerciante en vinos y licores de origen asturiano. Manuela Montoya ordenó a los sicarios El 666 y El Tecolote asesinarlo. Así que de niña alegre, ya adulta se convirtió en cruel secuestradora y lugarteniente de su hermano. Aunque siempre ha ido a la zaga de Miguel, en los últimos años se ha vuelto su mano derecha: Ella es la única persona a quien él confía el cobro de un rescate sin miedo a que lo trancen, y a quien él deja que administre sus negocios. Menos consumida por la heroína que su hermano, puede un día encabezar la banda, ya que se mueve con relativa impunidad en la Ciudad de México, gracias a la protección que le otorgan mandos policiacos. Manuela y Miguel no acostumbran reunirse durante las operaciones de plagio. Cada quien actúa por su lado y sólo se encuentran en alguna casa de seguridad o en las fiestas de celebración de los rescates.

"¿Cómo supieron dónde está Manuela?", pregunté, rodeados por vendedores ambulantes y carros en doble fila.

"La vimos salir del *Hotel Acuario* después de llevar a un oso baboso al panal de su sexo. La rastreamos tanto por sus propiedades como por su licencia de manejo. En las buenas y en las malas, dos cómplices están siempre al lado de Montoya: Rosario, su amante, y su hermana Manuela."

"¿Investigan a la amante?"

"Es la encargada de invertir el dinero de los rescates. Rosario Vargas estaba en la primaria cuando

Miguel comenzaba su vida criminal. En la Escuela Ramón López Velarde fue una estudiante regular. Cuando cursaba el tercer grado, en 1985, obtuvo 10 en Educación Artística, Deportes y Educación Tecnológica. Su hermano Vicente, preso ahora en Almoloya y uno de los principales lugartenientes de Montoya, la implicó al integrarse a la banda de robacoches, pues el futuro secuestrador venía a su casa para hacer los trámites para legalizar los autos. Allí conoció a Rosario. Se hicieron novios. Miguel estaba casado con Fátima García y tenía tres hijos con ella, pero eso no le impidió el romance. La pareja solía pasear por los aledaños de la estación San Lázaro, hasta que un día Miguel le dijo: 'Vamos a llevarles de comer a mis pajaritos'. Miguel y Rosario tienen un niño. Ignoramos su paradero."

"Supongo que para llegar a Miguel tendrán que arrestar primero a Rosario o a Manuela."

"Hace unos días los integrantes de la banda de El Cortaorejas se pusieron furiosos al descubrir que por cada secuestro Montoya cobraba dos o tres millones de dólares, y no trescientos mil pesos, como les hacía creer. Calcularon las ganancias obtenidas en cada plagio y se dieron cuenta que los había engañado. Decidieron denunciarlo y aportaron datos que nos han servido para localizar a Manuela."

"¿Qué hará con esa información?"

"Hacer este operativo."

La casa de Lomas de Padierna parecía vacía y silenciosa, hasta que los agentes que la vigilaban notaron a tres changos venir con comida para el perro dóberman.

Acercándose los agentes para ver hacia el interior, la reflexión de los vidrios se lo impidió. Por eso fuimos a inspeccionarla.

Al entrar hallamos una planta de luz, cajas con trastos de cocina y muebles apilados en los pasillos. Todo listo para una mudanza. En la cochera estaban tres motocicletas Honda. El Topo recogió en una habitación carrujos de mariguana, documentos de cuentas bancarias a nombre de Manuela Montoya y una licencia de manejo sellada, sin fotografía, firmada con el nombre de Rosario Vargas. Pósters de águilas arpías adornaban las paredes.

Salimos de la casa al mediodía, en el momento justo en que Manuela se aproximaba en un taxi. La acompañaban El 666 y El Tecolote. Se bajaron y se metieron a la casa, donde se quedaron hasta la una. A esa hora se abrió la cochera y salió una camioneta van blanca con los tres.

Manuela se dio cuenta que era seguida por dos autos y escapó a toda velocidad. Perdió el control y se estrelló contra un microbús estacionado en sentido contrario. Manuela, El Tecolote y El 666 salieron del vehículo disparando contra nosotros. El Escort recibió diez impactos de bala, sin lograr herirnos.

Entre ráfagas de metralletas, me tendí en el piso del Escort. Los casquillos rebotaban dentro. Ruiz y los policías salieron para perseguirlos a pie. Mientras un policía les disparaba, se le encasquilló la pistola.

Ruiz se reía al dispararle a Manuela con su AK-47. Sus dientes castañeteando de emoción. Cuando le dio dos balazos en las piernas detuvo su fuga. Parecía una calavera de Posada echando relajo. Estaba a punto de darle el tiro de gracia, pero algo lo hizo cambiar de idea.

Un contingente de la Unidad Contra el Crimen Organizado, que venía en una camioneta, se sumó a la balacera. Cuando El 666 y El Tecolote cayeron abatidos, Ruiz se acercó a rematarlos. Quería asegurarse de su muerte. Por eso les dio tres balazos en la sien. A cada impacto ellos se sacudieron, como si se murieran de nuevo.

"De ver dan ganas", chilló El Topo, quien a su vez les dio un tiro de gracia a cada uno.

El Águila Arpía, herida de bala en el muslo derecho y en el fémur izquierdo, los pantalones de mezclilla y la blusa negra rojos de sangre, su cabeza sostenida por mí, fue trasladada en el asiento posterior del Escort al hospital más próximo.

"Si me dejas morir, te digo dónde está mi dinero. Te repito, te doy todo mi botín no para que me dejes escapar, sino para que me dejes morir", en el camino, desangrándose, ella le dijo a Ruiz.

"No te voy a dejar ir tan fácilmente. Quedarás coja toda la vida, pero no te mueres."

En la sala de emergencias, un médico la atendió para detenerle la hemorragia. Se le proporcionó oxígeno. Se monitoreó su ritmo cardiaco y luego se le trasladó al Hospital Central Militar para ser vigilada por guardias de la Policía Militar.

Con una bata azul cubriéndole el cuerpo, la blusa negra como almohada y las tetas morenas como lunas desbordadas sobre el pecho, Manuela aún se veía atractiva. En cada brazo tenía tatuada un águila arpía. Atada al camastro, derribada, la mujer que me había violado en la imaginación, y violado a muchos en la realidad, parecía inofensiva, tierna y hasta amable.

A riesgo de ser inapropiado, y hasta obsceno, hubiera querido decirle: "Mi amor está aullando encerrado afuera de tu cuerpo. Quisiera penetrar tus abismos sin alas ni paracaídas que detengan mi caída libre."

Entró en shock por pérdida de sangre.

55. Amazona del mal

Atardecía cuando Alberto Ruiz y yo llegamos al Hospital Central Militar, donde Manuela convalecía. La enfermera estaba observando la calle a través de las tablillas medio cerradas de la persiana. Al vernos entrar salió para fumar.

Yo llevaba bajo el brazo *El Tiempo*, donde El Águila Arpía había aparecido en primera plana. En la foto ella encañonaba a un joven fresa con una pistola. El varón, desorejado, yacía en una cama. Con el pelo suelto sobre los hombros, los labios sebosos y una blusa negra hasta el ombligo, la amazona del mal arrojaba a su víctima una mirada sensualmente despiadada.

Cuando nos vio delante de su cama, ella pretendió estar más inconsciente de lo que en realidad estaba. Algo repuesta de sus heridas, clavaba los ojos en el techo, fascinada por su vacío.

De su muñeca derecha, cubierta de moretones y piquetes, había desaparecido el reloj Cartier que una vez arrebató a una mona luciente. Las largas uñas rojas, que le había cortado la enfermera, estaban en un cenicero.

"¿Qué papel jugaste en el secuestro de Beatriz?", Ruiz se sentó a su lado, con la escopeta en las manos.

"Coordiné los vehículos, serví de enlace para transmitir órdenes."

"Habla más fuerte, ¿qué dijiste?"

"Que mi gente la secuestró, que la entregamos a Miguel, que él es el único que decide a qué casa de seguridad se envía un secuestrado y quién debe cuidarlo."

"¿Tú llevaste a cabo las negociaciones?"

"El rescate y las negociaciones, así como la decisión de matar a un secuestrado, son asuntos de Miguel."

"¿Quién amputa las orejas a los secuestrados?"

"Miguel", gimió, como si el hermano le doliera física y moralmente.

"¿Cómo lo hace?"

"Les amarra los brazos y las piernas, les tapa la boca para que no griten, y les corta las orejas con una navaja o unas tijeras. Con un 'lo siento' mi hermano cumple sus amenazas."

"¿A qué horas les practica su cirugía?"

"De noche, cuando la víctima está cansada o asustada."

"¿Quién le ayuda?"

"El Tecolote y El 666 se encargaban de inmovilizar el cuerpo de la persona. 'Cortar orejas es como pelar naranjas', decía Miguel. El corte circular es rápido. Hecha la operación, El Tecolote y yo colocábamos un paño húmedo sobre la herida de la víctima para contenerle la sangre."

"¿No tienen consideración por la persona a la que le cortan las orejas?"

Manuela miró al techo:

"Es la primera vez que me preguntan eso. No siento ningún remordimiento. Todo es un trabajo. Si los familiares no pagan, pues tenemos que matar al plagiado. Lo de las orejas no es por odio."

"¿Cómo opera la banda?"

"La banda se divide en tres grupos principales: el operativo, el logístico y el de apoyo", como si se le ahogaran las palabras en la garganta por haberlas contenido durante mucho tiempo, El Águila Arpía despepitó: "En la organización Montoya operan treinta personas, pero sólo unos cuantos conocen a todos. La mayoría hace su trabajo sin conocer a los demás."

"¿Quién decide qué persona debe ser secuestrada?"

"Miguel elige a la víctima y la fecha, la hora y el lugar del secuestro. Debajo tenía a dos lugartenientes: a Vicente Vargas y a mí. Cada uno con sus colaboradores."

"Vargas está arrestado."

"Vargas ordenaba a tres hombres. Uno investigaba a la persona secuestrable para conocer el monto de su fortuna, vigilarla y seguirla. Otro obstruía la ruta de la víctima, golpeando el vehículo del secuestrable. Al provocar una discusión, otro llegaba en un auto y realizaba el plagio. La banda utilizaba un taxi. Miguel conducía las negociaciones con los familiares. Exigía una cantidad X. Poco a poco la bajaba, pero sólo él sabía hasta cuánto. Su eficacia se debe a la presión sicológica que ejerce sobre la víctima y sus familiares. Vargas era el brazo derecho de mi hermano. De él dependían los policías judiciales y los procuradores que nos encubrían."

"Tú, ¿qué hacías?"

"Yo era responsable de la logística del plagio. Bajo mis órdenes estaban El 666 y El Tecolote. Los tres cuidábamos a los secuestrados y manteníamos la vigilancia en las casas de seguridad", El Águila Arpía, con su boquita de pico, se puso de costado, dejando al descubierto un pedazo de nalga. Tenía alzada la blusa negra y los calzones negros no alcanzaban a taparle el trasero. El dolor en las piernas la hizo ponerse boca arriba de nuevo. Era difícil pensar que era la misma persona que en las casas de seguridad mantenía a raya a los cautivos.

"Hora de comer", apareció la enfermera con un carrito.

A una seña de Ruiz la mujer salió del cuarto. Me dijo: "No debemos dar tregua al Águila Arpía, tenemos que sacarle la sopa." Acomodó la escopeta sobre las rodillas: "¿Quién le vendía armas a tu hermano?"

"Alfonso Campos, un ex comandante de la Policía Judicial, le vendía las armas y le daba pitazos sobre los operativos que llevaba a cabo la policía para arrestarlo. Más de una vez, a punto de ser atrapado, le facilitó la fuga. Recibían dinero de mi hermano dos jefes de grupos antisecuestros, Artemio Martínez Salvado, en Morelos, y Domingo Tostado, en el D.F."

"Tenemos una foto en la que aparecen los tres juntos."

"Desde que los periódicos publicaron esa fotografía Miguel tuvo que esconderse por miedo a que ellos lo mataran."

"Contamos con una foto de Martínez Salvado detrás de las rejas. Viste uniforme de preso y fuma un cigarro tras otro. En la discoteca Skate's, que era de sus propiedad, descubrimos venta de drogas y cuartos con gente atada de pies y manos."

"La evolución médica de la señora Montoya López, atendida en este Hospital Militar, hará posible su pronto traslado al Penal de Alta Seguridad de Almoloya", entró diciendo el médico Gilberto Gómez.

"Antes que te vayas, cariño, quiero decirte que Miguel se quedó solo", Ruiz escupió las palabras sobre la cara de Manuela. "Los policías judiciales que le ofrecían protección se la retiraron; sus lugartenientes piensan más en los cinco millones de pesos que ofrece por él la PGP que en ayudarle."

En ese momento Temístocles Maldonado, enviado del Almirante RR, trajo información:

"La policía está estudiando si el cuerpo calcinado que se halló la tarde del sábado dentro de un vehículo en la colonia El Mirador podría ser el de Miguel Montoya."

"¿Podría ser Miguel el muerto?", chilló El Águila Arpía.

"Según vecinos, dos sujetos llegaron a El Mirador en dos automóviles. Detonaron uno, con un hombre adentro, de unos treinta años de edad. Tenía un balazo en la cabeza, el tiro de gracia. El problema es que puede tratarse de un juego doble de las autoridades. Algunos comandantes están ansiosos por hacer pasar a Montoya por el muerto, y cerrar el caso, pues si se le encuentra vivo, Montoya podría dañar su reputación."

"Es esencial que Montoya aparezca vivo. Así podremos descubrir a los policías que tienen relación con la banda. Hacer aparecer a un falso Montoya calcinado tiene por fin confundir a la opinión pública", dijo Ruiz.

"Una llamada anónima nos acaba de advertir sobre la presencia de Montoya en el *Hotel Acuario*", dijo Temístocles.

"Vamos para allá", Ruiz abandonó el cuarto del hospital. Temístocles se sentó a su lado, contemplando con expresión lasciva la carne desnuda del Águila Arpía. Mejor dicho, de La Venus de Oro.

56. Las caras de Montoya

"Cayó El Niño, el chaparro, el malvado, el feo niño. El guardaespaldas de Montoya está en nuestro poder", me dijo Ruiz por teléfono. "Venga a verlo, por su aspecto feroz es un banquete para los fotógrafos."

Mientras mi mirada cruzaba la calle en busca de El Petróleo, oculto en el edificio de enfrente, me figuré al hampón semejante a un Cara de Niño, el repulsivo *Stenopelmatus* de los jardines de las casas, de gran cabeza y mandíbulas fuertes.

"El Cara de Niño, a pesar de su apariencia, canta y tamborilea su abdomen con los dedos. Habitualmente nocturno, cuando duerme sobre el pasto lo despierta la lluvia, cuando le llena el hocico de agua", me dije.

"La cita es en la Unidad Habitacional San Juan de Aragón, Calle 535. A cien metros está una caseta de policía. Allá nos vemos", colgó Ruiz.

Mi corazón cambió de ritmo. Tal vez allá podía encontrar a Beatriz. O su cadáver. Eché mano al celular. Lo arrojé al bolsillo de mi saco. Bajé los escalones saltándolos de dos en dos.

"Lo llevo", como si hubiera escuchado la conversación, El Petróleo me esperaba en la calle. "Si pudiera sacarle alas al automóvil, volaríamos sobre el tráfico."

Juntos atravesamos la ciudad. Nos pasamos altos. Nos metimos en sentido contrario. Estuvimos a punto de chocar. Con el celular pegado a la mejilla, él hablaba con alguien, los ojos ocultos detrás de gafas negras.

La casa en San Juan de Aragón era una fortaleza. Tenía un circuito cerrado de televisión. Por una cámara oculta detrás de un tinaco se espiaba el movimiento de la calle. Por otra cámara, se observaba el lado opuesto. Fuertes rejas defendían las ventanas. La puerta tenía cinco chapas. Dos mirillas adentro. Las paredes despintadas medían siete metros de altura, y no fue posible escalarlas. En la azotea estaba el cuarto de servicio, vacío.

"No perdamos tiempo", Alberto Ruiz comandaba a los agentes armados. "Los cabrones chillarán como mariquitas cuando tomemos la casa por asalto y les rompamos la madre."

Ante la presencia de judiciales, policías y Ministerio Público, la gente se juntó. El Topo trató de abrir las chapas con garzúas, pero falló. Echó mano a un taladro y lo logró.

El comando entró a la casa. En una sala se hallaron figuras Lladró. Y un altar con imágenes de la Virgen de Guadalupe y de la Santa Muerte. Y una reproducción de un Niño Jesús llorón, obra del pintor llorón Francisco Goitia. Un sofá y dos sillones estaban forrados de plástico. En el comedor, rodeaban a la mesa ejecutiva veinte sillas con asientos de cuero. En medio de la mesa estaba una botella de brandy Presidente.

"Montoya y sus cómplices huyeron", El Topo recogió del suelo una navaja manchada de sangre.

"Con este tesoro podría retirarme a Isla Mujeres", Ruiz alzó un morral repleto de centenarios de oro.

El Topo forzó con el taladro la chapa de una puerta cerrada por dentro. Lo seguimos por un pasillo sórdido apenas alumbrado por un foco desnudo. En un santiamén estuvimos en la recámara principal. Cinco plagiados estaban sentados en el piso atados de pies y manos a camastros. Vendados de los ojos, al principio no se dieron cuenta de nuestra presencia. Volvieron la cara hacia nosotros con terror. Debajo de un haz luminoso estaba Beatriz. Al quitarle la venda, me miró deslumbrada. Al verla de cerca sentí que había olvidado el color de sus ojos y la forma de su cara. Estaba muy delgada y parecía gato asustado.

Libre de pies y manos, el propietario calvo de una cadena de farmacias, que había sido golpeado en las costillas y las rodillas, se enderezó con esfuerzo. Tan pronto nos miraba con expresión de perro agradecido como fruncía el ceño, sumamente abatido. Dos jóvenes raptados en el *Salón Malinche* mientras departían con Manuela-Venus de Oro nos escudriñaron con ojos cansados, pero felices de vernos. Aluzada por una lámpara de baterías, la directora de una escuela primaria soltó el llanto. El dueño del restaurante *Gourmet Azteca*, mantenido durante cuarenta días en calcetines y calzoncillos, estaba sucio y desencajado.

"Ayer en la noche vino Miguel Montoya a tomarnos pruebas de que estábamos vivos para mandarlas a los familiares", dijo Beatriz.

"Montoya tenía un nuevo *look*: cabello largo, gafas al estilo de John Lennon, barba medio cortada. Lo acompañaba su joven amante", dijo uno de los jóvenes.

"No creo que se haya sometido a cirugía estética, su ego no se lo permite, se cree guapo", dijo el otro joven.

"Está subido de peso, con sombrero tipo campesino y bigote ralo. Anda en un automóvil modesto, pero lleva pistola."

"Difundiremos retratos hablados de su cara", prometió Ruiz.

"Me secuestraron cuando circulaba a las nueve de la noche en mi Chevrolet Malibú. En avenida Chapultepec un automóvil compacto me cerró el paso. Bajaron cuatros tipos armados. Me pasaron al asiento trasero de mi automóvil. Calles adelante, Montoya me subió a otro coche. Al verlo a él supe que se trataba de un secuestro", narró Beatriz.

"En una casa me mantuvieron cuatro días, mientras El Cortaorejas negociaba mi libertad con mi marido", reveló la directora de la escuela primaria. "Las personas que me cuidaban oían radio a todo volumen; gritaban, cortaban cartucho y abrían y cerraban puertas para intimidarme. Al principio pidieron por mí un rescate de diez millones de pesos. Como mi esposo no tenía dinero rebajaron el precio, pero Montoya siempre me amenazaba con matarme si él no pagaba."

"Nos encerraron en una habitación con piso de cemento. Nos daban de comer en un plato de plástico. Nos mantuvieron en ropa interior a la espera de la liberación… o de la cirugía. No había ventanas, sólo un mingitorio", dijo el dueño del restaurante *Gourmet Azteca*. "Corrí con suerte, no me cortaron las orejas con esas horribles tijeras de jardinero."

"Siempre creí que detrás de esas paredes se escondía algo sucio", en la calle nos dijo la vecina Isabel Quirós. "Nunca pensé que fuera una casa del secuestrador más buscado del país."

"Al principio había cuarenta carros de taxi que salían de mañana y regresaban de noche, como cubriendo turnos de ruleteros", contó María Gómez, quien vivía en un departamento con grandes ventanas. "Hasta que me di cuenta que era una casa de seguridad de narcos, porque en las noches llegaban carros último modelo. No saludaban. Eran hombres que no hacían amistad con nadie."

"En la casa jamás hubo un pleito. Excepto en una ocasión cuando amaneció afuera un hombre muerto. Eso fue todo."

"La casa despertó nuestras sospechas desde que fue reconstruida hace año y medio. Antes pertenecía a la señora Gloria, quien después de veinticinco años decidió venderla para regresar a Michoacán, su lugar de origen. Puso un anuncio en el periódico y el nuevo dueño lo primero que hizo fue tumbar la casa y levantar otra, alta y con seguridad, en cosa de treinta días."

"Para no arriesgarlos tendremos que separarlos de nuevo", me dijo El Petróleo. "Yo llevaré a la señora a su casa, y el comandante Alberto Ruiz lo acompañará a su domicilio."

"¿Dónde está Mauro?", le pregunté. "¿Vive o muere?"

Sin contestar, El Petróleo y otros agentes subieron a Beatriz a una camioneta con vidrios polarizados y sin placas, y abandonaron la unidad habitacional.

Ya en el Escort, con la escopeta entre las piernas, Ruiz sacó un sobrecito de un bolsillo interior y se puso a inhalar cocaína.

"Es coca pura de los Andes, ¿quiere probarla?"

"No, gracias", rechacé su ofrecimiento disimulando mi molestia, pues no había podido acostumbrarme a aceptar que la esnifara delante de mí.

Se la pasó a El Topo, mientras yo, por la ventana, empecé a mirar la lluvia que caía a torrentes por las calles sucias de San Juan de Aragón.

57. La muerte de huesudas manos

Aún estaba oscuro cuando la muerte de huesudas manos urdía su trama siniestra contra su colaborador más cercano. A éste se le vio al alba sentado sobre el cadáver de su última víctima. Pero verlo así no importó a las mujeres que vivían con él, pues ese mismo día se fueron a Suburbia. Brassieres, pantaletas, pantimedias Dorian Grey y fajas cayeron en su carrito de compras, y en Sanborns adquirieron cepillos, pasta de dientes, pañales, toallas femeninas, aceites, champús, merthiolate y gasas.

"Quiero entrar a la casa para interrumpir a balazos los perversos actos de amor entre los secuestradores y sus víctimas", dijo El Petróleo.

"Cuidado, Peter, que tú aquí solamente eres un invitado de honor", lo calmó Alberto Ruiz, escopeta en mano.

"¿Ni siquiera me voy a tomar la foto del recuerdo?"

"Sssshhhh", Ruiz comenzó la inspección de la casa en la calle Mar de las Lluvias, en Ciudad Brisas, donde presuntamente se escondía Montoya.

En apariencia la residencia estaba vacía. En los cuartos no había muebles ni camas, pero sí sábanas colgadas como cortinas para impedir que se viera el interior desde fuera. En la habitación principal como un rey del ruido estaba un televisor Sony de 27 pulgadas. A sus pies, entre tarjetas de los juegos Uno y Adivina, estaban regados pantalones, camisas, botas vaqueras y ropa íntima. Alguien había destrozado a patadas la puerta que daba al patio. Alguien había aventado las raquetas sobre la mesa de ping-pong. Alguien había salido calientito de la cama y no había huellas de Montoya.

A la salida, vino a hablar con nosotros Isabel Quirós. Nos dijo que con frecuencia había visto llegar en la noche un auto Volkswagen color azul. Y al amanecer lo había visto partir manejado por un hombre de baja estatura. En la madrugada se observaba movimiento de coches: una vieja Combi blanca y una camioneta van azul marino; un Altima gris, sin placas, con permiso de circulación del Estado de México, estaba allí siempre.

El acontecimiento que a la Quirós le llamó la atención el lunes por la noche fue una discusión que mantuvieron el hombre y la mujer que supuestamente vivían en la casa. El ruido de la pelea llegó hasta la calle. Durante una fiesta animada con música norteña, ella pudo atisbar desde su azotea a hermanos con hermanas, tíos con sobrinas, y primos con primas bailando. Algunos llevaban máscaras de la Santa Muerte. Por miedo a ser descubierta, luego bajó a su recámara, y siguió oyendo sonidos de gente que estrellaba botellas y cristales contra las paredes y el piso. Por los gritos se tenía la impresión de que se estaban peleando.

"Por favor, no diga nada a nadie de nuestra visita a la casa", le pidió Ruiz.

"Pierda cuidado, señor, ahora mismo me meto en mi casa y no salgo hasta mañana."

"¿La última víctima de Montoya fue Raúl Ramírez del Río?", pregunté a Ruiz cuando íbamos rumbo al Periférico.

Él contestó con paciencia, la escopeta sobre las piernas, sin perder de vista la calle llena de limpiadores de vidrios de coches, vendedores de fayuca china, desempleados con la cabeza caída, niños de la calle drogados con thinner y policías de tránsito agazapados en las esquinas a la caza de automovilistas.

"Montoya investigó el apellido de los Ramírez del Río en el directorio telefónico y vio el potencial económico de la familia. Vigiló de cerca a Raúl. Rentó una casa cerca de la suya. Estudió sus movimientos, las rutas que tomaba al trabajo y a la casa. Fijó el secuestro para el martes 4 de agosto. Pero Raúl cambió su rutina y pospuso el plagio. Una semana después lo perpetró en el entronque de la carretera de cuota de Celaya. Intervinieron dos vehículos. El Porsche rojo de Ramírez del Río fue interceptado por una camioneta van azul marino. Montoya estrelló una Combi vieja en la parte trasera del Porsche para impedir su fuga. Raúl forcejeó con sus captores y un cómplice de Montoya, presuntamente Rosario Vargas, le disparó con un arma de nueve milímetros y lo mató. Montoya trasladó el cuerpo en la Combi hasta el municipio de Corregidora. Allá lo enterró debajo de su cama, no sin antes cortarle las orejas con un cuchillo, las que mandaría a la familia en una caja de cereal. La familia dio parte a las autoridades. Mas al enterarse que se trataba de la banda de Montoya, solicitó a la Procuraduría retirarse del caso. Al día siguiente, Montoya sacó el cadáver, lo bañó y lo arregló para tomarle una fotografía con el periódico del día para enviarla a la familia como prueba de vida. En la foto, tomada con una cámara Polaroid, el empresario estaba con los ojos vendados y sin orejas. Mientras negociaba el rescate, la familia colocó localizadores de llamadas y pagó parte de los diez millones de dólares que exigía Montoya. Raúl estaba muerto, pero Montoya pretendía cobrar el total del rescate."

"¿Cómo se enteraron del secuestro?", el Periférico, con tantos autos embotellados, parecía de una inmovilidad alucinante.

"El Gordo, uno de los hombres de Montoya, cometió un grave error. Como era el chofer de la camioneta van azul marino, se perdió en las calles de Querétaro y regresó por la misma avenida donde poco antes se había cometido el secuestro. Un testigo anotó las placas 949HWW del Distrito Federal, y habló a la policía. Pedí a los judiciales del Estado de México que localizaran la camioneta. Y se pasaron doce días en el Periférico viendo pasar miles y miles de autos, día y noche, en busca de la van azul marino. Se armaron dos grupos de vigilancia. 'Después de una semana, ya veíamos camionetas van por todas partes', dijo El Topo. 'Localizar un Volkswagen hubiera sido difícil, pero una camioneta van azul no es común'. Finalmente el lunes diecisiete, como a las cuatro de la tarde, en el Periférico apareció la camioneta en dirección opuesta a los judiciales. Al revisar las placas, El Topo se dio cuenta que eran las mismas de aquella que le había cerrado el paso al Porsche. De inmediato los agentes se dieron vuelta y la siguieron. El conductor de la van los vio y pisó el acelerador. Al darle alcance, el comandante les gritó: '¡Alto! ¡Oríllense!' Cercados por cuatro autos con policías vestidos de civil, El Gordo bajó la velocidad y se detuvo. El Juancho y El Patán, que venían con El Gordo, traían una pistola Taurus nueve milímetros y una escuadra .380, pero no se les dio tiempo de usarlas. Interrogados, El Gordo confesó que había participado en el secuestro de Ramírez del Río; El Patán reveló que había cometido cinco secuestros y por cada uno Montoya le había pagado 150 mil pesos; El Juancho contó que Montoya le hablaba por teléfono tres o cuatro veces al día para ver cómo estaban. El secuestrador, muy desconfiado, quería saber si alguno de sus hombres había sido detenido. Por eso hablaba."

Al llegar al Periférico, abordamos la van. En ella nos alcanzó el teléfono.

"Bueno, ¿cómo estás?", preguntó Montoya.

"Muy bien, Miguel", contestó El Juancho, con una pistola en la cabeza.

"¿Cómo están los muchachos?"

"Muy bien."

"Bueno, te hablo más tarde", colgó el secuestrador.

"Tenemos que esperar la próxima llamada de Montoya", decidió Ruiz.

A las cinco de la tarde, el teléfono sonó.

"Bueno, ¿dónde andan?", preguntó Montoya.

"Estamos en casa", El Juancho tenía la pistola en la nuca.

"Junta más gente, en la noche tenemos un jale, te hablo más tarde."

El teléfono sonó otra vez.

"Bueno, ¿ahí están los tres?", preguntó Montoya.

"Sí, aquí estamos", El Juancho seguía con la pistola en la cabeza.

"Nos vemos en el mismo lugar, entre las seis y media y las siete. Estoy en camino."

"El mismo lugar es afuera de Cinépolis Hollywood. Nos hemos reunido allí en cuatro ocasiones, una de ellas para secuestrar a Ramírez del Río", aclaró El Juancho.

"¿Le puedo pedir un favor?", preguntó El Petróleo a Ruiz.

"He visto a tantos asesinos y secuestradores, ladrones de cuello blanco y violadores de niños que son detenidos y los jueces dejan en libertad, que quiero asegurarme que esta vez se haga justicia, quiero meterle un balazo a Montoya entre ceja y ceja."

"Ah, eso no será posible, Peter, Montoya debe ser capturado vivo", la sonrisa de Ruiz pareció una mueca.

58. Retorno a Mar de las Lluvias

Los últimos aguaceros habían dejado charcos de aguas negras y espejos hediondos en las calles sembradas de baches. Afuera de Cinépolis Hollywood, frente al Toreo de Cuatro Caminos, esperaríamos a Miguel Montoya. La operación había sido planeada por Alberto Ruiz con diez agentes del Estado de México, pero temeroso de que el secuestrador se le escapara, llevó a doscientos cincuenta.

La llamada telefónica de Montoya a El Patán, el miembro de la banda de plagiarios aprehendido el domingo, que tenía cita con Montoya, detonó la operación. Los agentes se escondieron en su camioneta. Mientras Emilio Morgan, lugarteniente de Montoya, arrestado en Naucalpan, revelaba el paradero de Rosario Vargas.

Montoya se comunicó dos veces al celular de El Juancho. Le dio instrucciones para que se reuniera con él para cobrar el rescate de Raúl Ramírez del Río, que estaba muerto, sin decirle dónde.

A las seis de la tarde, en una tercera llamada, le indicó que se fuera para el Toreo de Cuatro Caminos. Ese día Montoya planeaba consumar otro secuestro. Desde días atrás estaba vigilando al empresario Alberto Saabia, dueño de Colchas México, cerca del Toreo de Cuatro Caminos. El Juancho reveló que El Cortaorejas había citado también a El Patán y a El Gordo porque iban a tener "un jale" esa noche. Emilio Morgan, quien se ocupaba en vigilar y localizar víctimas para la banda, desde el arresto de Manuela se había convertido en su brazo derecho y vendría con él. "Ese día íbamos a secuestrar a Saaba", confesó luego Emilio Morgan.

Sin pérdida de tiempo, catorce agentes especiales recibieron la orden de Ruiz de rodear la zona y aguardar la llegada del secuestrador. Un comando de agentes de la Policía Judicial descubrió el Volkswagen sedán azul sin placas en que viajaba Montoya, pero Montoya se dio cuenta del comando alrededor del Toreo de Cuatro Caminos y se siguió de largo.

Alberto Ruiz y sus hombres se trasladaron a Ciudad Brisas. Manuela, El Juancho y El Niño le habían informado que en esa colonia el secuestrador tenía una casa de seguridad. Al llegar, los comandos policiacos tomaron posiciones en las bocacalles y los quicios de las puertas, y esperaron su llegada.

Hacia la medianoche vieron al Volkswagen sedán azul llegar al número 21 de la calle Mar de las Lluvias. En el auto venía un hombre con un sombrero de tela tipo pescador, cabello largo hasta el cuello, barba y bigotes tupidos, pantalón de mezclilla, zapatos tenis, camisa de franela a cuadros, gorra y gabardina. No traía lentes. Lo acompañaba Ernesto, su guardaespaldas.

Al tenerlo en la mira de su ametralladora R-15, Ruiz sintió el impulso de apretar el gatillo y matarlo. Pero debía capturarlo vivo. Lo dejó entrar a la casa. Un inmueble de tres plantas, con fachada blanca y pilares rojos. La reja negra estorbaba la vista hacia el interior. Unos banderines anunciaban que la propiedad estaba en venta. El Topo, con un pasamontañas cubriéndole el rostro y una AK-47, lo siguió adentro.

"¡Estoy dado, no me peguen, no me peguen!", le gritó Montoya cuando se vio encañonado por trece agentes con AK-47 y Uzzis.

El Topo lo desafió:

"Vamos a aventarnos un tiro tú y yo, güey, solitos."

"Yo no sé meter las manos y me vas a madrear", replicó Montoya. Con las mandíbulas temblándole, se dirigió a Ruiz: "Te ofrezco quinientos mil dólares y seis millones de pesos si me dejas escapar."

"Ni de chiste."

Montoya se replegó en un cuarto donde estaba un altar con una figura de la Santa Muerte que tenía la mano izquierda mutilada. Dos veladoras negras ardían. A la Niña Blanca le pedía protección contra amigos y enemigos. Cada noche le rezaba un rosario pidiéndole favores: dinero, amor y suerte en sus "trabajos". Le ofrendaba dos manzanas Golden y dos guayabas podridas.

Abierta la casa de par en par, entramos a un salón con alfombras grises nuevas. Dos muñecas Barbie estaban paradas en el lavabo del baño de visitas.

Montoya cogió un portafolio. Dentro guardaba quinientos mil dólares. En una hielera, seis millones de pesos. Ruiz lo rechazó con un movimiento de la escopeta.

Sobre una cama estaban tres teléfonos celulares y unos binoculares con visión nocturna. Del bolso de mujer que tiró El Topo al suelo salieron miles de pesos, tarjetas para teléfono, agendas y fotografías. Mientras Ruiz y sus hombres sacaban a Montoya de la casa con las manos en alto y a empellones, Rafael el fotógrafo y yo entramos a una cocina pequeña, con una estufa portátil, con comida en la mesa con mantel de plástico: bolsas con arroz y sopa de pasta de letras, costales de frijoles, caldos con moscas ahogadas, sal derramada, lechugas y jitomates, empaques de Big Mac, Coca-Colas, botellas de agua purificada y cartones de leche.

"Entre las ocho y las diez de la noche, oímos discutir a unas personas como en un pleito marital", respondió Isabel Quirós a una pregunta de Alberto Ruiz sobre si había notado movimientos sospechosos en la casa. "Antes que ustedes llegaran escuché el tronido de un vidrio de la puerta trasera de la cocina y el llanto de una mujer angustiada."

"Pensé que la casa seguía deshabitada, pues nunca quitaron los banderines de venta", dijo la vecina Fernanda Gómez. "Solamente se veía a una rubia de unos treinta años que llegaba en un Volkswagen sedán azul, aunque una vez vino con un hombre con sombrero y barba, que se parecía a las fotos de El Cortaorejas en la televisión."

"¿Puedo regresar otro día para ver la casa?", pregunté.

"La casa está sin llave. Es libre de entrar y de salir cuando quiera."

59. Soy Miguel Montoya

"Soy Miguel Montoya", de pie, custodiado por policías, se identificó a sí mismo El Cortaorejas. Sin barba y sin bigote, con el cabello corto, bajo de estatura, delgado, con un ojo rojo por una infección, portaba el uniforme color caqui reglamentario del reclusorio federal. Después de su detención había sido llevado en avión a Querétaro para desenterrar a su última víctima. Regresado en un helicóptero al hangar de la PGP, fue presentado a los medios. Interrogado incesantemente por los agentes antisecuestros, Montoya sólo atinaba a responder: "Ni modo, fue un mal día."

El procurador Pedro Bustamente, sentado a la mesa de prensa junto a Alberto Ruiz, jefe Antisecuestros, y Temístocles Maldonado en representación del Almirante RR, declaró:

"Después de nueve meses de perseguirlo, ayer, lunes 17 de agosto de 1998, en la madrugada fue capturado Miguel Montoya, cabeza de la banda de secuestradores que mutilaba a sus víctimas para presionar la entrega de rescates. A pesar de la barba crecida y la larga melena con que el delincuente pretendía burlar a la policía, se le detuvo en un operativo el mismo día en que había asesinado y enterrado, no sin antes cortarle las orejas, al empresario Raúl Ramírez del Río."

Dijo Temístocles Maldonado:

"El jefe Antisecuestros Alberto Ruiz conocía mejor que nadie a Miguel Montoya. Ruiz vio la primera oreja mutilada por Montoya en la discoteca *Skates*. Ruiz fue el primero en platicar con el secuestrador. Y, siguiéndolo durante dos años sin resultados, fue acusado de darle protección."

"El error de Montoya fue llamar a los familiares de Raúl Ramírez del Río para pedirles el pago del rescate, aunque ya lo tenía enterrado en su casa. No sólo eso, para engañarlos maquilló al cadáver y le tomó fotografías", reveló Ruiz.

Bustamante añadió: "Con Miguel Montoya y Rosario Vargas, en el operativo fueron capturadas otras dieciséis personas, nueve adultos, seis menores de edad y un bebé de meses, hijo del jefe de la banda y de su amante.

El enviado del Almirante RR divagó:

"Ferviente devoto de la Santa Muerte, Montoya fue hijo de la señora Pobreza y del señor Resentimiento Social. En Ciudad Moctezuma comenzó su carrera delictiva como ladrón de coches y en Ciudad Moctezuma se volvió secuestrador."

Ruiz afirmó:

"Los rescates le reportaron una ganancia de 160 millones de pesos, los que dividió equitativamente en dos partes: una para compartir con la banda y otra para pagar la protección de comandantes y jefes policiacos."

Deslumbrado por los flashazos de los fotógrafos y las luces de las cámaras de la televisión, rodeado por micrófonos y grabadoras, el secuestrador manifestó:

"Cortar orejas era como cortar pantalones. Si tuviera una pistola, los mato a todos ustedes. ¿Protección policiaca? Ninguna, nunca recibí." Montoya fijó la mirada en los agentes que lo custodiaban. "Merezco la pena de muerte. ¿Perdón? No. A mis víctimas no les pido perdón. El perdón se lo pido a Dios, que para eso está."

"¿Te consideras valiente?", lo increpó Maldonado.

"Ni cobarde, ni valiente. Centrado. Si eso es ser inteligente, pues sí."

"Los policías dicen que en el momento en que te agarraron comenzaste a gritar: 'No me peguen, no me peguen, estoy dado'."

"¿Eso dicen? No es cierto, es mentira... Ellos traían ametralladoras. Yo no podía hacer nada. Si hubiera tenido un arma, me mato. Fui capturado por pendejo. Les aconsejo a los demás secuestradores que si tienen el valor y el dinero suficientes, se retiren del negocio. Pero yo, de estar libre, lo volvería a hacer."

"¿No estás arrepentido?"

"¿Arrepentido? No estoy. Si pudiera regresar todo atrás, empezaría de nuevo."

Mirado con enojo por Temístocles Maldonado, Montoya agachó la cabeza, metió temeroso las manos pequeñas en los bolsillos del pantalón de mezclilla.

"¿Adónde te escondías?", le preguntó Bustamente.

"En Ciudad Moctezuma. También en Cuernavaca. En Tijuana nunca estuve. Hace tres o cuatro días Morgan compró para mí una casa en Querétaro, con una credencial falsa."

"¿Dónde vivías antes?"

"En la calle Mario número 87, en casa de mi suegra."

"¿Fecha de nacimiento?"

"Nací en Santa Rosa, Morelos, el 22 de julio de 1958. Mi padre es don Rosalío Montoya Gómez. Mi mamá, Julieta López Lóbrego. Hermanos tengo tres: Juan, Manuela (que sí ha hecho cosas conmigo) y Ramón."

"Sobre Rosario Vargas, tu amante, ¿qué me dices?"

"No sé quién me delató, si fue ella o uno de sus familiares. A esa mujer la conocí hará, qué diré, tres años. Hay otra mujer, Fernanda, que tiene una niña mía. Nunca la vi."

"¿Qué mensaje mandas a tus familiares?"

"Siempre les dije que se fueran de mi lado, porque algún día iba a suceder esto, y yo no quería que estuvieran conmigo. Les dije: 'Miren, agarren dinero, compren una casa, váyanse a donde yo no sepa porque el día que me pase algo junto con ustedes, los van a culpar'. Porque la policía ya empezaba a manejar que mi familia participaba. Lo decía para meterme presión, ¿no? Porque ellos fabrican delincuentes. Lo entiendo como policía que fui."

"¿Sobre tu hijo?"

"Doy la vida por él. A mi nuera, a mi nieto y hasta a la perrita que traen por ahí, los quiero mucho."

"¿A qué le tienes miedo?"

"A la cárcel y a la pobreza. A la muerte, no."

"¿Fuiste policía?"

"Cuando fui policía, presencié las golpizas que le dan a la gente. O sea que hacen lo mismo que yo, agarran a alguien de la familia y la torturan. Cuando te tienen vendado y amarrado, te quieres morir."

"¿Quién te protegía?"

"Gobernadores, procuradores, autoridades policiacas."

"Martínez Salvado, Domingo Tostado y empleados de bancos y de Hacienda te daban información."

"Los tenía comprados."

"¿Cuántos secuestros cometiste?"

"Unos veinte, pienso yo."

"¿A qué personajes recuerdas?"

"Mmm. Uno que vendía vinos, un gasolinero, una de la tienda *La Española*, una muchacha, un empresario… Con las familias hacía el negocio. Dicen por allí que yo no les daba de comer, pero ellos no querían probar bocado. Es como cuando te tiene la policía y tú eres el preso, pues no te da hambre; así ellos, no querían comer nada. Tampoco los trataba mal. Nunca los golpeé, es mentira."

"Les cortabas las orejas."

"Eso sí."

"¿Por qué?"

"Porque sus familiares, a pesar de tener tanto dinero, no me lo querían dar. Fue como les dije: 'Dios los va a castigar a ustedes por aravos… a… ¿cómo se dice? Por cuidar su dinero, por no quererlo dar por un familiar y a mí por ¿cómo se llama cuando quieres mucho al dinero? Avaricioso, ¿no?"

"¿Avaros?"

"Ellos por aravos y yo por avaricioso. Les dije: A los dos nos va a castigar Dios. Es más, al último, quién sabe Dios a quién juzgue, si a alguien que no quiere dar el dinero, o a alguien que convenció la policía para que no lo diera."

"¿Dios no juzgará a quien cortaba orejas?"

"Pienso que me voy al infierno, ¿no? Y al familiar que no quiso dar el dinero, ¿cómo juzgas tú a esa persona? Usted no daría por un hijo suyo una cantidad que sabe que no lo estará dejando en la calle."

"¿Qué darías por un hijo detenido?"

"La vida, pero la cárcel no. Las personas que tienen a mi familia hacen lo mismo que yo, nada más que con credenciales. Secuestran también. Yo secuestro por dinero, meto presión para que me den dinero. Ellos me meten presión para que confiese. Agarro a alguien inocente. Ellos están agarrando a alguien inocente. Estamos iguales, nada más que pues ellos son el gobierno, quién los puede culpar. Al revés, los alaban, ellos están en lo justo."

"¿Por qué cortabas orejas?"

"Ya lo dije, lo hacía porque los familiares de los secuestrados, a pesar de tener tanto dinero, no me lo querían dar. Lo que más me dolió fue tener que cortarle las orejas a una muchacha muy valiente. Pero cortar orejas para mí era como cortar pan, como cortar pantalones."

"Si estuvieras libre, ¿volverías a secuestrar?"

"Aunque tuviera cien millones de dólares lo volvería a hacer. Secuestrar era para mí como una droga, como un vicio. Era la excitación de saber que te la estás jugando, que te pueden matar."

"Quisiera hacer una pregunta al preguntador", interrumpió Guillermina Durán. "¿No sintió Ruiz tentación de recibir el dinero que Montoya le ofrecía en el momento de su captura?"

"Ni loco echaría a perder un éxito policiaco por cientos de miles de dólares o millones de pesos."

"El secuestrador Miguel Montoya López será recluido en el Penal de Alta Seguridad de Almoloya, donde le espera una posible condena superior a los doscientos años", anunció Temístocles.

"Lo felicito, pero no lo envidio", Bustamante le dijo a Ruiz, enigmáticamente.

Después de cuatro días de rendir declaraciones ministeriales, Montoya atravesó por última vez en su vida libremente las calles de la ciudad. Conducido a bordo de una camioneta Suburban gris, placas 175JDM, en compañía de su amante Rosario Vargas y de Emilio Morgan, el plagiario vestía un pantalón de mezclilla y una camisa color azul marino. Sujetaba en las manos esposadas una bolsa de plástico con sus posesiones: una camisa de franela a cuadros, una fotografía y una torta a medio comer.

El convoy que lo trasladó al penal consistía en un auto Lincoln gris, al frente, y en una camioneta Pick Up blanca, con seis elementos de la Policía Judicial armados. El trámite de ingreso de los detenidos al reclusorio duró tres horas.

60. El Triunfo

El domingo en la mañana elementos de diferentes corporaciones policiacas antisecuestros y algunos señores de la prensa nos fuimos a la hacienda *El Triunfo*, situada en el kilómetro 20 de la vieja carretera a Cuernavaca. En la Procuraduría del Estado de Morelos se había recibido una llamada anónima notificando el hallazgo de un cuerpo.

El sábado en la tarde, el jefe del Grupo Antisecuestros Alberto Ruiz había sido víctima de un "levantón" en un conocido centro comercial del sur de la Ciudad de México. Un grupo armado, vistiendo ropas con insignias de la Agencia Federal de Investigación, se lo había llevado a la fuerza mientras caminaba por un pasillo en compañía de su mujer y de sus dos hijos menores. Uno de los plagiarios medía dos metros de estatura y llevaba ocho tatuajes visibles.

Lo sospechoso del caso era que poco antes del "levantón" los tres escoltas que acompañaban a Ruiz habían desaparecido, sin que hasta el momento se supiera de su paradero. De manera que el hombre tatuado y sus cómplices no tuvieron problema alguno en llevarse a Ruiz. Además, como la persecución de los plagiarios fue tardía y las patrullas llegaron al centro comercial tres horas después, no existía más indicio de los delincuentes que la descripción que hizo una testigo presencial, quien, por miedo a represalias, se negó a dar su nombre.

"¿Por qué debemos inspeccionar la hacienda del gobernador de Morelos?", pregunté a Temístocles Maldonado.

"Nos dieron un pitazo anónimo de que en alguna parte de esta hacienda podría encontrarse el secuestrado", dijo el enviado del Almirante RR, tan gordo que al andar resoplaba.

Lorenzo era nuestro guía por *El Triunfo* en ausencia de su propietario, el rico y poderoso gobernador de Morelos, un amigo íntimo del Almirante RR.

"No sé si alguno de ustedes frecuenta al señor gobernador, pero si un día es invitado a visitar el *Princesa Margarita* conocerá el yate más lujoso del mundo", con una vara de membrillo el viejo cuidador apuntó a la maqueta del yate, representado con helicóptero, salones con lámparas de cristal y cocinas con chefs asiáticos y europeos.

"¿Es cierto?", resopló Temístocles.

Sin responder, el viejo cuidador nos llevó a la cancha de tiro al pichón y al helipuerto. Nos hizo bordear el lago artificial y las piscinas, tanto la familiar como la olímpica, y abrió las puertas de las cocheras, una con carros antiguos y otra con modelos del año, que se encontraban a un costado de la finca estilo narcobarroco.

Temístocles se asombró ante la diversidad de animales en el zoológico del gobernador: tigres de Bengala, rinocerontes, elefantes, jirafas, leones, antílopes, chimpancés, gorilas, quetzales, cacatúas, guacamayas, loros y águilas arpías.

"¿Estas señoras le recuerdan a alguien?", me preguntó el enviado del Almirante RR, indicando la jaula con los monos aulladores, los coatíes y los perezcsos que les servían de alimento. "¿Sabía que las águilas arpías les rompen el cráneo de un solo picotazo? Mas la supremacía de estas depredadoras es falaz: otro depredador las caza a ellas y a sus polluelos: el gobernador de Morelos."

"Aquí está una cerda madre acostada en el cieno, de sus tetas maman cuatro cochinillos", informó el viejo cuidador cuando pasamos por una zahúrda.

"¿Cómo hizo su dinero el gobernador?", pregunté.

"Negocios, negocios, siempre negocios."

"¿Con el gobierno?"

El cuidador de cara colorada me miró desdeñoso. Temístocles explicó:

"El señor tuvo suerte de ser amigo de dos presidentes y de docenas de ministros."

"Aquí está el compartimiento de los caballos de raza", Lorenzo avanzó hacia la caballeriza. Siete equinos sacaban la cabeza por entre los barrotes. "Como se comieron la avena y el heno, dejaron la tierra apisonada donde estaba su cama. Las puertas, resguardadas de las corrientes frías, están orientadas hacia donde sale el sol. El amplio interior permite a las yeguas moverse sin peligro de lastimarse el cuerpo, a pesar de que hay tablas con herrajes, clavos, alambres y remaches, y de una de ellas cuelga una llanta de camión."

"Miren", Temístocles Maldonado dirigió la mano hacia el lugar donde estaba un percherón negro de frente ancha y cuadrada, ojos vivaces y orejas en movimiento. "El animal no importa, lo que importa es el hombre con el pantalón hasta las rodillas y los genitales expuestos que está tendido boca arriba entre los duros cascos azulinos."

"Pero si es Alberto Ruiz. Tiene los brazos atados a las patas del percherón", exclamé.

"Presenta heridas de armas punzocortantes e impactos de bala. Las orejas y las falanges de los dedos meñiques le fueron cortadas. Aprieta en la mano derecha un geranio rojo. Quizás para soportar el dolor que la causó la cercenación de los cartílagos. En el pecho alguien le trazó con plumón rojo: *Por los amigos presos*. Firma: *El Señor de los Murciélagos*."

"¿Quién es El Señor de los Murciélagos?", pregunté.

"Varios secuestradores se atribuyen ese nombre. Nos moriremos sin saber quién es."

"Apenas hace unos días lo acompañé a Tepito para ponerle velas negras a la Santa Muerte", dijo El Topo. "Una para que lo protegiera de los secuestradores y otra para que lo librara de las traiciones de sus colegas."

"Seguro que le tenía más miedo a los últimos que a los primeros", rió Temístocles. "Pero tengo hambre y el acto de llenarse el buche es sagrado."

"Eh, eh, observen eso", El Topo anduvo hasta el fondo de la caballeriza, donde atravesados en una argolla estaban unos zapatos negros y unos calcetines rojos de sangre. "Son de Ruiz."

"Me impresiona que los asesinos le hayan golpeado los ojos con una barra de hierro como si hubieran tratado de matar su imagen en ellos. Mas, a pesar de los golpes que le asestaron, no pudieron matarla, y Ruiz se fue al otro mundo con ella", dije.

"¿Sabe cómo llegó el cadáver a las caballerizas?", le preguntó El Topo a Lorenzo.

"Ni idea", el viejo cuidador miró hacia el campo donde pastaban una yegua y su potro. En la corraleta, un semental solitario se aburría.

"Comenzaron las ejecuciones: Sandrini y Los Chimales se pelean el poder del plagio", Temístocles se llevó a la boca puñados de cacahuates. "No quiero sonar cruel, pero las peleas entre las bandas de secuestradores se parecen a las de las mafias de comerciantes ambulantes que se disputan el mercado de los discos piratas."

61. El poder del plagio

GRACIAS A ALBERTO RUIZ
LA SOCIEDAD RECOBRÓ UNA CHISPA
DE LA JUSTICIA DIVINA ROBADA
A LOS HOMBRES
POR CRIMINALES ABYECTOS

Eso decía la lápida que honraba al jefe del Grupo Antisecuestros. Pero yo no me encontraba a gusto en medio de ese cortejo fúnebre compuesto por el obeso procurador Pedro Bustamante, el capitán Domingo Tostado y el Almirante RR, entrevisto sólo adelante de todos vistiendo traje negro, porque se cubría la cara con anchas gafas negras y no se dejaba ver de frente. Lo raro fue que agazapados entre los árboles aparecieron El Ganso, El Barracuda y, si no me equivocaba, El Petróleo. Con los funcionarios andaban algunos jefes policiacos sospechosos de haber encubierto al secuestrador detenido. Todos ellos, seguramente, habían traicionado a Ruiz hasta el final. Ahora, con ropas de luto o portando uniformes de sus corporaciones, acompañaban a la viuda y a los hijos llorando lágrimas de cocodrilo. Nada menos, el gobernador del estado de Morelos, que allí estaba, era el propietario de la hacienda *El Triunfo*, en cuyas caballerizas se había descubierto su cadáver. ¿Por qué en ese lugar? Nadie daba explicaciones y nadie las pedía. Por fortuna, la hipócrita ceremonia fue breve.

El cuerpo del agente asesinado había llegado en una carroza negra acompañado por motociclistas y patrullas. Comandantes y elementos de la PGP, y compañeros de Ruiz con sus trajes gris rata y el rostro oculto por pasamontañas (escondiendo su identidad por haberlo asistido en la captura de Montoya), hicieron guardia parados junto al féretro. Tres arreglos con flores blancas habían sido enviados por un donante anónimo del Salón Malinche.

Después de montar una guardia de honor en memoria del jefe del Grupo Antisecuestros, el gobernador expresó sus condolencias a la viuda. Pero al ser interrogado por los medios, el político declinó dar declaraciones, destacando que no había la más mínima sospecha de que la ejecución fuese un ataque personal, ya que se trataba más bien de una confusión lamentable.

Cuando bajaron el féretro a la sepultura, la viuda emitió una especie de chillido animal. Los compañeros del agente caído, cuando se pasó lista a su nombre, con las armas en la mano, gritaron "Presente".

"Está a punto de iniciarse una guerra entre las bandas por el poder del plagio", me había dicho Ruiz la última vez que lo vi. "Tras la captura de Miguel Montoya, el secuestrador más peligroso es Carlos Sandrini."

"Es el alma de Alberto que se aleja montada a caballo", me sopló a la oreja Temístocles Maldonado cuando a bordo de la camioneta negra que nos sacaba del cementerio percibí entre las tumbas a un jinete solitario vestido de negro.

"¿Cree que es él?", pregunté, incrédulo.

"Joder. Se desvaneció."

"Ya subieron el caballo a una furgoneta, lo regresan a la hacienda", dije. "Más que el alma de Ruiz a mí me parece que el jinete es el viejo Lorenzo."

"¿Por qué el gobernador lo habrá mandado con una cuerno de chivo al entierro?", El Topo, vestido de civil, nos servía de chofer.

"En la dinastía de los secuestradores más despiadados del país, el trono sangriento que una vez ocupó Montoya lo ocupará Sandrini. Al quedar desmantelada la banda de El Cortaorejas, la de Sandrini se ha fortalecido. Todas las procuradurías se encuentran en estado de alerta. Sandrini reinará después de Montoya", Temístocles Maldonado miró sombríamente a la furgoneta que avanzaba entre las tumbas.

"¿Qué diferencias hay entre los dos?"

"A diferencia de Montoya, con quien no guarda ninguna relación familiar a pesar del apellido materno López, Sandrini negocia los rescates en dólares. Sus demandas fluctúan entre el millón y los dos millones", Temístocles se llevó dos, tres, cuatro puñados de cacahuates a la boca, que sacó de una bolsa de plástico. "En las operaciones Montoya era frío y calculador, y no se exponía. Sandrini, en cambio, actúa en centros comerciales abarrotados de gente, sin que le importe que en un tiroteo haya muertos incidentales. Exige que los rescates se paguen en sitios populosos. Mientras sus pistoleros recogen el dinero, él encañona la cabeza de la víctima."

"¿Sabemos cómo es Sandrini?"

"De 43 años de edad, mide más de 1.80 de estatura, tiene ojos rasgados, bigote poblado y usa la camiseta sin camisa. En una fotografía tomada hace años en una casa de seguridad aparece con una ametralladora AK-47 en la mano derecha y una granada en la izquierda. Comanda entre treinta y cuarenta hombres. Sus lugartenientes son El Güero, El Roque y El Nene. Sus hermanas gemelas Rosa María y María Rosa Sandrini también participan en los plagios. A diferencia de Montoya, cuyo rostro fue difundido ampliamente por los medios, Sandrini es difícil de ubicar. Los datos con que contamos son muchos pero insuficientes: El 15 de marzo de 1982 fue acusado de asalto a banco, homicidio, robo, asociación delictuosa y portación de arma prohibida; el 26 de junio de 1986 se fugó de prisión; el 2 de octubre de 1992 fue encarcelado por homicidio, asociación delictuosa y portación de arma de fuego, pero también escapó. Diez años después de su primera detención cayó otra vez en manos de la justicia por los delitos de asociación delictuosa, asalto y evasión. Reportes policiacos indican que en algún momento de sus carreras Montoya y Sandrini trabajaron juntos para El Marino, un desertor del Ejército Mexicano que en los ochentas reunió en su banda a los hombres más violentos del país. Sandrini y Montoya fueron discípulos aplicados, hasta que El Marino murió en una balacera con federales. Pero ya Sandrini y Montoya habían aprendido de él a enfrentarse a la policía con armas de alto poder y, lo peor de todo, a perfeccionar las técnicas del secuestro. Separados Sandrini y Montoya por sus actividades delictivas, sus destinos se cruzaron de nuevo en el Reclusorio Sur. Allá conocieron a La Culebra, una serpiente del secuestro. En diciembre de 1996, a punta de ametralladora, Sandrini se evadió del Reclusorio con él y otros presidiarios."

"En mis archivos tengo datos sobre Sandrini. Ha acumulado treinta investigaciones en su contra por secuestro de hombres y mujeres. En la Ciudad de México se estima que ha obtenido quince millones de dólares, pero opera en tres estados."

"¿Hay posibilidades de arrestarlo?"

"Sandrini goza, como Montoya disfrutó en su día, de amplia protección policiaca y de la complicidad tanto de familiares como de funcionarios públicos. Sin la red de procuradores, jefes de policía, agentes ministeriales y comandantes adscritos en las áreas de lucha contra el secuestro, Montoya y Sandrini no hubieran podido operar con esa impunidad."

"Entonces…"

"Andamos tras él, pero no podemos decir 'Ya lo tenemos'. Es cosa de paciencia. Un descuido y le damos en la madre. Montoya se confió. Sandrini hará lo mismo."

Pasábamos por Ciudad Moctezuma. El suelo de las calles se confundía con el de las aceras. Los cables colgaban como cinturones flojos a la altura de la cabeza humana. Un niño drogado descansaba sobre pedazos de linóleo y cartón, su cama perfecta para el alucine. Un ebrio iba de un lado a otro con una botella vacía en la mano. Trastrabilló con un perro muerto que alguien había tapado con una cobija vieja. Una mujer recargada en un poste se ponía gotas en los ojos. Temístocles Maldonado sacó de un bolsillo una tarjeta con un nombre escrito con tinta roja: *Hotel Acuario.*

"Joder, tendré que visitar ese infecto hotel de paso en la colonia Panamericana", dijo. "Mire lo que anuncia: *Todo lo que necesita para sus agasajos personales.* ¿Entiende? Allí trabajan las putas asesinas de Manuela Montoya. ¿Quiere darse un llegue frenético con una? Venga conmigo."

62. El Petróleo

Los dedos siniestros de la muerte urdían su trama siniestra cuando Matilde, mi asistente, me llamó por el celular para darme la noticia de que un elemento en activo del Centro de Investigación y Seguridad Nacional había sido identificado como la persona presuntamente ejecutada el jueves en la mañana. Un colega suyo, que no quiso identificarse, pero cuya voz sonaba muy semejante a la de Mauro Mendoza, dijo que al principio se había pensado que se trataba de una mujer, luego de un travesti y al final se había establecido que era Peter Peralta, El Petróleo.

El cadáver del escolta había sido hallado por el capitán Domingo Tostado delante del restaurante *El Lago*, en la segunda sección del bosque de Chapultepec, antes de que el establecimiento abriera sus puertas. Temístocles Maldonado me contó, en exclusiva para *El Tiempo*, que el escolta del Cisen había sido levantado en el bar *Lucky Boy* y torturado durante horas por sicarios de la banda de Carlos Sandrini. El motivo del "levantón" no estaba claro, pero podía tratarse de un arreglo de cuentas entre bandas.

Hacia las 2:00 del miércoles, diez hombres armados vestidos de civil habían irrumpido en el *Lucky Boy*, donde Peralta acostumbraba ir a jugar billar y a realizar transacciones con la Mafia Mexicana. Días antes, según un parroquiano del bar, Peralta había escapado a un intento de secuestro huyendo por la cocina ayudado por otro escolta. Sin embargo, esta vez los hombres armados, cuyas caras estaban cubiertas por pasamontañas, lo agarraron desprevenido mientras jugaba billar. Aunque el guarura logró zafarse de sus plagiarios, fue alcanzado en la calle por disparos que le destrozaron los brazos y las piernas. Herido, Peralta fue paseado por la ciudad en una Suburban Liberty que era seguida por una camioneta Ford Lobo, ambas con vidrios polarizados y sin placas. Al alba lo llevaron al Castillo de Chapultepec, desde cuya terraza sus captores planeaban lanzarlo, pero cambiando de parecer, lo arrojaron a las puertas del restaurante *El Lago*, quizás con el propósito de mandar un mensaje a cierto personaje. Pues sabido era que Peter Peralta solía encontrarse con el Almirante RR, Carlos Sandrini y el capitán Domingo Tostado en el restaurante. ¿O solamente acudía allí para comer filete de robalo, especialidad de la casa?

Matilde me leyó parte del comunicado emitido por Temístocles Maldonado: "Investigamos la versión de que el elemento en activo del Cisen Peter Peralta alias El Petróleo asistió al Almirante RR en el decomiso de 517 kilos de cocaína procedente de Colombia, el más grande alijo de drogas que ha pasado por la terminal aérea. Ese decomiso provocó que a fines de noviembre siete agentes que participaron en la operación fuesen ejecutados por cárteles de la droga."

"Léame el resto", le pedí.

"A mediados de diciembre fueron asesinados los hermanos Gregorio y Gonzalo de la Garza, el primero titular de la Unidad Aeroportuaria de la PGP, y el segundo comandante de esa Unidad, cuando salían de su casa en la calle Miguel Laurent."

"Volvamos a El Petróleo."

"Su cuerpo, arrojado a las puertas del restaurante, había recibido treinta y siete tiros. 'Para que aprendas a no meterte en lo que no te importa. No lo olvides. Carlos Sandrini', decía el letrero que le colgaron del cuello."

"Ese 'No lo olvides' es redundante: El Petróleo no estaba en condiciones de recordar nada", comenté.

"Lo más interesante está por venir", se apresuró a decir Matilde. "¿Se acuerda de la noche de los tiros cuando Mauro Mendoza fue a visitarlo a su departamento? Pues ahora resulta, según la PGP, que el sicario vestido de gris rata que usted vio bajándose de un taxi verde y avanzó disparando a otro pistolero fue Mauro Mendoza."

"Lo sospechaba."

"Lo que no sabía es que El Petróleo participó en la balacera. Durante una fiesta de escoltas y secuestradores, con el pretexto de asomarse a la ventana para tomar aire, un delincuente disparó desde el primer piso con un rifle a una persona en la calle. Se supo porque él mató luego a un perro negro que estaba echado en el charco de sangre. La policía encontró balas del mismo calibre disparadas contra el hombre y el animal."

"Nunca hubiese creído que Mauro y El Petróleo eran amigos de secuestradores."

"Todavía no acabo. El Petróleo conducía el vehículo y secuestró al taxista y lo encerró en la cajuela."

"El Petróleo y Mauro recorrieron media ciudad buscando al hombre que iban a matar."

"La metralleta que vio usted esa noche era de Mauro. Así como él fue el que disparó las ráfagas que atravesaron la lluvia. Dentro de la patrulla policiaca con las luces apagadas estaban El Ganso y El Barracuda. Sobre los cadáveres de los ejecutados, miembros de la banda de Carlos Sandrini, dejaron dos letreros. Uno decía: 'Murciélago-Muerte te cortó la cabeza y te chupó la sangre'. Otro, 'Murciélago-Pavo vino a comer tu carne. Murciélago-Brujo vino a romperte los huesos'."

"¿Pertenecían al culto de *Camazotz?*"

"Antes de contestarle, le leeré la declaración del taxista secuestrado: "Hacia las seis pm dos individuos abordaron mi taxi Tsuru con placas M39133 en el cruce de las avenidas Insurgentes y Barranca del Muerto. A las tres cuadras, picándome la mano con un cuchillo, uno dijo: 'Hasta aquí llegaste, cabrón'. Me bajaron del coche y me encerraron en la cajuela. Durante horas me di cuenta que se paraban aquí y allá como buscando a alguien. Hasta que en la calle Tezontle una patrulla del operativo Pasajero Seguro, implementado para supervisar taxis, los paró. No para sancionarlos o revisarlos, sino para custodiarlos a la Casa del Murciélago. Supe que iban allí porque lo dijeron en voz alta. De esa casa se dirigieron a la calle de Orizaba. En la calle de Río de Janeiro empezaron a disparar a unos sujetos que estaban dentro de una camioneta sin placas, la cual se quedó atravesada sobre la calle de Durango. Después de la ejecución, los tipos que estaban en la patrulla pretendieron perseguirlos disparando al aire. Un policía me sacó de la cajuela."

"Volvamos a El Petróleo."

"Los hombres con los brazos tatuados con la palabra *zotz* fueron acribillados por la banda de Carlos Sandrini. Dijeron que les dieron una probadita de su propio chocolate. En una pared del restaurante colgaron un letrero con palabras del *Popol Vuh*:

> *Estuvieron apiñados y en consejo toda la noche los murciélagos revoloteando: Quilitz, Quilitz, decían. Así estuvieron diciendo toda la noche los murciélagos...*
> *Dijo entonces Ixbalanqué a Hunahpú:*
> *"Comienza a amanecer. Mira tú."*
> *"Tal vez sí, voy a ver", contestó Hunahpú.*
> *Y cuando se asomó, Camatzotz le cortó la cabeza a... El Petróleo.*
> *Firma* [con tinta roja] *Vampyrum spectrum"*

63. El hombre del *Hotel Acuario*

El hombre encontrado en la habitación 25 del *Hotel Acuario* era Mauro Mendoza. Cuatro carros con policías judiciales y dos changos vestidos de civil vigilaban la entrada del hotel de paso. Un sujeto que pretendía estar ciego, pero no lo estaba, detrás de sus gafas negras no quitaba la vista de la gente en la calle.

Los dos changos no me querían dejar pasar y tuve que mostrarles mi credencial de *El Tiempo*. Aun así, apuntándome con escopetas, siguieron impidiéndome el acceso y tuve que amenazarlos con llamar a Temístocles Maldonado. Tal vez, inconscientemente, querían ahorrarme el espectáculo del interior.

Al filo de la medianoche, Matilde me había llamado por teléfono para decirme que Temístocles Maldonado llamó al periódico para notificar que un tal Ricardo Reyes Ruiz había sido hallado en un hotel de paso al norte de la ciudad, y que llamaría más tarde para dar detalles. Pero el noticiero de televisión se le adelantó: "La policía localizó en el *Hotel Acuario* el cadáver del agente Mauro Mendoza Méndez alias Ricardo Reyes Ruiz alias El Lupita alias El Murciélago alias El Tecno. María de la Luz García, Mary López Gorostiza y una pareja de profesores de la Universidad Autónoma de Puebla eran las personas registradas la noche del homicidio. Temístocles las buscaba para interrogarlas, pues había sido Mary López quien detectó malos olores en la habitación contigua y avisó a la recepcionista del *Hotel Acuario*. Ésta llamó a la policía. De acuerdo al Ministerio Público, que acudió a levantar el acta sobre el hallazgo del hombre asesinado en el hotel, la recepcionista manifestó que el hoy occiso se había registrado con el nombre de Ricardo Reyes Ruiz. Ocupación: Fumigador de plagas. Empresa: Los Murciélagos. Especialidad: Ratas, alacranes, chinches. Día de ingreso: martes 10 de noviembre. Hora y día del hallazgo del cadáver: 23 horas del miércoles 9 de diciembre de 1998." Pero los datos sobre domicilio, ocupación, procedencia y número de teléfono eran falsos.

"¿Observó movimientos sospechosos de personas o escuchó ruidos extraños?", se le preguntó.

"No me di cuenta de nada."

Durante la inspección, el Ministerio Público observó que la puerta del cuarto 25, cerrada por dentro, había sido forzada. El Petróleo, interrogado antes de su muerte por Temístocles Maldonado sobre el paradero de Mauro, había declarado que su pareja se hospedaba con unos salvadoreños en una casa situada en la calle de Minerva, colonia Azcapotzalco. Pero al buscarlo agentes del Cisen en esa dirección, no se le encontró. Tampoco se hallaron los salvadoreños.

Para llegar al guiñapo con traje color gris rata que se encontró en el cuarto 25 tuve que recorrer un pasillo con doce cuartos con las puertas abiertas. Las camas tenían colchas verdes, excepto una, sin sábanas ni cobijas, con el colchón desnudo y la almohada sin funda. El cuadro que adornaba el segundo piso representaba unos ojos, unos cabellos y unos pies en rotación. Los asesinos habían usado su ducha y su toalla, pues estaban manchadas de sangre.

Como herencia a sus Lupitas, Mauro había dejado en el piso del baño una lata de sardinas, un plato de plástico, dos botellas de ron mediadas y una sábana roja que cubría el espejo sobre el lavabo. De la ropa tirada en el suelo se extrajeron unas monedas devaluadas, dos recibos de objetos empeñados y un paquete de pañuelos desechables. El periódico con una foto en la que aparecía con el general Arturo Durazo que solía llevar consigo estaba tirado junto a la taza del excusado.

No se requería de mucha imaginación para darse cuenta de que Mauro había ido de caída en caída y que era cierto lo aseverado por El Petróleo, quien en vida llegó a decir que nadie del Cisen quería prestarle pistolas porque las vendía o las empeñaba en el Monte de Piedad. Y que después de hacerlo, con desfachatez volvía a pedir otras en préstamo.

Al hombre que se encontró tirado en el cuarto 25 del *Hotel Acuario*, apenas alumbrado por la luz amarillenta de un foco de cuarenta vatios, parecía que sus asesinos le habían practicado una cirugía sádica. Tenía el cuello lleno de cortes y recortes, con unas pinzas le habían jalado la boca hacia abajo, a martillazos le habían roto los dientes, a cachazos le habían rajado la ceja izquierda, le habían dejado los cabellos como cerdas sobre las orejas machacadas. Las patas de gallo se las habían juntado con las comisuras de los ojos con un cuchillo. Los pantalones enlodados denunciaban que sus verdugos lo habían hecho arrodillarse sobre el fango. Descalzado, le habían permitido quedarse con los calcetines rojos. El cinturón de piel de cocodrilo con hebilla de oro le había sido robado. Pero lo más horrible es que en los ojos le habían incrustado espe-

jos negros de obsidiana, como si los sicarios hubiesen querido ornamentar su cráneo a la manera de los
sacerdotes mexicas. Con los brazos abiertos, Mauro
parecía un alacrán *Hadrurus arizonensis*. La muerte,
ciertamente, había ocupado su cuerpo desde las uñas
de los pies hasta el culo y la cabeza. Por el *rigor mortis*
se notaba que el crimen había ocurrido unas cuarenta
horas antes.

Recordé, al ver un vaso de mi oficina en el cesto
de basura, que cuando él venía a verme solía servirse
agua del garrafón de Electropura. Pero lo que más me
llamó la atención fue un papel escrito con tinta roja
de su puño y letra:

> *El amor es un charco de semen en el vientre*
> *puto de Lupita.*
> *El Señor de los Murciélagos.*

Al leerlo sentí tal claustrofobia que abrí la ventana
única del cuarto. Pero al mirar el sol en la calle me
invadió tal tristeza que quise bajar corriendo las escaleras.

Sonó el teléfono. Delante del aparato, no me
atreví a descolgarlo. No fuera a ser que un miembro
de la banda de Sandrini preguntara por Cristina.

"¿Qué le pareció la crucifixión?", a la salida un
chango con gafas negras me cerró el paso. Tenía más
sarna que sorna en el hocico.

"Horrible", respondí.

"¿Vio la foto de la niña violada que estaba sobre la cómoda?"

"Atroz", mentí, pues la foto de la niña había sido
arrancada y sobre el mueble sólo estaba un marco vacío.

64. Fin de un hombre, comienzos de otro

"Los restos mortales serán velados en *Funerales Galia*, en el Panteón Francés. Si el señor Medina desea presentarle sus respetos puede traerle una ofrenda floral o darle el pésame a sus familiares", me avisó Matilde luego que la llamó Temístocles Maldonado.

"Dígale que digo", dije a mi asistente, "que no acostumbro dar pésames a familiares que no conozco por difuntos dudosos. Dígale que digo que quiero averiguar las circunstancias de su muerte y tomar fotos del cadáver, si lo permite el Almirante RR."

Camino de la funeraria recordé que una vez Mendoza me había pedido que si llegaba a morir súbitamente hiciera lo posible para que se le velara en una capilla con aire acondicionado y que su cuerpo fuese cremado. Nada de eso estaba en mis manos.

SERVICIOS FUNERARIOS A FUTURO
ATENCIÓN INMEDIATA

Anunciaba *Funerales Galia*. Pero Mendoza no estaba en esa capilla ardiente y me dirigí a *Funerales García*, Calzada de los Misterios, más afín con los módicos recursos del difunto. Para cubrir los gastos del sepelio el Cisen vendería su coche Tsuru.

Tampoco el cadáver se hallaba en *Funerales García*, y me fui a *Funerales Talismán*, donde Matilde se enteró que sería velado. A la entrada había un anuncio:

ATAÚDES ECONÓMICOS. CREMA-
CIONES URGENTES. RECONSTITU-
CIÓN DE CADÁVERES MUTILADOS,
DESTROZADOS O DECAPITADOS.
Somos especialistas en fallecidos por muerte
violenta.
Hacemos trámites y arreglamos papeles para
traslados a toda la República.
Enviamos a Estados Unidos urnas con ce-
nizas.
Recibimos indocumentados en ataúdes de
cartón.

SERVICIO LAS 24 HORAS.
No Experimente con Funerarias Dudosas.
Goce de los Placeres de Ultratumba Proba-
dos Aquí por Miles de Difuntos.
Una Nueva Forma de Morir.

Porque el cuerpo de Mendoza se había encontrado
lleno de agujeros debajo de una espesa capa de sangre, alguien había alquilado los servicios de reconstrucción de la funeraria, la cual, aplicando las técnicas
más avanzadas de embalsamamiento se especializaba
en recomponer los cuerpos de acribillados y acuchilla-
dos, y hasta de decapitados, que aparecían incompletos
o desfigurados por tiros, granadas de fragmentación
o múltiples heridas de arma blanca. Evidentemente
a Mendoza se le habían aplicado cremas y sustancias
importadas para reconstituir su cara, su cabeza y su
pecho, pues las cortaduras de cuchillo y perforaciones
por balas apenas se notaban.

Manifestó el empleado de la funeraria: "Cuando vino su madre lo primero que dijo fue: 'Digan lo que digan éste no es mi hijo, mi hijo no era así, la última vez que vi su cadáver estaba baleado de la cara, el pecho, el vientre, las piernas y las costillas'."

"No sabía que la especialidad de la casa es devolver su aspecto original al cliente", observé las manos crispadas del difunto que parecían estrangular a criaturas invisibles al ojo.

"Si bien nuestro trabajo no es perfecto, el cadáver es más soportable de ver. Sobre todo para los familiares."

"Por el clima de violencia en que vivimos, supongo que este tipo de servicios está en gran demanda."

"En lo que va del año llevamos más de cien cuerpos reconstituidos, y hasta hemos mejorado su apariencia original."

"Supongo que las bandas de secuestradores y los cárteles de la droga les dan buen negocio."

"Cuando los parientes nos traen un cadáver decapitado, con el rostro destrozado o el cuerpo mutilado, les recomendamos que mejor no abran el ataúd. Envolvemos los restos en una sábana y sugerimos una incineración exprés. Les ofrecemos una urna de acuerdo a sus recursos económicos. Todo para que no guarden un mal recuerdo de sus seres queridos."

"¿No tienen miedo a represalias de sicarios durante los velorios y los sepelios?"

"Por eso sugerimos a los parientes que despachen los cuerpos sin bombo ni platillos. Ya nos pasó una vez que llevando un cadáver en una carroza camino del cementerio, sus asesinos balearon a los deudos."

"Empiezo a tener dudas sobre si el hombre que está allí es realmente Mendoza o se trata de una suplantación para despistar a las autoridades que lo han colocado en la lista de los diez hombres más buscados del país."

"Le recomiendo que abandone sus dudas."

NO SE ACEPTAN FLORES

Se advertía en una pared.

"Por favor, guárdeme las fotografías del cadáver de Mendoza tomadas con mi cámara digital. Algunas de ellas son publicables. No permita que nadie las vea ni revele a nadie su existencia", le daba instrucciones a Matilde por el celular cuando aparecieron en la capilla ardiente dos mujeres vestidas de negro. Lo que me molestó, porque quería hacer más tomas del cuerpo desde ciertos ángulos, a pesar de que recordaba la frase del escritor Yasunari Kawabata: "De las caras de los muertos no deberían quedar testimonios."

"Venimos a reclamar el cadáver de la capilla ardiente", una mujer alta, esbelta y desdeñosa presentó unos papeles al empleado de la empresa funeraria.

"Lo siento, señora, pero para entregarles el féretro con el occiso dentro necesito permiso del Cisen y un comprobante notariado de que ustedes son los deudos legales."

"El cuerpo de nuestro hermano nos pertenece."

"¿Podrían demostrar que es su familiar?", pregunté.

"¿Quién es usted para darle cuentas?"

"¿Conocen el nombre del muerto?"

"Si lo conocemos o no es cosa que no le importa."

"No se enoje, señora, soy periodista de *El Tiempo* y estoy indagando sobre la muerte del señor Mendoza", repliqué, cansado por su insolencia. "Se conocen dos fotos recientes de él, tan diferentes entre sí que parece tratarse de dos personas distintas."

"No vamos a dar entrevistas", la otra mujer se arrodilló delante del féretro y cerró los ojos.

"Vámonos, hermana", le dijo la mujer alta y esbelta. A mí, me amenazó: "Ya nos veremos la cara, yo decido cuándo y dónde."

Sin mostrar pena las mujeres salieron y abordaron una camioneta Silverado, con vidrios polarizados y sin placas de circulación, que las aguardaba fuera de la funeraria. El Ganso estaba al volante. Oía música tecno. Partieron con rumbo desconocido.

"¿Usted es uno de esos periodistas que cree que Mendoza se encuentra vivo y culeando en La Habana?", el capitán Domingo Tostado me cerró el paso. Lo custodiaban dos guardaespaldas cuyas facciones se me hicieron familiares.

"Le notificaré lo sucedido al licenciado Pedro Bustamante."

"Lo puedo hacer a París, porque lo nombraron embajador de México en Francia. Yo soy el nuevo procurador de la PGP."

"¿Qué ha pasado con Temístocles Maldonado?"

"Por su excelente actuación en las investigaciones de la banda de Carlos Sandrini fue designado agregado militar en la embajada de México en Australia."

"¿Acaso conozco a sus acompañantes?"

"Seguro los conoce, estuvieron comisionados en Tijuana para investigar el caso del periodista José Luna. Nombres no le puedo dar. Los apodan El Ganso y El Barracuda."

"El Barracuda murió en el atentado a Luna."

"El Barracuda nunca muere, El Barracuda siempre renace, siempre hay un fulano dispuesto a tomar su nombre y su causa."

Los sicarios me miraron con sorna.

"¿Cómo le va en el cargo?", le pregunté.

"Nada más con hablar con gente como usted ya podrá imaginarlo, se me revuelve el estómago."

"¿Podríamos verificar la identidad del fallecido?"

"Hasta este momento nadie ha dudado que el fallecido y el escolta son la misma persona."

"¿Podría confirmarlo?"

"Cuando tengamos los análisis forenses."

"¿Es posible que alguien como él, que se salvó de varios atentados, haya muerto acribillado en un hotel de paso?"

"Es preferible ser discreto por razones de seguridad."

"Según un comunicado del Almirante RR, el 5 de diciembre a las 19 horas fue acribillado en una calle de Tijuana el agente Ricardo Reyes alias Mauro Mendoza Méndez, ¿se trata de la misma persona?"

"Conozco ese comunicado, ahórrese los alias."

"*El Correo de la Frontera* reveló que un individuo de ese nombre fue ejecutado hace unos días y que la banda de Los Motociclistas tiene jefe nuevo. *El Observador de Miami* asegura que el hoy difunto pasó dos meses en La Habana protegido por los servicios de inteligencia cubanos."

"Delirios de los medios y de la DEA."

"Un vespertino de Acapulco publicó que Mendoza se autosuplantó y que ahora opera en Acapulco con falsa identidad, protegido por la Procuraduría de Justicia del estado de Guerrero, donde tiene buenos contactos."

"Exuda imaginación, amigo."

"¿No cree que cuando los reflectores de la atención pública se apaguen Mendoza reaparecerá reencarnado en un venerable hombre de negocios retirado en Isla Mujeres? ¿No estamos presenciando el fin de un hombre y el comienzo de otro? ¿No cree que aunque aún no se han apagado los fuegos de Montoya sus hombres ya trabajan con otra banda de secuestradores?"

"Señor, por favor, abandone la capilla ardiente, está molestando a los deudos", vino a decirme un empleado de la funeraria, acompañado por las dos mujeres vestidas de negro que habían regresado.

"¿Es una orden?"

"Tómelo como quiera", El Ganso se recargó en el féretro.

"¿Cómo llegó aquí esa figura de la Santa Muerte? ¿La trajeron del *Hotel Acuario* en motocicleta?", le pregunté al empleado.

"*Funerales Talismán* no acostumbra dar información."

"¿La trajeron las señoras?"

"No le puedo decir."

"No se haga bolas, amigo, alguien la mandó por mensajería. Ahora todo está en manos de la empresa funeraria, nosotros nos retiramos", el capitán Domingo Tostado me cogió del brazo, admirado por El Ganso y El Barracuda.

"Antes que se vaya, dígame ¿por qué el Señor de los Murciélagos y el Almirante RR usaron en sus mensajes tinta roja?"

"Dígame usted, ¿por qué las papelerías venden miles de plumas iguales?"

"¿Quién me hizo las amenazas? ¿Por qué? ¿O es un secreto que Mendoza y El Petróleo se han llevado a la tumba?"

"En veinticinco años el Almirante RR abrirá los archivos secretos del Cisen. Podrá consultarlos, si anda todavía por aquí. Le soy sincero, Miguel, usted no es una persona tan importante como para que si lo matan vaya a caer el gobierno o se produzca un colapso en la bolsa de valores."

"¿Me está amenazando?"

"No, solamente quiero recordarle que usted como yo tenemos la profesión peligrosa de meternos donde no nos llaman y de hacer preguntas impertinentes. Esa impertinencia puede costarnos una buena golpiza, si no es que la vida."

"¿Quiénes controlan la industria del plagio? ¿Los Motociclistas? ¿Carlos Sandrini? ¿O el Almirante RR?"

"¿Qué importa saberlo? Si cuando el capo de un cártel es atrapado o muerto, otro ocupa su lugar a veces con el mismo nombre. El crimen organizado y el mundo son iguales: unos mueren y otros nacen", el capitán Domingo Tostado me acompañó a la salida. En la capilla ardiente chillaban los murciélagos. ¿O eran las llamas de las veladoras negras que las hermanas habían prendido? Por efecto de una corriente de aire parecían volar. "Dicho sea de otra forma, la Santa Muerte nos está pariendo todo el tiempo."

Al volver la cabeza vi a todos ellos parados junto a una camioneta blindada. Entonces me aventuré por la calle sórdida donde *Funerales Talismán* presta sus servicios a la comunidad.

65. Los testículos danzantes

"Se va el caimán, se va el caimán, se va para Barran-quilla", al ritmo de una cumbia, que repercutía en las paredes y hacía vibrar las puertas de cristal, llegué al *Salón Malinche*.

Buscando armas, la recepcionista en minifalda, ahora con cuerpo de mango, luego de pasarme las manos por las piernas y de tocarme el miembro casualmente, me dio una mesa cerca de la pista número uno.

En ese momento se hallaban en la penumbra el tubo y la plataforma que conducía a los privados, donde las otrora ficheras, ahora teiboleras, prestaban servicios sexuales a los clientes.

"Eeeeeeh, ¿cuánto cobra la Venus de Oro por un taco?", preguntó un Tony de Silva ebrio a la recepcionista con tetas como vasos y nalgas como platos.

"Tiene que hacer el trato con el señor Sandrini, el nuevo dueño del *Salón Malinche*. Cinco mil por melón. Si no se completa, hay gansas más económicas."

"Eeeeeeh, ¿cuándo sale a bailar la mera buena?"

"A la medianoche", la recepcionista se metió en una oscuridad color chicle sabor a fresa que lo mismo cubría al macherío que a las teiboleras con tanga y sin brasier recargadas en el poste falso. Como todas las noches, allí estaban La Laredo, La Miss Caracas y La Reina de los Juegos Florales.

"Heeee, qué fiestesota, con esas piernotas y ese culote esa rorra es la reina del Sex-Mex", se exaltó Tony cuando vio salir de su camerino a una bailarina exótica que parecía un monstruo mítico con su disco facial de plumas doradas y su cresta de plumas del mismo color. Por la blusa escotada dejaba ver, libres, sus vastos pechos. Tenía la nariz un poco ancha, como rota, pero con gracia abría la boca picuda. Su cuerpo terminaba en los pies en forma de garras. En la muñeca derecha llevaba un reloj Cartier que había pertenecido a una mona luciente. Hasta la pista en forma de media luna la siguieron luces doradas. De la chaquetilla negra y de la peluca blanca con largas trenzas, se deshizo cuando se acercó al tubo.

"No sé si sepas, pero de un tiempo a esta parte el hijo del propietario de la cadena hotelera se ha vuelto un narcojunior", Alberto Ruiz apareció a mi lado, tuteándome. Noté que el consumo crónico de cocaína había intensificado el envejecimiento de su piel, como si se hubiera expuesto al sol durante largos periodos. "Cuidado con La Venus de Oro, es bien perra, sobre todo cuando muestra su palacio oscuro. No la mires a los ojos, la estamos vigilando."

"¿No que te habías muerto?", le dije a Ruiz.

"Los balazos que me dieron fueron rasguños sin importancia. De peores balaceras me he salvado." Ruiz se puso polvo blanco sobre el dorso de la mano arrugada y la empezó a inhalar. "Mira a esos tipos de la mafia del tubo", Ruiz arrojó una mirada despectiva a un tal Jesús Malverde, el santo patrón de los narcotraficantes. Pero, gracias a los espejos del salón, su imagen se multiplicó de mesa en mesa. Patillas y bigotes negros, camisas amarillas y corbatas de moño se perdían en las tinieblas, donde a intervalos relucían montones de piedras blancas semejantes a glaciares quebrados.

"¿Qué andará haciendo fuera de su capilla?"

"Como trae cerquita a la muerte, anda divirtiéndose."

"No que por robar a los ricos lo colgaron hace cien años de la rama de un árbol."

"Poco tiempo después de su muerte comenzaron los milagros del bandido generoso, el primero fue resucitarse a sí mismo." En la penumbra Ruiz no dejaba de esnifar. Desapareció unos momentos y reapareció con camisa amarilla, botas texanas y con una medalla en forma de hoja de mariguana colgándole del pecho.

"Me he encomendado a él para que me libre de la ley."

"¿Crees en el narcosanto?"

"Desde el día que me salvó la vida le prendo veladoras, le meto dólares en el trasero y a su salud inhalo nieve y perico."

"Pero te balearon."

Media cara de Ruiz se perdió en la nada. Balbuceó:

"¿Ves ese collar? Parece de perlas, pero es de testículos. Para su show, La Venus de Oro los ensartó en una cadena fina y resistente." Dio un trago a su cuba. Masticó hielos: "¿Ves esos faldellines que cuelgan de su cintura? Son las bolsas donde guarda los huevos de los castrados. Por causa de esta Coatlicue Capadora, o Gran Huevona, México cuenta con una importante generación de cantantes adiposos. Todos ellos quieren participar en la ópera de Vivaldi: *Heliogábalo, empe-*

rador mujer; todos ellos quieren interpretar al monje Pedro Abelardo, al joven travesti Esporo, que Nerón castró, y a Longino, el gladiador que Calígula mutiló porque tenía un pene más grande que el suyo."

"Mira cómo mueve el bote", proferí.

"Mmmmhhhh."

La Venus de Oro bailaba una cumbia de espaldas al tubo. Oscilando las caderas, los pechos dorados balanceándose, daba pasos cortos en el círculo exterior de la luz. Un amante imaginario se desplazaba por el círculo interior, como si Zeus persiguiera la grupa de Europa.

"Se va el caimán, se va el caimán, se va por la alcantarilla", los integrantes de la banda permanecían en la oscuridad, aunque a veces las luces revelaban al músico mayor tocando la gaita hembra, al músico segundo tocando el tambor alegre, al tercer músico con sus baquetas y al cuarto, con la gaita macho.

"Él cree que la está seduciendo, pero ella se lo está cogiendo. Él cree que la penetrará, pero ella le cortará los huevos. Después de su cirugía erótica será el Rey de los Chaflanes", mientras Ruiz inhalaba, Tony de Silva salía a bailar con ella.

"La castración del hijo del propietario de la cadena hotelera será noticia de primera plana", apunté en mi cuaderno de notas. Pero el gusto le duró poco al narcojunior, porque un sacaborrachos lo levantó en vilo y lo arrojó a las sombras.

"¿Baila?", me preguntó Miss Caracas vestida como pájaro tropical.

Entretanto, al ritmo de una canción de música tecno La Venus de Oro se contoneó delante de mí con racimos de testículos colgados del pecho y las caderas.

Las gónadas colgantes no ocupaban el mismo nivel: los testículos izquierdos estaban más abajados que los derechos, suspendidos en un extremo por lo que alguna vez fue el cordón espermático. Móviles en todos sentidos, se contraían y ascendían hacia un supuesto anillo inguinal.

"Sssshhhh, te voy a decir un secreto, pero no se lo digas a nadie", me sopló Ruiz a la oreja. "La Venus de Oro es Manuela Montoya. Se escapó del penal de Coño Grande, pero por un arreglo especial con el director del Reclusorio de los Travestis, se le deja actuar en el *Salón Malinche*. También le permitimos que corte huevos a jóvenes fresas y guaruras que los acompañan."

"Las custodias lesbianas, ¿no evitaron su fuga?"

"Me temo que no, porque les arrojó helados de panocha con sabor vainilla. Antes de que escapara ellas ya tenían un trato: la dejaban salir de noche y volver de día para pasar lista."

"Mis guaruras, ¿dónde están?", pregunté alarmado, pues entre Mauro Mendoza y El Petróleo se sentaba el Almirante RR, rodeado por legiones de Malverdes que se perdían en los espejos.

"Están ausentes, bien, gracias, pero no se lo digas a nadie, porque si saben que te lo dije, me matan."

"*Oh, baby, oh, baby*", cantó La Venus de Oro, tijeras en mano, bailando desnuda delante de mí. Colgaba de su faldellín un testículo de tamaño igual al de sus pechos. Con cara de extraterrestre se asomaba entre ellos para observar el baile de Miss Caracas. Pero no todos los testículos eran color blanco azulado, había algunos que repletos de sangre eran rojos y otros que, por falta de irrigación de las arterias espermáticas, parecían marchitos o como hollejos de uvas o como huevos hueros. Ovoides, duros y elásticos se balanceaban, con sus capas fibrosas llamadas albugíneas. Apenas se notaban los conductos seminíferos, por los que alguna vez corrió libremente el esperma, un esperma que al ser descargado atravesaba los conductos rectos, la red de Halles, los conos eferentes y el epidídimo.

"¿Sabes qué significa en náhuatl la palabra aguacate? Testículo", Ruiz se tragó un hielo. "Los aguacates son los testis, los bajos, los guaruras, los testigos de la virilidad."

"Seguramente los extrajo de los secuestrados para marcar su victoria."

"Otros los adquirió en el mercado de Sonora, donde venden los productos extirpados en los programas de castración de machos pobres. Los de caballo vienen de allá."

"Me gusta como pronuncia *baby*." La Venus de Oro al inclinarse me hizo tocar con los ojos su collar de escrotos, las pielecillas que envolvían las estructuras testiculares. Aún tenían vello con folículos pilosos y glándulas sebáceas. Y dartos, los músculos adheridos al escroto, y túnicas celulosas, fibrosas.

"Pretende que no la ves, porque si nos descubre nos lleva al Castratorio." La advertencia de Ruiz llegó tarde, porque ella vino hacia nosotros asistida por El Barracuda y El Ganso, ahora sacaborrachos.

"¿Adónde creen que van?", Sandrini nos bloqueó el paso.

"Ya pagamos la cuenta."

"La próxima vez les cortaré los huevos", gritó ella, al vernos correr hacia la salida.

"¿La oyeron?", amenazó Sandrini, pistola en mano.

"Corre lo más rápido que puedas", Ruiz apartó la cortina de terciopelo y se lanzó al vacío del sueño, en cuyo espacio sin paredes lo persiguieron Sandrini y sus sicarios.

"No corras más, los dejamos atrás", murmuré.

"Si podemos agarrarla con mis genitales en las manos, la acusaremos de ejercer la prostitución con fines delictivos."

"La Venus de Oro ha cazado una buena presa", desperté, creyendo que estaba en el estacionamiento del *Salón Malinche*.

"Allá va Manuela Montoya con mis huevos a cien kilómetros por hora", gritó Ruiz desde el sueño, viendo cómo la mujer se alejaba a toda velocidad en una camioneta blanca sin placas. Llevaba sus testículos en las manos ensangrentadas.

66. El hombre tigre

Era otro anochecer de verano. Algunas tormentas eléctricas habían azotado el Valle de Anáhuac y un pequeño grupo de hombres y mujeres se había reunido afuera de *Las Flautas de San Rafael*. No para comer tacos ni para oír a orquestas de invidentes en la calle, sino para presenciar el vuelo masivo de murciélagos. Tal parecía que el mamífero volador era una piedra chillante cayendo de abajo hacia arriba.

"Es mejor que el cine, es como si estuvieras en el cielo, y sin haberlo planeado", dijo el hombre que apareció en la azotea de la casa de Lidia Valencia. Apretaba una piel de tigre bajo el brazo, sobre el costado derecho, como tratando de que no se le desprendiera. Sus ojos columbraban el horizonte atravesado por columnas verdinegras, voraces, vertiginosas que componían millones de murciélagos. Por una erupción del Volcán de los Murciélagos de Balamkú habían sido arrojados al espacio y al ahora. Multitudinarios, se entregaban a un festín de insectos.

"Los murciélagos son mamíferos como tú y como yo", confió el hombre tigre a un interlocutor imaginario. La piel que llevaba encima, tramada en lana amarilla, tenía manchas claras en el vientre. El animal, colgado de cabeza, miraba con ojos rojo fuego.

"Me fascina observarlos surcando el cielo, como salidos de una película de vampiros", Napoleón Valencia, enflaquecido y canoso, rasurado y bañado, lucía ropas limpias. Lo acababan de soltar de una institución de salud mental, donde lo había internado un hermano misterioso, pero seguramente muy poderoso, ya que lo había traído él mismo en una camioneta blanca, blindada, sin placas y con vidrios polarizados. Se parecía al personaje vestido de negro que una semana antes de la muerte de Lidia se había visto bajo la luna llena sentado en la banca del patio con ella, mientras en su regazo yacía Menelik. Como se dijo entonces, si no fuera porque era inimaginable, se hubiera creído que era el Almirante RR, el hijo no reconocido de Federico Valencia con una panadera. Pero indiferente a esas infidelidades pretéritas, Napoleón, de nuevo en su territorio, se sentía un hombre tigre, ignorando que Carlos Agustín Carrillo se había ido a los Estados Unidos con pertenencias de su hermana: un collar de perlas, un anillo de ópalos y el cadáver de Menelik.

"La Ciudad de México tiene la mala reputación de haber sido la capital mundial del sacrificio humano, pero yo creo que las ruinas del Templo Mayor son un lugar maravilloso para vivir", se exaltó Napoleón, mientras en las alturas, en vuelo frenético, los murciélagos, como columnas de alas batientes, ráfagas de chillidos, se cruzaban uno sobre otro sin tocarse, pero evitando chocar contra la luz como contra un escudo.

"Como dijo el sabio Crisóstomo, 'Tristes son los pueblos que han perdido a sus dioses', pero esta noche, aquí, asistimos a la resurrección del Dios Murciélago", entre los pies del hombre tigre, una pequeña figura fantasmagórica pasó corriendo, utilizando el dedo pulgar para arrastrarse. Emperchada luego en una grieta de la pared, de cabeza, se quedó observándolo.

Desde su regreso de las Torres de Bengala, el hombre tigre había reiniciado sus paseos. Aunque la casa le parecía más chica, como sucede con los espacios de la infancia que veíamos enormes y al visitarlos de adultos nos parecen pequeños. Así ahora.

Entre dos luces, como brotado del crepúsculo de un sueño, Napoleón apareció en el patio. Para mí, que lo creía muerto, era la figura de una pesadilla materializada. Lleno de energía, se paseaba por los confines de su alucinación. Después de una larga ausencia se entregaba a los excesos de un amor imaginario y oprimía sobre su pecho el cuerpo de su pareja desgarrada: un antílope. Si existía o no era cosa que a él no le importaba: su corazón latía febrilmente. Y su inocencia era tal que, como Eurípides, hubiese podido decir: "La violencia no es mía, viene de mi madre, de mi abuelo, de numerosas generaciones humanas, como la locura, como el mito".

Horas más tarde, mientras me preparaba para abandonar el departamento donde me habían guardado los escoltas, noté que Napoleón extraía de debajo de su piel de tigre una cámara digital. Y empezaba a tomar fotos, fotos de sus pasos (antes y después de darlos), de una pared (del otro lado de la casa), de sus extremidades moviéndose (por atrás y por adelante), del vacío que dejaba una nube en el aire (ya pasada), de los rechinidos de un auto en la calle (del ruido, no del auto), del gorjeo de un pájaro (invisible), del prado por el que había caminado treinta años atrás (y ya no estaba), de la sensación de haber hecho el amor con una sirvienta (cuyo rostro, cuerpo y nombre no recordaba), del recuerdo de un chocolate que no bebió (sentado con su padre en una cafetería en San Juan de Letrán), de la sombra de un desconocido parado junto a un árbol (no recordaba dónde), del pelo negro de su madre vista de espaldas en un tranvía, del vértigo que sintió cuando le comunicaron la muerte de su hermana, del vuelo de un murciélago que confundió con una golondrina y de las caras de Miguel Montoya que la televisión mostró. Napoleón tomó *close ups* de sus zapatos, de su mano de niño en la forma de su mano actual, de una piedra que en un sueño caía hacia arriba. Trató de fotografiar lo infotografiable, así como yo traté de narrar lo inenarrable.

María había empacado en dos maletas los trajes, los pijamas, las camisas, los calcetines y un par de zapatos junto a los periódicos con la noticia de la captura de Miguel Montoya y con los editoriales que ponían en duda si El Señor de los Murciélagos era Montoya o era el Almirante RR, ahora ocupando otro puesto público.

Los objetos de cocina, mis libros, películas en DVD, discos compactos, un monedero de Beatriz con pesos devaluados, un diario que llevé en un cuaderno de pastas duras y titulé *Entre los secuestradores* y una lista de recados de gente que me llamó, y no contesté, los puso en cajas de cartón. Todo era como si las cosas de la vida cotidiana, el miedo y el sueño pudieran coexistir. Todo puso junto, como enterrando el pasado. El azúcar sobre la mesa, la dejó a las hormigas.

Ya estábamos a punto de marcharnos cuando el hombre tigre empezó a dar vueltas en círculo y a tomar fotos, fotos, fotos, a accionar el disparador sin mirar por la ventana del visor. Flashes y sombras negras iluminaban sus pasos. Cada vez más rápido, más rápido, como si quisiera llegar antes que la nada a su cuerpo, antes que la migraña a su cabeza, antes que el olvido al pasado; como si quisiera atravesar una pared o una puerta cerrada con una cámara digital. O buscara retornar a las Torres de Bengala, en cuyos calabozos mentales había sido confinado por su hermano desconocido, porque, quizás, había tenido la revelación de quién era verdaderamente El Señor de los Murciélagos.

Napoleón al fin se detuvo, miró su reflejo en el espejo, fuera del campo de visión que existía en el ángulo muerto. Pero no se reconoció. Y retrató su ausencia en el espejo, y el chillido fugitivo de un murciélago.

Dando vueltas lo hallaría el anochecer. Dando vueltas lo hallaría el alba. Andando de aquí para allá lo hallarían los días, las horas, la muerte, con la cámara digital en una mano.

En ese momento, el conductor de un noticiero de televisión mostraba a dos sicarios que habían sido detenidos en una playa de la costa de Tabasco. Colocados contra la pared, los criminales levantaban las manos como Coatlicues sacrificadoras sorprendidas en un festín de carne humana. Sudorosos, asustados y ensangrentados, tenían los ojos deformes y las narices chuecas por los golpes.

"El sicario de la derecha es un kaibil guatemalteco que de represor de indígenas ahora trabaja como asesino a sueldo de ciertas bandas delictivas de este país. El de la derecha es un sargento desertor del ejército mexicano", decía Domingo Tostado. "Con estas detenciones, podemos decir que el caso del asesinato de

Alberto Ruiz, jefe del Grupo Antisecuestros, ha sido resuelto. Posiblemente esta noche los sicarios también confiesen su participación en las ejecuciones de los escoltas Mauro Mendoza y Peter Peralta".

"La camioneta blanca que mandó el señor Almirante RR lo está esperando en la calle Tornel", vino a decirme María.

Dentro del vehículo aguardaba Beatriz. Un chofer-guarura la había recogido en el salón de belleza a donde fue para hacerse un peinado nuevo. Después de su rescate, supuestamente ella se había hecho cirugía plástica, y como le lastimaba la luz llevaba gafas oscuras. Y como días antes había adquirido ropa negra y hasta velo, cuando me senté a su lado estaba cubierta de los pies a la cabeza.

"¿Usas guantes con este calor?", le pregunté.

"Mis dedos se han vuelto tan delgados que los escondo en guantes", me respondió con voz quebrada como si tuviera gripe. "¿Aceptas mi nueva condición?"

"Antes de contestar quisiera mirarte a la cara", balbuceé mientras el auto arrancaba y se perdía entre los demás.

"¿Sabes qué? Rufus nunca reconoció a los guaruras. El perro nunca se les acercó ni les movió la cola. Nunca los quiso."

"Es cierto", dije, pero no me atrevía a mirarla de frente, temeroso de tener una mala sorpresa. No fuera a ser que hubiese cambiado mucho.

"Me siento rara", dijo con voz ronca.

"No te preocupes", le dije. "Yo también soy un sueño."

El ABC del guarura

A

Anfibio. Guarura que puede desplazarse lo mismo en
    el agua que en la tierra.

Las apariencias no engañan, lo que uno ve es. Ni
    vuelta de hoja.

B

Baila el cuerpo del ahorcado al ritmo de las patadas
    del viento.

Era tan buey que ni siquiera tenía vaca.

Buey, guarura que la policía agarra.

C

Camisa de once varas. Meterse donde no te llaman.

Captar lo que no se dice es tan importante como oír
    lo que se dice.

Con la edad, el apetito de carne humana se vuelve
    glotonería.

Para comer y coger, no hay guarura cansado.

Por casualidad al guarura lo dejaron sin dentadura. Por
    casualidad el guarura se encontraba en la cama
    con la amante del jefe que le daba su pastura.

Los cuervos blancos raras veces se ven, los cuervos ro-
    jos aparecen en los sueños de sangre.

Culpas ajenas asumir, condición de guarura.

Cómo nace un checo: cuando un checo y una checa
    checan.

Ch

Chingar. Copular a la mexicana.

Por un chiste fuera de lugar, a más de un compañero
le ha costado chillar.

D

Ese delincuente sentado delante de ti aparenta ser
como los demás, pero no te fíes, te dará el zar-
pazo.

Descomponerse la carcacha: enfermarse.

Lo desconocido magnifica el miedo.

Podrás evitar los sufrimientos del mundo, pero no deshacerte de tus propios demonios.

Discreción. Cuando veas lo que no te gusta, pretende
que no lo has visto.

Arturo Durazo Moreno fue un gran policía. Como
un Dante de nuestra época bajó a los infiernos
del drenaje profundo y se miró en las aguas he-
diondas del Río Negro.

E

Ego. El chip de identidad que los argentinos instalan
en sus hijos al nacer.

Esperar bajo la lluvia sin razón, disciplina de guarura.

F

Feo, fuerte y formal debe ser el guarura.

G

El gobierno mexicano es el más ecologista del mundo:
recicla la basura.

A los guaruras velos de lejos.

Cada guarura es amo en su muladar.

Con guaruras no te metas.

De guaruras no te fíes.

Decir de guarura. Hazte sordo y ponte gordo.

Dicho de guarura: No soy guardián de mi hermano.

Dime con qué guarura andas y te diré quién eres.

Donde abundan guaruras, hay que encerrar a las po-
llitas.

Dos guaruras en un costal, se arañan.

El guarura cuando está amarrado, muerde por desesperado.

Guarura cogido, brinco seguro.

Guau, guau, qué guarura tan güey.

Más vale que digan: "Ahí va un guarura mañoso" que
"Ahí va un guarura muerto".

No es bueno el guarura que no aguanta un balazo.

¿Quieres conocer a un guarura? Emborráchalo.

H

No hagas hoy lo que puedas dejar para mañana.

(No hay I ni J.)

K

Si Kafka hubiese sido mexicano hubiese sido un autor
costumbrista.

Si Kafka hubiese sido mexicano hubiese escrito una
novela sobre guaruras.

Karma. Si eres guarura asesino no creas en el karma: en
otra vida corres peligro de reencarnar en rata.

L

Lotería. Siempre se la sacan otros.

Lujuria. El río de la lujuria no tiene orillas.

M

Si un madrina te engaña, llévate a su hermana.

Mafioso. Todo el mundo lo ve, pero nadie lo conoce.

México es un país mágico donde hay asesinados pero
no asesinos.

La moral y el guarura no saben andar juntos.

N

Negocio. Transacción que debe mantenerse secreta entre
un hombre y una mujer o entre dos mafiosos.

Los números de la suerte son todos, pero ninguno es
mío.

Número cerrado: Pareja de amantes.

Número abierto: Amantes que se separan.

(No hay O.)

P

La paternidad más fácil es la de tener hijos ajenos.

A nadie le gusta que lo llamen pendejo, sólo a los pen-
dejos.

Podrás alejarte de los perros de la calle, pero no de los
perros que aúllan dentro de ti.

Una persona es dos personas a la vez: la inofensiva
frente a ti y la violenta que no ves.

Piedad. No conozco a esa señora.

Pobre de mí que desapareceré con el capitalismo sin
haber disfrutado de él (dicho de un nicaragüense
difunto).

Policía (dicho de). Si quieres llegar a viejo hazte pendejo.

Dice el proverbio que la distancia más corta entre dos
personas es la risa. Pero no es cierto, la distancia
más corta entre dos personas es el puñetazo y la
cara, el fuego cruzado y el coito.

De puercos tratándose, todo es dinero; tratándose de
dinero, todos son puercos.

(Tampoco hay Q.)

R
Respiración boca a boca, entre guaruras da asco.
Rip. La última bofetada.

S
El saco no te pongas, aunque sea tuyo.
Seguro de vida: No te dejes seducir por las buenas mane-
ras: la gente que te sonríe puede cortarte el cuello.
Shorts. Pantaloncillos americanos fáciles de bajar.
Sueño de guarura. Soñé que un coche sin chofer, con-
duciéndose a sí mismo, me llevaba a la muerte.
El único sufrimiento que puedes evitar es el que cau-
sas a los demás.

T
Taco de ojo. Festín de pobre.
Tequila. Provoca lujuria y violencia sin razón.
Test de agilidad mental de guarura. ¿Qué es peor? ¿El
sobrepeso? ¿La sobrepesca? ¿La sobredosis? ¿Los
sobres a los periodistas? Responda el lector.
En tu tiempo libre presta un servicio a la sociedad,
límpiala de suciedad.

Tos. Al guarura no se la hagas de tos porque te mueres.

Cuando se es tres personas al mismo tiempo: el que va en un carro sin frenos, el que corre detrás del carro y el que dispara al carro desde una esquina, urge despertar.

Trompadas de guarura. Donde hay trompadas hay cariño.

Te hallas en los trópicos de la mente, aunque andes en el altiplano.

(Tampoco hay U.)

V

Vagina. Apertura femenina más honda de lo que se cree.

Valor. Trampa para tontos.

Qué te gusta más, ¿la violencia de la extrema izquierda o de la extrema derecha? ¿La caca de perro o la de gato? (dicho de cantante).

W

Water-closet. Retrete privado con sangre corriente.

Wonderbra. Sujetador del busto, mano incluida.

(Menos hay X.)

Y

Yin-yang: Yeah, yeah, yé-yé, sí, sí.

Yo-yo. Juego de cuerpos unidos por el amor.

Yo El himno nacional argentino.

Z

A la zahúrda vienen los hombres cuando hay que comer.

El guarura que se ha criado en zahúrda, siempre que puede gruñe.

Ella era como un zapato huérfano para el guarura cojo.

Zapato. El tuyo.

Zas. El golpe que te dan cuando vas con la boca abierta.

Apéndice

DIRECCION GENERAL DE INVESTIGACION DE DELITOS CONTRA LA SEGURIDAD DE LAS PERSONAS, LAS INSTITUCIONES Y LA ADMINISTRACIÓN DE JUSTICIA.
DIRECCION DE INVESTIGACION DE DELITOS CONTRA LA SEGURIDAD DE LAS PERSONAS

AVERIGUACION PREVIA: DGSP/095/98-06.

MESA INVESTIGADORA "G."

CITATORIO

DESTINATARIO: HOMERO ARIDJIS FUENTES.
DOMICILIO:

Atentamente se le cita a comparecer ante el suscrito Agente del Ministerio Publico, titular de la Mesa Investigadora "G", con domicilio ubicado en la calle de Arcos de Belén, número 23, Piso 10, Colonia Centro, de esta Ciudad para la celebración de una diligencia de Carácter Ministerial, referente a la amenazas sufridas en su domicilio, y denunciadas por usted ante el consulado Mexicano en Nueva York, debiendo presentar estigos de los hechos el día 24 de julio del año en curso a las 12:00 horas, para que en su calidad de Querellante, declare respecto a los hechos probablemente consitutivos del (de los) delito(s) de AMENAZAS cometidos en su agravio y que usted denuncio ante el Consulado Mèxicano en Nueva York, lo anterior con fundamento en el artículo 16, 21 de la Constitucion Política de los Estados Unidos Mexicanos; 3 fracción I, 82, 189, 191, 195, 196, 197, 269 y 286 del Código de Procedimientos Penales para el Distrito Federal, 3, Fracciones II Y III, Articulo 18, 23 Y 24 parrafo II de la Ley Organica de la Procuraduria General de Justicia del Distrito Federal, Articulo 28, fraccion IV y 42 del Reglamento de la Ley Organica de la Procuraduria General de Justicia del Distrito Federal.

ATENTAMENTE.
SUFRAGIO EFECTIVO, NO REELECCION.
México, D.F. a 20 DE JULIO DE 1998.
EL C. AGENTE DEL MINISTERIO PUBLICO

JOSE JOAQUIN BRISEÑO FUENTES

NOMBRE Y FIRMA
(CARGO O PARENTESTO)

22 de Julio de 1998 en pleada
Las 2:5 de la tarde

CONSULADO GENERAL DE MÉXICO

Siendo las doce horas con quince minutos del día primero de diciembre de mil novecientos noventa y siete constituídos en las oficinas del Consulado General de México en esta ciudad, actuando legalmente en mi carácter de funcionario público auxiliar del Ministerio Público Federal de conformidad con los artículos cuarenta y cuatro, fracción sexta de la Ley del Servicio Exterior Mexicano, y setenta y tres de su Reglamento, así como del artículo diecinueve, fracción segunda inciso b), de la Ley Orgánica de la Procuraduría General de la República, asistidos de dos testigos que al final firman y dan fé, procedo a levantar la presente denuncia de hechos que pudieran constituir delito y que presenta el SEÑOR HOMERO ARIDJIS FUENTES en contra de QUIEN O QUIENES RESULTEN RESPONSABLES, el denunciante manifiesta llamarse como ha quedado escrito, originario de Contepec, Michoacán, de nacionalidad mexicana, de cincuenta y siete años de edad, ocupación escritor, estado civil casado, con domicilio en

México, Distrito Federal, Código Postal once mil diez y una vez advertido de la trascendencia jurídica del acto en el que interviene de acuerdo a lo establecido en el artículo ciento dieciocho del Código Federal de Procedimientos Penales manifiesta: Que el jueves veinte de noviembre del presente por la mañana, hacia las diez de la mañana, se recibió una llamada telefónica en la residencia del denunciante de un hombre desconocido preguntando por "Cristina", la persona del servicio doméstico que contestó el teléfono expreso que en esa casa no habitaba ninguna persona con ese nombre, minutos después el hombre desconocido volvió a llamar preguntando por "Cristina" y se le reiteró por la persona del servicio doméstico que esa persona no habitaba allí por lo que colgó el teléfono. El mismo día por la tarde el que denuncia tenía programado un viaje a la ciudad de Nueva York, mismo que realizó. Según las personas dedicadas al servicio doméstico de la casa del denunciante, el mismo hombre que había llamado por teléfono, continuó realizando llamadas a diferentes horas preguntando por "Cristina" durante los días del 24 al 27 de noviembre, en el hombre que hablaba insulto varias veces a las personas del servicio doméstico, cuyos nombres son ESTHER ELIAS y GUADALUPE RAMIREZ, a quienes preguntaba su nombre y solicitándoles hacer el amor con él, asimismo, cuando las citadas empleadas domésticas colgaban el teléfono, el mencionado sujeto volvía a llamar y les mentaba la madre y además profería obcenidades de tipo sexual. El jueves 27 de noviembre por la tarde, hacia las dieciocho horas, habló el mismo hombre y contestó el teléfono ESTHER ELIAS quien como lo ha manifestado el denunciante es empleada doméstica del mismo, a quien le preguntó si le gustaría hacer el amor con el, ella colgó el teléfono. Inmediatamente despues de colgar el teléfono un sujeto llamó y dejó grabado el siguiente mensaje en la máquina contestadora que textualmente dice "Te ando buscando perro. Hoy pronto te vas a morir como perro. Los tengo en la mira. Son los próximos a los que les corte las orejas". El denunciante expresa que la voz que quedo grabado en su contestador pretendía o imitaba algún acento extranjero como de español. El denunciante expresa asimismo que la amenaza primero fue en el singular dirigida posiblemente a él, y luego cambia el amenazante al plural, por lo que el denunciante teme que se trate de una amenaza también a su familia. La persona del servicio doméstico GUADALUPE RAMIREZ expreso al denunciante que la persona cuya voz quedo grabada en el contestador es de la misma persona que preguntaba por "Cristina". El denunciante agrega que su empleada doméstica GUADALUPE RAMIREZ, el sábado 29 de noviembre por la mañana, vio a dos sujetos parados afuera de la residencia del señor Aridjis y que no los pudo identificar, aunque los describió como sigue : uno era alto, de pelo negro

CONSULADO GENERAL DE MÉXICO

—

"greñudo" que usaba una playera blanca muy sucia y el otro sujeto era alto, medio gordo, traía una chaqueta, ambos con aspecto muy siniestro y de aproximádamente treinta y dos a treinta y seis años. El denunciante se reserva el derecho de ampliar la presente declaracion en el momento que considere oportuno ante las autoridades competentes y firma en union del suscrito al calce y al margen para todos los efectos legales a que haya lugar.

C. HOMERO ARIDJIS FUENTES.
DENUNCIANTE.

C. NORBERTO TERRAZAS ARREOLA.
CONSUL DE MEXICO.

Consulado General de
NUEVA YORK, N. Y.

C. LAURA SAINZ DE LA PEÑA
TESTIGO.

C. OFELIA BALDERAS.
TESTIGO.

PEN American Center, a non-profit Incorporation, is an affiliate of International PEN: an association of writers – poets, playwrights, essayists, editors, novelists – with centers in Africa, the Americas, Asia, Australia and Europe.

568 BROADWAY, NEW YORK CITY, NEW YORK 10012
212 334-1660
e-mail: PEN@echonyc.com
Web site: http://www.pen.org
Fax: 212 334-2181

President
Michael Scammell

Honorary Chair
Arthur Miller

Vice Presidents
Andrew De Jonch
Jamaica Kincaid

Honorary Vice President
Norman A. share

Treasurer
Victor a Wilson

Secretary
Paul Auster

Board of Trustees
A. Anthony Appiah
Lewis Begley
Joan Dupham
Ron Chernow
Thomas Devis
Tom X Gandule
Nora Gordon
Edmund Keeler
Grace Ledmon
Arye Neier
Grace Paay
Edward W Said
Simon Schama
Jaden Sontertz
Ira Silverberg
Susan Sontag

General Counsel
Leon Friedman

Executive Director
Michael Roberts

<u>August 27, 1998</u>

His Excellency President Ernesto Zedillo
Presidente de la Republica de Mexico
Fax: + 5 25 271 1764

Your Excellency,

As members of PEN, the international association of writers dedicated to defending free expression, we write to express our grave concern regarding the continuing death threats against our colleague, Homero Aridjis, President of International PEN, President of the Group of 100 and internationally renowned author and poet. We abhor these cowardly acts of intimidation and respectfully request that you continue to take all appropriate security measures to ensure safety for Mr. Aridjis and his family.

On Monday morning, August 17, Mr. Aridjis received a death threat on his answering machine, with intimidating and insulting language directed against him and his family. As Mr. Aridjis' daughters were particularly singled out, we are concerned that they too face danger. The message said, *"You'll be sorry, son of a bitch. Your daughters are whores....And you? You're going to die very soon. See you soon."* It appears that this threat may be in response to public remarks made by Mr. Aridjis at a recent international symposium on "The Artist and Human Rights" organized by the National Arts Centre of Canada (Ottawa, July 24-26). In his speech, Mr. Aridjis recounted his own experience with death threats in Mexico and addressed PEN's work on behalf of imprisoned, censored and persecuted writers worldwide. We suspect that whoever is behind these calls is trying to inhibit Mr. Aridjis' activities as a writer, International PEN President, and an editorial page columnist.

This latest death threat forms part of a disturbing pattern; previous threatening phone calls also occurred within weeks of a public appearance by or press interview with Mr. Aridjis regarding human rights in Mexico and contemporary dangers faced by writers. The first threatening phone call followed Mr. Aridjis's speech at a meeting of the Committee to Protect Journalists, and two International PEN statements by Mr. Aridjis condemning attacks on Mexican journalists. The second followed an interview published in *El Pais*, the Spanish newspaper daily, in which Mr. Aridjis spoke about his role as International PEN President, the massacre of Mexican Indians in Acteal, Chiapas, and the initial death threat against him.

Given this hostile climate, we believe that Mr. Aridjis may be in real danger. In solidarity with our colleague, we urge you to maintain and intensify efforts to protect Mr. Aridjis and his family, and to bring to justice those responsible for this harassment.

We respectfully appeal to you to address this matter with the utmost urgency.

Thank you for your consideration.

Sincerely,

Edward Albee
Anthony Appiah
Paul Auster
Ariel Dorfman
Nadine Gordimer
Jamaica Kincaid

Arthur Miller
Peter Matthieson
John Ralston Saul
Michael Scammell
Susan Sontag
Mario Vargas Llosa

President Of International Writers Group Reports Death Threats

By Isaac A. Levi

(AP) – A leading Mexican novelist who heads an international writers organization said Friday that he has been receiving anonymous death threats, and asked the government to investigate them more thoroughly.

Homero Aridjis, president of the London-based PEN International, told a news conference that he and family members had received about a dozen telephone threats since Nov. 27, 1997, and law enforcement authorities had failed to trace them.

He said the state intelligence service had no leads on the calls, which were all made in different voices and continued even when he toured America and Canada.

"This is affecting me, my writing, my thinking, my freedom of expression and my human rights," said Aridjis. "I don't see why a human being like me should continue to stand for all this."

Aridjis played for reporters one of the messages left on his answering machine: "Dog .... I'm looking for you, dog. Today soon you will die like a dog. I have you within my sights."

He said he could not speculate who might be behind these threats, but he said the calls were made by "professionals of intimidation."

PEN International and several

other writers organizations have sent President Ernesto Zedillo letters expressing concern about Aridjis' safety and asking the government to investigate.

The PEN letter was signed by writers including Edward Albee, Anthony Appiah, Arthur Miller, Nadine Gordimer, Jamaica Kincaid, Susan Sontag and Mario Vargas Llosa.

The PEN letter said Aridjis was most recently threatened a few days ago, and that the threats occurred after public appearances and press interviews regarding human rights.

Aridjis, 58, is a well-known poet, novelist, newspaper columnist and environmental activist. He is also a former Mexican ambassador to Switzerland and the Netherlands.

Over the years, he has made enemies by campaigning to have the government enact environmental laws protecting monarch butterflies and sea turtles, which faced extinction in Mexico.

His latest campaign has been to prevent the development of a giant salt- works by a Japanese company and the Mexican government at San Ignacio Lagoon, an area off the Baja California peninsula where gray whales give birth.

Mexican writer and environmental activist Homero Aridjis plays a telephone message which contains death threats against him during a news conference held at a cultural center in Mexico City, Mexico. Aridjis, who is part of the PEN International writers' group, says he's been receiving annonymous threats and has asked the Mexican government to investigate.